必讀
精選

韓國 古典文學

②

춘향전
심청전
장화홍련전
옥낭자전

明文堂

고전은 겨레의 문학적 뿌리

　고전은 절대로 골동품이 아니다. 고전은 시대의 흐름 속에 살아 있으며 서민대중과 호흡을 같이하는 데에 의의(意義)가 있다. 인류가 문자생활(文字生活)을 영위한 이래 수많은 문자의 기록이 생성 소멸되었고, 혹은 오늘에 이르도록 유존(遺存)되어 왔으나, 그 가운데서도 유독 문학유산(文學遺産)처럼 각 시대의 대중들과 더불어 희로애락을 함께 한 기록은 거의 없다. 이것은 문학이 딱딱한 지식이나 까다로운 도덕률을 전파하려 함이 아니라, 인간생활의 정서와 취미를 풍부하고 다채롭게, 그리고 아롱지게 하는 진정한 서민대중의 벗이기 때문이다. 그러므로 수많은 고전 중에서도 문학적인 소산(所産)만은 그 지닌 바 생명이 장구하며 무궁하다. 그러나 이와 같이 구원(久遠)한 생명을 지니고 있음에도, 고전문학은 동서양을 막론하고 현대의 독서층과는 오히려 먼 거리에 있었고, 오직 일부 식자층(識者層)의 독점물인 양 인식되어 왔던 것이다.

　그 이유는 고전문학이 각기 그 시대의 문자, 즉 고어로 씌어져 있으므로, 그러한 고어(古語)에 어두운 후세 사람들은 읽기도 어렵거니와 시대 상황의 차이에 따라 내용 자체를 이해하기조차 힘들었던 탓으로 고전 문학은 오직 고어(古語)를 알고 고전을 이해할 능력이 있는 고어파(古語派)들의 연구대상으로서만 겨우 그 명맥(命脈)을 유지해 왔던 것이다. 우리는 이와 같은 점에 느끼는 바 있어, 고전소설을 한시 바삐 오늘날의 독자대중 앞에 보이고자 하는 초조한 마음으로,

첫째, 고전의 원모습을 그대로 지니면서도 현대인의 독서에 편하도록 문체와 체제를 다듬었고,

둘째, 일시에 고전을 조감(鳥瞰)할 수 있도록 전질(全帙)의 형식과 낱권으로도 읽을 수 있도록 편집하였으며,

셋째, 가급적 많은 독서대중에게 보급하기 위하여 염가판으로 이루어 놓은 것을 무엇보다 자랑스럽게 생각하는 바이다.

고전은 현대의 바탕이요, 이 현대는 다시 미래를 계시(啓示)해 주는 것이다. 따라서 고전에 무지할 때 현대는 우매해지고 미래를 기대할 수 없게 된다.

고전의 생명과 가치는 바로 여기에 있다. 우리의 고전소설들은 조선 일대(一代)에 걸치는 선조들의 흥분과 정서와 감각이 서려 있는 주옥 같은 작품들이다. 이것을 읽을 때 우리는 선인들의 감정세계를 거닐게 되고, 또 그들의 숨결도 느끼게 된다. 이 얼마나 즐겁고 고상한 정신의 산책(散策)인가!

고전을 읽자! 겨레의 문학적 뿌리인 고전을 읽어야 한다.

1991年 2月

한국고전문학대계(韓國古典文學大系) 편집위원

代　表　張　德　順

必讀精選 韓國古典文學大系

○ 차례 ○

春香傳

1 성춘향(成春香)

숙종대왕(肅宗大王) 즉위 초에 성덕이 넓으시사 성자성손(聖子聖孫)은 계계승승하고, 피리 소리 북 소리들은 요순의 태평시절을 말하는 듯하고, 의관과 문물은 우(禹) 임금과 탕(湯) 임금의 평화시절을 표시하는 듯하다. 좌우에서 보필하는 신하들은 모두 주석(柱石)이 될 만한 신하들뿐이요, 용양호위(龍驤虎衛)의 각위(各衛)에는 간성(干城)의 장수들이다. 조정에 흐르는 덕화, 향곡(鄕曲)에까지 퍼졌으니 사해에 굳은 기운이 원조에 어리어 있다. 충신은 조정에 가득하고 효자와 열녀는 집집에 다 있었다. 아름답고 아름다운지고……. *우순풍조하니 배 두드리며 사는 백성들은 곳곳에서 *격양가(擊壤歌)를 불렀다.

이때 전라도 남원부(南原府)에 월매(月梅)라 하는 기생이 있으니 삼남(三南)의 명기로서 일찍이 퇴기(退妓)하여 성씨(成氏)라는 양반과 노후의 세월을 보내되, 나이 바야흐로 사십이 넘었으나 일점 혈육이 없어 이 일로 인하여 한이 되어 장탄수심(長歎愁心)의 병이 되었었다. 하루는 크게 깨쳐 옛사람을 생각하고 남편을 청입(請入)하여 공손히 하는 말이,

"들으시오. 전생에 무슨 은혜를 끼쳤던지 이생의 부부되어, 창기 행실 다 버리고 예모도 숭상하고 길쌈도 힘썼지만 무슨 죄가 이리 많아 일점 혈육 없으니, 육친무족(六親無族) 우리 신세 선영(先塋)의 *향화 뉘 받들며, 죽은 뒤의 감장(監葬)을 어이하리. 명산대찰(名山大刹)에 불공이나 들이어 남녀간 낳기만 하면 평생의 한을 풀 것이니 당신의 뜻이 어떠하시오."

성참판 하는 말이,

---

*우순풍조(雨順風調)——비 오고 바람 부는 것이 때와 분량이 알맞음.

*격양가(擊壤歌)——풍년이 들어 농부가 태평한 세월을 구가하는 노래.

*향화(香火)——향불, 제사.

"일생 신세 생각하면 자네 말이 당연하나, 빌어서 자식을 낳을진댄 자식 없을 이 뉘 있으리요."

하니, 월매가 대답하기를,

"천하 대성(大聖) 공자님도 이구산(尼丘山)에 빌으시었고, 정나라 정자산(鄭子産)은 우형산(右荆山)에 빌어서 낳았으며 우리 동방의 강산을 이를진댄 명산대찰이 없을쏘냐. 경상도 웅천(熊川)의 주천의(朱天儀)는 늙도록 자녀 없어 최고봉(最高峰)에 빌었더니 대명천자(大明天子) 나 계시사 대명천지 밝았으니 우리도 정성이나 들여 보사이다. 공든 탑이 무너지며 심은 나무가 꺾일쏜가."

이날부터 목욕 재계 정히 하고 명산승지 찾아갈 때 오작교(烏鵲橋) 썩 나서서 좌우산천 둘러보니, 서북의 교룡산(蛟龍山)은 서북방을 막아 놓고, 동으로는 장림(長林) 수풀 깊은 곳에 선원사(禪院寺) 은은히 보이고 남으로는 지리산이 웅장한데, 그 가운데 요천수(蓼川水)는 일대장강 푸른 물 되어 동남으로 둘렸으니 별유 건곤(乾坤)이 여기로다. 푸른 숲으로 더위 잡고 산수를 밟아 들어가니 지리산 예였구나. 반야봉(般若峰) 올라서서 사면을 둘러보니 명산대천이 완연하다. 상봉에 단(壇)을 모아 제물을 차려 놓고, 단 아래 엎드려서 천신만고 빌었더니, 산신님의 덕이신지 이때가 오월 오일 갑자시였는데 한 꿈을 얻었으니 서기(瑞氣) 서리면서 오색이 영롱하더니 일위선녀가 청학을 타고 오는데, 머리에는 화관(花冠)이요, 몸에는 고운 옷을 입었다.

월패(月佩) 소리 쟁쟁하고, 손에 계화(桂花) 한 가지를 들고 당에 오르며 손들어 읍하고 공손히 말하기를,

"낙포(洛浦)의 딸이었는데 하늘 복숭아를 진상코자 옥경(玉京)에 나아갔다가 광한전에서 적송자(赤松子)를 만나 정회를 다 풀지 못하고 있을 즈음, 때에 늦었음이 죄가 되어 옥황상제께서 크게 노하시사 인간 세계로 내쫓으시매, 갈 바를 알지 못하였더니 두류산(頭流山) 신령께서 부인댁으로 지시하기로 왔사오니 어여삐 여기소서."

하며, 품으로 달려들었다.

학의 높은 울음 소리는 그의 목이 긴 까닭이라 학의 울음에 놀라 깨

니, 실로 *남가일몽(南柯一夢)이 분명하였다.

황홀한 정신을 진정하여 바깥 양반과 꿈이야기를 말하고, 천행으로 남자가 태어날까 기다렸더니 과연 그 달부터 태기 있어 열 달이 차매, 하루는 향기가 방안에 가득하며 오색구름이 빛나는데 혼미한 가운데 아기를 낳으니 한 낱의 구슬 같은 딸이었다. 월매의 일구월심 그리던 마음에 아들은 아니지만 그만한 대로 소원을 이룬 셈이었다. 그 사랑하는 정경은 어찌 다 말하리요. 이름을 춘향(春香)이라 부르면서, 손에 잡은 보옥같이 길러내니 효행이 비길 데 없고 어질고 착하기 기린과 같았다.

칠팔 세가 되매 글읽기에 마음을 붙여 예모정절(禮貌貞節)을 일삼으니, 춘향의 효행을 남원읍이 칭송치 않는 사람이 없었다.

2 이도령(李道令)과 광한루(廣寒樓)

이때 삼청동(三淸洞) 이한림(李翰林)이라 하는 양반이 있었으니, 그때의 명가요 충신의 후손이었다. 하루는 전하께옵서 충효록(忠孝錄)을 올려 보시고, 충신과 효자를 가리어 내시어 지방관으로 임명하시는데, 이한림(李翰林)으로 하여금 과천(果川) 현감에서 금산(錦山) 군수를 제수하시었다가 다시 남원부사(南原府使)를 제수하시니, 이한림이 사은(謝恩)하여 절하며 임금을 하직하고 내행을 데리고 남원부에 도임(到任)하여 민정을 잘 살피니, 사방에 일이 없고 지방의 백성들은 더디 옴을 칭송하였다. 태평세월을 노래하는 노랫가락이 들리어 오고 *시화풍년(時和豊年)하고 백성이 효도하니 옛날 중국의 요(堯) 임금 순(舜) 임금 때와 같았다.

이때는 어느 때냐 하면 놀기 좋은 화창한 봄날이었다. 제비와 나는 새들은 서로 수작하고 짝을 지어 쌍쌍이 날아들고, 온갖 춘정(春情)을 다투는데, 남산에 꽃이 피니 북산도 붉어졌다.

---

*남가일몽(南柯一夢)——꿈과 같이 헛된 한 때의 부귀 영화.
*시화풍년(時和豊年)——태평 시대에 풍년이 듦.

천사만사의 수양버들 가지에 꾀꼬리는 벗을 부른다. 나무와 나무는 숲을 이루고 두견새 접동새는 다 지나가니 일년 중에 가장 아름다운 계절이었다.

이때 사또 자제 이도령이 나이가 이팔이요, 풍채는 당나라의 잘생긴 시인 두목지(杜牧之)와 같고, 도량은 푸른 바다 같고, 지혜는 활달하고 문장은 이태백(李太白)이요, 글씨는 왕희지(王羲之)와 같았다. 하루는 방자를 불러 말하되,

"이 고을에 경치 좋은 곳이 어디냐? 시흥(詩興)과 춘흥(春興)이 도도하니 절승 경치를 안내하여라."

방자놈이 여쭙기를,

"글공부하시는 도련님이 경치를 찾음은 부질없습니다."

이도령 말하기를,

"너 무식한 말이다. 옛날로부터 이 고장 문장재사가 절승한 강산을 구경하는 것은 풍월과 글짓는 데 근본이 되는 것이다. 신선도 두루 돌아 널리 보니 어이하여 부당하냐? 사마장경(司馬長卿) 같은 인물은 남으로 강회(江淮)에 떴다가 큰 강을 거슬러 올라갈제 미친 물결 거센 파도에 음풍(陰風)을 부르짖음 예로부터 가르치니, 천지간 만물의 변화가 놀랍고 반갑고 아름다운 것이 글 아닌 게 없다. 시중천자(詩中天子) 이태백은 채석강(采石江)에서 놀고 있으매, 적벽강(赤壁江) 추야월에는 소동파(蘇東坡)가 놀고 있었고, 심양강 달 밝은 밤에 백낙천(白樂天)이 놀고 있고, 보은(報恩) 속리산(俗離山) 문장대(文藏臺)에 세조대왕 노셨으니 아니 놀지는 못하리라."

이때 방자, 도련님의 뜻을 받아 사방경치를 말하였다.

"서울로 이를진댄 자문(紫門) 밖에 내달아 칠성암, 청련암(靑蓮庵), 세검정과 평양 연광정(練光亭), 대동루(大同樓), 모란봉, 양양(襄陽)의 낙산사, 보은 속리(俗離)의 문장대, 안의(安義) 수승대(搜勝臺), 진주(晋州) 촉석루(矗石樓), 밀양(密陽)의 영남루(嶺南樓)가 어떠한지 모르오나 전라도로 이를진대 태인(泰仁)의 피향정(披香亭), 무주(茂朱)의 한풍루(寒風樓), 전주의 한벽루(寒碧樓) 좋사오나, 남

원의 경치 들어 보십시오.

　동문 밖에 나가오면 관왕묘(關王廟)는 천고영웅 엄한 위풍 어제 오늘 같사옵고 남문 밖에 나가오면 광한루(廣寒樓), 오작교(烏鵲橋), 영주각(瀛州閣)이 좋사옵고, 북문 밖에 나가오면 푸른 하늘에 금부용 꽃이 빼어나 괴팍하게 우뚝 섰으니 기암(奇岩), 둥실 교룡산성(蛟龍山城) 좋사오니 처분대로 가사이다."

도련님이 이르는 말씀이,

"이애야, 네 말을 들어 보니 광한루와 오작교가 절경인 모양이로구나, 그리로 구경가자."

도련님의 거동 보소. 사또 앞에 들어가서 공손히 말씀하시기를,

"오늘 날씨 화창하오니 잠깐 나가 풍월이나 읊겠사옵고 시의 운(韻)이나 생각하고자 하오니, 성이나 한 바퀴 돌아보고 오겠나이다."

사또 매우 기뻐하시며 허락하시고 분부하시었다.

"남주(南州) 풍물을 구경하고 돌아오되 시제(詩題)를 생각하여라."

"아버님 가르치시는 대로 하오리이다."

물러나와,

"방자야, 나귀 안장 지으렷다."

방자가 분부 듣고 나귀의 안장을 얹는다. 나귀의 안장을 얹을 때 붉은 실로 만든 굴레와 좋은 채찍과 좋은 안장, 아름다운 *언치, 황금으로 만든 자갈, 청홍사 고운 굴레며 주락상모(珠絡象毛)를 덥석 달아 충충다래 은잎 등자 호피(虎皮) 돋음의 전후걸이 줄방울을 염불법사(念佛法師) 염주 매듯 하여 놓고는,

"나귀 등대하였소."

도련님 거동 보소. 옥안 선풍(仙風) 고운 얼굴 전판(剪板) 같은 채머리, 곱게 빗어 밀기름에 잠재워 궁초 댕기 석황 물려 맵시있게 잡아 땋고 성천수주(成川水紬) 접동베 세백저(細白苧) 상침바지, 극상세목(極上細木) 겹버선에 남갑사 대님 치고, 육사단(六紗緞) 겹배자 밀화 단추 달아입고, 통행전을 무릎 아래 늦추 매고, 영초단(影綃緞) 허리

---

*언치──말·소의 등에 덮어 주는 방석이나 담요.

띠, 모초단(毛綃緞) *도리낭, 당팔사 갖은 매듭, 고를 내어 늦추 매고 쌍문초(雙紋綃) 긴 동정, 중치막에 도포 받쳐 흑사띠를 가슴 위로 눌러 매고 육분당혜(肉粉唐鞋) 끌면서,

"나귀를 붙들어라!"

등자 딛고 선뜻 올라 뒤를 싸고 나오실 때, 금물 올린 호당선(胡唐扇)으로 일광을 가리우고, 관도(官道) 성남 넓은 길에 생기있게 나갈 때, 취하여 양주(楊州)에 오던 두목지의 풍채런가. 시시오불(時時誤拂)하던 주랑(周郎)의 고음(顧音)이라, 향가자맥(香街紫陌)은 춘성(春城) 안이요, 성안 백성 보는 자 뉘 아니 사랑하랴.

광한루에 얼른 올라 사면을 살펴보니 경개가 장히 좋다. 적성(赤城) 아침날의 늦은 안개 끼어 있고, 녹수(綠樹)의 저문 봄은 화류동풍(花柳東風) 둘려 있다. 붉은 누각에 해 비치고 벽방(壁房)과 금전(錦殿)이 서로 영롱하여 임고대(臨高臺)를 일러 있고, 다락 마루가 드높음은 광한루를 두고 하는 말이로다. 악양루(岳陽樓) 고소대(姑蘇臺)와 오초(吳楚)의 동남수(東南樹)는 동정호(洞庭湖)로 흘러가고 연자(燕子) 서북의 팽택(彭澤)이 완연한데 또 한 곳 바라보니 백백홍홍이 난만한 속에서 앵무공작이 날아 들고, 산천경개 둘러보니 예구분반(藥岳粉畔) 송솔 떡갈잎은 아주 춘풍을 못 이기어 흐늘흐늘, 폭포유수 시냇가의 계변화(溪邊花)는 빵긋빵긋, 낙락장송은 울창하고 녹음과 향기로운 잡초가 봄꽃보다 나을 때로구나. 계수나무, 자단(紫壇), 모란, 벽도(碧桃)에 취한 산색, 장천 요천(蓼川) 풍덩실 잠겨 있고, 또 한 곳 바라보니 어떠한 여인이 봄새 울음과 같은 자태로 온갖 춘정 이기지 못하여 두견화 질끈 꺾어 머리에도 꽂아 보며, 함박꽃도 질끈 꺾어 입에 담쑥 물어 보고 옥수 나삼(羅衫) 반만 걷고 청산유수 맑은 물에 손도 씻고 발도 씻고 물 마시며 양치하며 조약돌 덥석 쥐어 버들가지 꾀꼬리를 희롱하니, 꾀꼬리를 깨워 일으킨다는 옛 시가 아니냐, 버들잎도 주루룩 훑어, 물에 훨훨 띄워 보고 백설 같은 흰나비 웅봉자접(雄蜂雌蝶)은 꽃수염 물고 너울너울 춤을 춘다. 황금 같은 꾀꼬리는 숲숲이

---

*도리낭——모양이 알꼴로 된 주머니.

18

날아든다.

광한 진경(眞景) 좋거니와 오작교가 더욱 좋다. 바야흐로 이르되 호남(湖南)의 제일성(第一城)이라 하겠다. 오작교(烏鵲橋)가 분명하면 견우직녀(牽牛織女) 어디 있나? 이런 승지(勝地)에 풍월이 없을쏘냐. 도련님이 글 두 구를 지었으니,

> 高明烏鵲船　廣寒玉階樓
> 借問天上誰織女　至興今日我牽牛
> 드높고 밝은 오작의 배에
> 광한루 옥섬돌 고운 다락이라
> 누구냐 하늘 위의 직녀란 별은
> 흥나는 오늘의 내가 견우일세

이때 내아(內衙)에서 잡술상이 나오거늘 한 잔 술 먹은 후에 통인 방자에게 물려주고 취흥이 도도하여 담배 피워 입에다 물고 이리저리 거닐 적에 경처(景處)에 흥겨워 충청도 곰산[熊山], 수영(水營), 보련암(寶蓮庵)을 자랑한댔자 이곳 경치 당할 수 있으랴. 붉을단(丹), 푸를 청(靑), 흰 백(白), 붉을 홍(紅), 고물고물이 단청(丹靑) 버드나무 꾀꼬리가 짝 부르는 소리는 내 춘흥(春興)을 도와준다. 노랑벌 흰나비 황나비도 향기 찾는 거동이다. 날아가고 날아오는 춘성(春城)의 안이요 영주(瀛州)는 바야흐로 봉래산(蓬萊山)이 눈 아래 가까우니, 물은 본시 은하수요, 경치도 잠깐 천상 옥경(玉京)과 같다. 옥경이 분명하면 월궁(月宮)의 *항아(姮娥)가 없을 리 있겠느냐.

3 탐화봉접(探花蜂蝶)

이때는 춘삼월이라 말했으나 오월 단오일이었다. 일년 가운데 제일 좋은 시절이다. 이때 월매 딸 춘향이도 또한 시서 음률(詩書音律)이

---

*항아(姮娥)──달 속에 산다는 선녀. 절세의 미인을 가리킴.

능통하니, *천중절(天中節)을 모를쏘냐. 그네를 뛰려고 향단(香丹)이 앞세우고 내려올 때 난초같이 고운 머리 두 귀를 눌러 곱게 땋아 금봉 비녀를 바로 꽂고 비단치마 두른 허리로다. 피지 아니한 버들들이 힘 없이 드리운 듯 아름답고 고운 태도로 아장거려 호들거리며 가만가만 다닐 적에 장림(長林) 속으로 들어가니 녹음 방초 우거져 금잔디 좌르 록 깔린 곳에 황금 같은 꾀꼬리는 쌍쌍이 오고 갈제, 백 자 길이로 높 이 매고 그네를 뛰려 할제 수화문의 초록 장옷, 남방사 홑단치마 휠휠 벗어 걸어 두고 자주영초 수당혜(繡唐鞋)를 썩썩 벗어 던져 두고, 백 방사 진솔 속곳 턱밑에 휠씬 추고, 연숙마 그네줄을 *섬섬옥수 넌짓 들어 양수에 갈라잡고, 백릉 버선 두 발길로 살짝 올라 발구를 제, 세 류 같은 고운 몸이 단정히 노니는데 뒷단장 옥비녀 은죽절(銀竹節)과 앞치레 볼 것 같으면 밀화장도(蜜花粧刀), 옥장도며 광원사 겹저고리 제 색 고름에 모양이 난다.

"향단아, 밀어라!"

한 번 힘을 주며 두 번 굴러 힘을 주니 발 밑의 가는 티끌 바람 따라 펄펄, 앞뒤 점점 멀어가니 머리 위의 나뭇잎은 몸을 따라 흔들흔들 오 고갈제, 살펴보니 녹음 속의 붉은 치맛자락이 바람결에 내비치니, 구 만장천(九萬長天) 흰구름 속에 번갯불이 비치는 듯 문득 보면 앞에 있 더니 문득 다시 뒤에 있네. 앞에 어른하는 양은 가벼운 저 제비가 도 화일점(桃花一點) 떨어질제 차려 하고 쫓아가듯 뒤로 번듯하는 양은 광풍에 놀란 나비 짝을 잃고 날아가다 돌치는 듯 *무산선녀(巫山仙女) 구름 타고 양대(陽臺) 위에 내리는 듯, 나뭇잎도 물어 보고 꽃도 질끈 꺾어 머리에다 실큰실큰하며,

"이애 향단아! 그네 바람이 독해서 정신이 어질어질하다. 그네를 붙들어라."

붙들려고 무수히 진퇴하며 한창 이렇게 노닐 적에, 시냇가 반석 위

---

*천중절(天中節)—— 단오.

*섬섬옥수(纖纖玉手)—— 가냘프고 고운 여자의 손.

*무산선녀(巫山仙女)—— 중국 초나라 회왕이 만난다는 선녀.

에 옥비녀 떨어져 쟁그렁 소리나니,

"비녀 비녀!"

하는 소리, *산호채를 들어 옥소반을 깨치는 듯, 그 태도 그 형용은 세상인물이 아니로다.

제비는 삼춘(三春)에 날아오고 날아가자, 이도령 마음이 울적하고 정신이 아찔하여 별생각이 다 나는 것이다. 혼잣말로 중얼거리며,

"오호(五湖)에 편주 타고 범소백(范小伯)을 좇았으니, 서시(西施)도 올 리 없고, 해성(垓城) 달밤에 슬픈 노래로 패왕을 이별하던 우미인(虞美人)도 올 리 없고, 단봉궐(丹鳳闕) 하직하고 백룡퇴로 간 연후에 독류청총(獨留靑塚)하였으니 왕소군(王昭君)도 올 리 없고, 장신궁(長信宮) 깊이 닫고 백두음(白頭吟)을 읊었으니 반첩여(班婕妤)도 올 리 없고, 소양궁(昭陽宮) 아침날에 시중들고 돌아오니 조비연(趙飛燕)도 올 리 없다. 낙포(洛浦)의 선녀인가 무산(巫山)의 선녀인가?"

도련님은 혼이 중천에 날아 일신이 고단하다. 진실로 장가 가지 않은 총각이었음을 어이하랴.

"통인(通引)아!"

"예!"

"저 건너 화류 중에 오락가락 희뜩희뜩 얼른얼른 하는 게 무엇인지 자세히 보고 오너라."

통인이 살펴보고 말하였다.

"다른 무엇이 아니오라, 이 고을 기생이던 월매란 사람의 딸 춘향이란 계집아이입니다."

도련님이 엉겁결에 하는 말이,

"장히 좋다. 훌륭하다."

통인이 말하기를,

"제 어미는 기생이오나 춘향이는 도도하여 기생 구실 마다고 백화초엽(百花草葉)에 글자도 생각하고, 여공재질(女工才質)이며 문장을

---

*산호채——산호로 만든 머리꽂이.

겸전(兼全)하여 여염집 처자와 다름이 없습니다.”
도련님이 허허 웃고 방자를 불러서 분부하였다.
“들은즉 기생의 딸이라니 급히 가 불러오너라.”
방자놈이 대답하기를,
“흰 눈 같은 살결에 꽃 같은 얼굴이 남방(南方)에 유명키로 방첨사
(方僉使), 병부사(兵府使), 군수, 현감, 관장(官長)님네 엄지손가락
이 두 뼘 가웃씩 되는 양반 오입쟁이들 무수히 보려 하되, 장강(莊
姜)의 색과 임사(任姒)의 덕행이며 이두(李杜)의 문필이며 태사(太
姒)의 화순하는 마음과 이비(二妃)의 정절을 품었으니, 금천하의 절
색이요 만고 여중(女中)의 군자이오니 황공하온 말씀이나 함부로
다루기 어렵습니다.”
도련님이 크게 웃고,
“방자야, 네가 물건이란 각각 주인이 있음을 모르느냐? 형산(荊山)
의 백옥과 여수(麗水)의 황금이 임자가 각각 있느니라. 잔말 말고
불러오너라.”

4 상면(相面)

방자가 분부를 받고 춘향이한테 건너갈 때에, 맵시 있는 방자 녀석
서왕모(西王母) 요지의 잔치에 편지 전하던 청조(靑鳥)같이, 이리저리
건너가서,
“여봐라 이애 춘향아.”
하고 부르는 소리에 춘향이 깜짝 놀라,
“무슨 소리를 그 따위로 질러 사람의 정신을 놀라게 하느냐.”
“이애야 말 말아라, 일이 났다.”
“일이란 무슨 일.”
“사또 자제 도련님이 광한루에 오셨다가 너 노는 모양 보고 불러오
란 명령이 났다.”
춘향이 화를 내어,

"네가 미친 자식이다. 도련님이 어찌 나를 알아서 부른단 말이냐? 이 자식 네가 내 말을 '종달새가 열씨 까듯' 하였나보다."

"아니다. 내가 네 말을 할 리 없으되, 네가 그르지 내가 그르냐. 너, 그른 내력을 들어 보아라. 계집아이 행실로 추천을 할 양이면 네 집 담장 안에 줄을 매고, 남이 알까 모를까 은근히 매고 추천하는 게 도리가 당연하다. 광한루 머지 않고 또한 이곳을 논할진대 녹음방초 승화시라 방초는 푸르른데, 버들은 초록장 두르고 뒷내의 버들은 유록장 둘러 한 가지 늘어지고, 또 한 가지 펑퍼져 광풍이 겨워 흐늘흐늘 춤을 추는데 광한루 구경처에 그네를 매고 네가 뛸제 외씨 같은 두 발길로 백운간에 노닐 적에 홍상자락 펄펄, 백방사(白紡絲) 속곳가래 동남풍에 펄렁펄렁, 박속 같은 네 살결이 백운간에 희뜩희뜩, 도련님이 보시고 너를 부르실제 내가 무슨 말을 한단 말이냐. 잔말 말고 건너가자."

춘향이 대답하기를,

"네 말이 당연하나 오늘이 단오일이다. 비단 나뿐이랴. 다른 집 처자들도 예서 함께 추천하였으며 그럴 뿐 아니라, 또 설혹 내 말을 할지라도 내가 지금 기적에 있는 바도 아니거늘 여염 사람을 함부로 부를 일도 없고, 부른대도 갈 리도 없다. 당초에 네가 말을 잘못 들은 모양이구나."

방자 경우에 빠져 광한루로 다시 돌아와 도련님께 여짜오니 도련님 그 말 듣고,

"기특한 사람이다. 말인즉 바른 말이로되 다시 가서 말을 하되 이리 이리 하여 보아라."

방자 전갈 듣고 춘향에게 건너가니 그 사이에 제 집으로 돌아갔거늘, 저의 집을 찾아가니 모녀간 마주앉아 점심이 한창이다. 방자 들어가니,

"너 왜 또 오느냐?"

"황송타, 도련님이 다시 전갈하시더라. '내가 너를 기생으로 아는 것이 아니다. 들으니 네가 글을 잘 한다기로 청하는 것이다. 여염

집에 있는 처녀 불러 보는 것이 소문에 괴이하기는 하나, 혐으로 알지 말고 잠깐 와 다녀가라'하시더라."

춘향의 도량한 뜻 연분되랴고 그랬던지, 홀연히 생각하니 갈 마음이 나되 모친의 뜻을 몰라 묵묵히 한참이나 말 않고 앉았더니, 춘향모 썩 나앉으며 정신없이 말하였다.

"꿈이라 하는 것이 아주 전혀 허사가 아닌 모양이다. 간밤에 꿈을 꾸니 난데없는 청룡 한 마리 벽도못〔碧桃池〕에 잠겨 보이기에 무슨 좋은 일이 있을까 하였더니, 우연한 일이 아니다. 또한 들으니 사또 자제 도련님의 이름이 몽룡이라 하니 꿈 몽자 용 룡자 신통하게 맞히었다. 그러나저러나 양반이 부르시는데 아니 갈 수 있느냐. 잠깐 가서 다녀오너라."

춘향이가 그제야 못 이기는 체하고 겨우 일어나 광한루로 건너갈제 대명전 대들보에 명매기 걸음으로, 양지마당의 씨암탉 걸음으로 백모래밭에 금자라 걸음으로, 월태화용(月態花容) 고운 태와 *연보로 건너 갈제, 흐늘흐늘 월나라의 서시(西施)가 토성습보(土城習步)하던 걸음으로 흐늘거려 건너올 제, 도련님 난간에 절반만 비껴서서 폈다 굽혔다 하며 바라보니 춘향이가 건너오는데, 광한루에 가까워진지라, 도련님 좋아라 하고 자세히 살펴보니, 요요정정(妖妖貞靜)하여 월태화용이 세상에 무쌍이고, 얼굴이 조출하니 청강에 노는 학이 설월(雪月)에 비친 것 같고 붉은 입술과 흰 이가 반쯤 열리니 별 같기도 하고 구슬 같기도 하다. 연지를 품은 듯 아래위로 고운 맵시 어린 안개 석양에 비치는 듯, 푸른 치마 아롱지니 무늬는 은하수의 물결과 같다. 연보를 정히 옮겨 천연히 다락에 올라 부끄러이 서 있거늘 통인 불러,

"앉으라고 일러라."

춘향이 고운 태도 얼굴을 단정히 하여 앉은 모습 자세히 살펴보니, 백석(白石) 창파 새로 내린 비 뒤에 목욕하고 앉은 제비 사람을 보고 놀라는 듯, 별로 단장한 일 없이 천연한 *국색(國色)이었다. 옥안을

---

*연보——미인의 걸음걸이.

*국색(國色)——나라 안에서 제일 가는 용모.

상대하니 구름 사이의 명월과 같고, 붉은 입술을 반쯤 여니 수중의 연꽃과 흡사하다. 신선은 내 알 수 없으나 영주에서 놀던 선녀가 남원에 귀양와서 사니 월궁에 모여 놀던 선녀가 벗 한 사람을 잃었구나. 네 얼굴 네 태도는 세상인물이 아니로다.

이때 춘향이 *추파를 잠깐 들어 이도령을 살펴보니, 이 세상의 호걸이요 *진세(塵世)의 *기남자였다. 이마가 높았으니 소년공명할 것이요, 이마와 턱과 코와 좌우의 광대가 조화를 이루었으니, 보국(輔國) 충신될 것이니 마음에 흠모하여 아미를 숙이고 무릎을 여미며 단정히 앉을 뿐이었다. 이도령이 입을 열어,

"성현도 성이 같으면 장가가지 않는다 하였으니, 네 성은 무엇이며 나이는 몇 살이냐?"

"성은 성씨이옵고 나이는 열여섯이옵니다."

이도령의 거동을 보라.

"허허 그말 반갑구나. 네 나이 들어 보니 나와 동갑 이팔이요, 성씨를 들어 보니 나와 천생연분 분명하고나. 이성지합(李成之合) 이성은 좋은 연분 평생 동락하여 보자. 너의 부모 다 계시냐?"

"편모 슬하입니다."

"몇 형제나 되느냐?"

"육십 당년 나의 모친 무남독녀 나 하나요."

"너도 남의 집 귀한 딸이로구나. 천정하신 연분으로 우리 둘이 만났으니, 만년락(萬年樂)을 이뤄 보자."

춘향이 거동을 보라. 눈썹을 쫑그리며 붉은 입을 반쯤 열어, 가는 목 쪽 겨우 열고 옥성(玉聲)으로 말하는 것이었다.

"충신은 두 임금을 섬기지 아니하고 열녀는 두 지아비를 바꾸지 않는다는데, 도련님은 귀공자요 소녀는 천첩이오라, 한번 정을 맡긴 연후에 인하여 버리시면 일편단심 이내 마음 독수공방 홀로 누워

---

*추파——사모의 정을 나타내는 은근한 눈짓.

*진세(塵世)——이 세상, 속세.

*기남자——재주가 뛰어난 사내.

우는 한은 이내 신세 아니면 누가 알랴. 그런 분부 다시는 마옵소
서."
이도령이 하는 말이,
"네 말을 들어 보니 어이 아니 기특하랴. 우리 둘이 인연 맺을 때
금석(金石) 맹약 맺으리라. 네 집이 어디메냐?"
춘향이 여짜오되,
"방자 불러 물으소서."
이도령이 허허 웃고,
"내 너더러 묻는 말이 허황하고나! 방자야."
"예!"
"춘향의 집을 네 일러라."
방자 손을 넌지시 들어 가리키는데,
"저기 저 건너, 동산은 울울하고 연못은 청청한데, 양어생풍(養魚生
風)하고 그 가운데 기화요초(琪花瑤草) 난만하여 나무에 앉은 새는
호사를 자랑하고, 바위 위의 굽은 솔은 청풍이 건듯 부니 늙은 용이
꿈틀거리는 듯, 집앞의 버드나무 유사무사(有絲無絲) 같은 양류 가
지요, 들죽 측백, 전나무며, 그 가운데 은행나무는 음양을 따라 마
주 서고, 초당 문전에 오동, 대추나무, 깊은 산중 물푸레나무, 포
도, 다래, 으름 덩굴 휘휘친친 감겨 담장 밖에 우뚝 솟았는데 송정
(松亭) 죽림 두 사이로 은은히 보이는 것이 춘향의 집이오이다."
도련님 하는 말이,
"장원(墻苑)이 정결하고 송죽이 울울하니 여자의 절개 행실을 가히
알 만하고나."
춘향이 일어나며 부끄러이 말하였다.
"시속 인심 고약하니 그만 놀고 가겠습니다."
도련님이 그 말 듣고,
"기특하다. 그럴 듯한 일이다. 오늘 밤 퇴령(退令) 후에 너의 집에
갈 것이니 괄시나 부디 마라."
춘향이 대답하기를,

"나는 몰라요."

"네가 모르면 쓰겠느냐. 잘 가거라. 금야에 상봉하자."

누각에서 내려 건너가니 춘향모 마주 나와,

"애고 내 딸 다녀오냐. 도련님이 무엇이라 하시더냐?"

"무엇이라 하여요. 조금 앉았다가 가겠노라 하고 일어나니, 오늘 밤에 우리 집에 오시마 하옵디다."

"그래 어찌 대답하였느냐?"

"모른다 하였지요."

"잘하였다."

5 추사연연(追思戀戀)

이때 도련님이 춘향을 애연히 보낸 후에 잊을 수 없는 생각 둘 데가 없어 책방으로 돌아와 만사에 뜻이 없고 다만 생각이 춘향뿐이었다. 말소리 귀에 쟁쟁하고 고운 태도 눈에 삼삼하여 해지기만 기다리는데 방자를 불러,

"해가 어느 때나 되었느냐?"

"동쪽에 이제 아귀 트나이다."

도련님이 크게 노하여,

"이놈 괘씸한 놈, 서으로 지는 해가 동으로 도로 가랴. 다시금 살펴 보라."

이윽고 방자 여짜오대,

"해는 떨어져 *함지(咸池)에 황혼이 되고 달은 동령에 솟습니다."

저녁밥이 맛이 없어 전전반측(轉轉反側) 어이하리. 퇴령(退令)을 기다리라 하고 서책을 보려 할제, 책상을 앞에 놓고 서책을 읽어가는데 중용, 대학, 논어, 맹자, 시전, 주역이며, 고문진보, 통 사략과 이백(李白), 두시(杜詩), 천자까지 내어 놓고 글을 읽는데 시전(詩傳)이었다. 관관저구(關關雎鳩) 재하지주(在河之洲)요, 요조숙녀(窈窕淑女)는

---

*함지(咸池)——해가 진다고 하는 큰 못.

군자호구(君子好逑)로다.

“서로 소리를 바꾸어 우는 정경이 새는 물가에서 노니는도다. 아름다운 여인은 군자의 좋은 짝이로다. 아서라, 그 글도 못 읽겠다.”

대학을 읽는데,

“대학의 길은 명명한 덕에 있으며 신민(新民)에게 있으며 춘향에게 있도다. 그 글도 못 읽겠고.”

주역을 읽는데,

“원(元)은 형(亨)코 정(貞)코 춘향이 코 딱 댄 코 좋고 하니라. 그 글도 못 읽겠다.”

등왕각(藤王閣)이라,

“남창(南昌)은 고군(故郡)이요 홍도(紅都)는 신부(新府)로다. 옳다 그 글 되었다.”

맹자를 읽는데,

“맹자께서 양혜왕을 보신대 왕왈 수(叟) 천리를 머다 않고 온다 하시니 춘향이 모시러 오십니까?”

사략을 읽으면서,

“태고라 천황씨도 이(以) 쑥떡으로 왕하여 세기섭제(歲起攝提)하니 무위이화(無爲而化)하시다 하여 형제 십이인이 각 일만 팔천 세를 누리시다.”

방자가 또 말하기를,

“천황씨가 목떡으로 왕이란 말은 들었으되 쑥떡으로 왕이란 말은 금시 초문이오.”

“이 자식 네 모른다. 천황씨는 일만 팔천 세를 살던 양반이라 이가 단단하여 목떡을 잘 자셨거니와 시속의 선비들은 목떡을 먹겠느냐? 공자님께옵서 후생을 생각하사 명륜당에 현몽하고 ‘시속 선비들은 이가 부족하여 목떡 못 먹기로 물씬물씬한 쑥떡으로 하라’하여 삼백 육십주 향교에 통문(通文)하고 쑥떡으로 고쳤느니라.”

방자 듣다가 말하였다.

“여보, 하느님이 들으시면 깜짝 놀라실 말도 듣겠습니다.”

또 적벽부(赤壁賦)를 들여 놓고,

"임술지추 칠월 기망에 소자(蘇子)가 객으로 더불어 배를 띄워 적벽의 아래에 놀새 청풍은 서서히 불고 물결은 일지 않더라. 아서라 그 글도 못 읽겠다."

천자를 읽는데,

"하늘 천(天) 따지(地)."

방자가 듣고,

"여보 도련님, 점잖은 분이 천자는 웬일이오니까?"

"천자라 하는 글이 칠서(七書)의 본문이라. 양나라 주사봉(周捨奉) 주흥사(周興嗣)가 하룻밤에 이 글을 짓고 머리가 희었기로 책 이름을 백수문(白首文)이라 하였다. 낱낱이 새겨 보면 뼈똥 쌀 일이 많으니라."

"소인놈도 천자 속은 압니다."

"네가 알더란 말이냐?"

"알다뿐이겠습니까."

"안다 하니 읽어 봐라."

"예, 들으시오. 높고 높은 하늘 천(天), 깊고 깊은 따 지(地), 홰홰 친친 가물 현(玄), 불타졌다 누를 황(黃)."

"예, 이놈 상놈은 적실하다. 이놈 어디서 장타령하는 놈의 말을 들었구나. 내 읽을 테니 들어 보아라. 하늘이 자시에 열려 하늘을 나으니 태극이 광대(廣大) 하늘 천(天), 땅이 축시에 개벽하니 오행과 팔괘로 따 지(地), 삼십삼천 공(空)은 다시 공인 인심지시(人心指示) 가물 현(玄), 이십팔수(二十八宿) 금목수화토(金木水火土)의 정색(正色) 누를 황(黃), 우주일월중화(宇宙日月重華)하니 옥우쟁영(玉宇崢嶸) 집 우(宇), 연대국도 흥성쇠(年代國都興盛衰), 옛은 가고 이제는 오니 집 주(宙), 우치홍수(禹治洪水) 기자 추에 홍범구주(洪範九疇) 넓을 홍(洪), 삼황오제(三皇五帝) 붕(崩)하신 후 난신적자(亂臣賊子) 거칠 황(荒), 동방이 장차 계명키로 고고천변 일륜홍(杲杲天邊日輪紅) 번듯 솟아 날 일(日), 억조창생 격양가에 강구연월

(康衢煙月)의 달 월(月), 한심미월(寒心微月) 때때로 불어나 삼오일 야(三五日夜)에 찰 영(盈), 세상만사 생각하니 달빛과 같은지라 십오야 밝은 달이 기망(旣望)부터 기울 측(昃), 이십팔수부터 하도낙서(河圖洛書) 버린 법(法) 일월성신 별 진(辰), 가련금야숙창가(可憐今夜宿娼家)라 원앙금침의 잘 숙(宿), 절대가인 좋은 풍류 나열춘추(羅列春秋)의 버릴 열(列), 의의월색(依依月色) 야심경에 만단 정회(萬端情懷) 베풀 장(張), 오늘 찬 바람이 소슬히 불어오니 침실에 들어라 찰 한(寒), 베개가 높거든 내 팔을 베러 이마만큼 오너라 올래(來), 에라 후리쳐 질끈 안고 임의 품에 드니 설한풍에도 더울 서(暑), 침실이 음풍(陰風)을 취하여 이리저리 갈 왕(往), 불한불열(不寒不熱) 어느 때냐 낙엽오동 가을 추(秋), 백발이 장차 우거지니 소년풍도를 거둘 수(收), 낙목한풍(落木寒風) 찬바람 백운강산의 겨울 동(冬), 자나 깨나 잊지 못할 우리 사랑 규중심처에 감출 장(藏), 부용(芙蓉)이 지난 밤의 가는 비에 광윤유태(光潤有態) 부를 윤(潤), 이러한 고운 태도 평생을 보고도 남을 여(餘), 백년기약 깊은 맹세 만경창파 이룰 성(成), 이리저리 노닐 적에 부지세월(不知歲月) 해 세(歲), 조강지처 불하당 아내 박대 못하느니 대전통편(大典通編) 법중 률(律), 군자호구(君子好逑) 이 아니냐, 춘향 입에 내 입을 한데다 대고 쪽쪽 빠니 법중 려(呂) 자가 이 아니냐. 애고애고 보고지고."

소리를 크게 질러 놓으니 이때 사또가 저녁 진지를 잡수시고 식곤증(食困症)이 나서서 평상(平床)에 취침하시었다.

"애고애고 보고지고."

소리에 깜짝 놀라,

"이리 오너라!"

"예!"

"책방에서 누가 생침을 맞느냐. 신다리를 주물렀느냐? 알아들여라."

통인이 들어가,

"도련님 웬 목통이오? 고함 소리에 사또께서 놀래시사 엄문하라 하옵시니 어찌하오리까?"

"딱한 일이다. 남의 집 늙은이는 이롱증(耳聾症)도 있느니라마는 귀 너무 밝은 것도 예삿일이 아니로구나."

도련님 크게 놀라,

"이대로 여쭈어라 내가 논어라는 글을 읽다가 슬프다 나의 도가 오래 된지라 꿈에 주공을 뵙지 못하여 나도 이 대목을 보다가 나도 주공을 뵈오면 그리 하여 볼까 하여 홍취로 소리가 높아졌으니, 너 그대로만 여쭈어라."

통인이 들어가 그대로 여쭈니 사또는 도련님에게 *승벽(勝癖)이 있음을 크게 기꺼워하여,

"이리 오너라! 책방에 가서 목랑청(睦朗聽)을 가만히 오시래라."

낭청이 들어오는데 이 양반이 어찌 고리게 생기었던지 체신머리 없는 걸음으로 조심없이 덥썩 들어서는 것이다.

"사또님, 그새 심심하시지요?"

"아, 괜치 않네. 할 말이 있네. 우리 피차 고우로서 동문수업(同門修業)하였거니와 어릴 때 글 읽기처럼 싫은 것이 없건마는 우리 아이 시홍(詩興)을 보니 어이 아니 기쁠쏜가."

이 양반은 아는지 모르는지 하여간 대답하는 것이었다.

"아이 때 글 읽기처럼 싫은 게 어디 있으리요."

"읽기가 싫으면 잠도 오고 꾀가 많아지지. 이 아이는 글 읽기를 시작하면 주야를 가리지 않고 읽고 쓰고 한단 말이여."

"예 그러하옵디다."

"배운 바 없어도 필재가 대단하지."

"그렇지요."

"점 하나만 툭 찍어도 고봉추석(高峰墜石) 같고, 한 일(一)을 그어 놓으면 천리진운(千里陣雲)이요, 갓 머리는 작두첨(雀頭添)이요, 필법을 논할지면 풍랑뇌전(風浪雷電)이요, 내리 그어 치는 획은 노송

---

*승벽(勝癖)——경쟁하여 이기기를 남달리 좋아하는 성격.

도괘절벽(老松倒掛絶壁)이라. 창과(戈)로 이를진댄 바른 등(藤) 넝쿨 같이 뻗어갔네. 도리깨 치는 데는 성낸 쇠뇌 끝 같고 기운이 부족하면 발길로 툭 차올려도 획은 획대로 되나니.”
“글씨를 가만히 보오면 획은 획대로 되옵니다.”
“글쎄 들어 보세. 저 아이 아홉 살 먹었을제 서울집 뜰에 늙은 매화가 있는 고로 매화나무를 두고 글을 지으라 하였더니 잠시 지었으되 정성 들인 것과 필요한 것만을 간추리는 솜씨가 대단하여 한 번 본 것은 문득 기억하였으니 정부의 당당한 명사가 될 것이요, 눈을 남으로 돌리면서 북쪽을 돌아보며 춘추의 한 수를 읊데그려.”
“장래 정승을 하오리다.”
사또께서 너무 감격하여,
“정승이야 어찌 바랄 것이겠나마는 내 생전에 급제는 쉬 할 게고 급제만 쉽게 하면 육품의 벼슬에 오르는 것이야 어련히 하겠나.”
“아니오, 그리 할 말씀이 아니오라 정승을 못하면 장승(長丞)이라도 하지요.”
사또가 호령하되,
“자네 뉘 말로 알고 대답을 그리 하는가?”
“대답은 하였으나 뉘 말인지는 모릅지요.”
그렇다고 하였으되 그게 또 거짓말이었다.

6 결연(結緣)

이때 이도령은 퇴령(退令) 놓기를 기다리다가,
“방자야!”
“예!”
“퇴령 놓았나 보아라.”
“아직 아니 놓았소.”
조금 있더니,
“하인 불러라!”

퇴령 소리 길게 나니,

"좋다, 좋다. 옳다, 옳다. 방자야 초롱에 불 밝혀라."

통인 하나 뒤를 따라 춘향의 집으로 건너 갈 때 자취 없이 가만가만 걸으면서,

"방자야, 상방(上房)에 불 비친다. 등롱을 옆으로 감춰라!"

삼문 밖에 썩 나서니 좁은 길 사이에는 달빛이 영롱하고 꽃 사이에 푸른 버들 몇 번이나 꺾었으며 투기(鬪技)하는 소년 아이들은 밤에 청루(靑樓)에 들어갔으니 지체 말고 어서 가자. 그렁저렁 당도하니 좋은 이밤은 죽은 듯 고요한데 가기물색(佳期物色)이 아니냐. 가소롭다. 어주자(漁舟子)는 도원(桃源) 길을 모르던가. 춘향의 문전에 당도하니 인적은 드물고 월색은 삼경이었다. 뛰는 고기는 출몰하고 대접 같은 금붕어는 임을 보고 반기는 듯, 월하의 두루미도 흥에 겨워 짝을 부른다.

이때 춘향이 칠현금(七絃琴) 비껴 안고 남풍시(南風詩)를 희롱하다가 침석에서 졸더니 방자가 안으로 들어가되 개가 짖을까 염려하여 자취없이 가만가만 춘향 방 영창(影窓) 밑에 가만히 살짝 들어가서,

"이애 춘향아, 잠들었느냐?"

춘향이 깜짝 놀라,

"네 어찌 오느냐?"

"도련님이 와 계시다."

춘향이가 이 말을 듣고 가슴이 울렁울렁 속이 답답하여 부끄럼을 이기지 못하여 문을 열고 나오더니 건넌방에 건너가서 저의 모친을 깨우는데,

"애고 어머니, 무슨 잠을 이다지 깊이 주무시오?"

춘향의 모 잠을 깨어,

"아가 무엇을 달라고 부르느냐?"

"뉘가 무엇을 달라고 했소?"

"그러면 어째서 불렀느냐?"

엉겁결에 하는 말이,

“도련님이 방자 뫼시고 오셨다오.”
춘향의 모친이 문을 열고 방자 불러 묻는 말이,
“뉘 왔느냐?”
방자 대답하되,
“사또 자제 도련님이 와 계시오.”
춘향 모 그 말을 듣고,
“향단아!”
“네.”
“뒤 초당에 좌석과 등촉을 마련하여 두어라.”
당부하고 춘향모가 나오는데 세상 사람들이 다 춘향모를 칭송하더니 과연 그 이유가 있었다. 예로부터 사람이 외탁(外卓)을 많이 하는 고로 춘향 같은 딸을 낳았구나. 춘향모 나오는데 거동을 살펴보니, 반백이 넘었는데 소탈한 모양이며 다정한 거동이 표표정정하고 살결이 윤택하여 복이 많게 보이었다. 점잖은 걸음으로 걸어 나오는데 가만가만 방자가 뒤를 따라온다.
이때 도련님이 천천히 거닐며 뒤돌아보고 흘겨보기도 하며 무료히 서 있을 때 방자가 나와 말하였다.
“저기 오는 게 춘향모로소이다.”
춘향모가 나오더니 공수(拱手)하고 우뚝 서며,
“그 사이 도련님 문안이 어떠하시오?”
도련님 반만 웃고는,
“춘향의 모친이라지…… 평안한가?”
“예. 겨우 지냅니다. 오실 줄 진정 몰라 영접이 불민하옵니다.”
“그럴 리가 있나?”
춘향모 앞을 서서 인도하여 대문 중문 다 지나고 후원(後苑)을 돌아가니 해묵은 별초당(別草堂)에 등촉을 밝혔는데 버들가지 늘어져 불빛을 가린 모양이 구슬 발[簾]이 갈고랑이에 걸린 듯하고, 오른쪽의 벽오동(碧梧桐)은 맑은 이슬이 뚝뚝 떨어져 학의 꿈을 놀래 주는 듯하고, 좌편에 섰는 반송(盤松)은 청풍이 건듯 불면 늙은 용이 꿈틀거리는 듯하고, 창앞에 심은 파초, 일란초(日暖初) *봉미장(鳳尾長)은 속잎이 빼어나고 수심여주(水心如珠) 여린 연꽃 물밖에 겨우 떠서 옥로를 받쳐 있고, 대접 같은 금붕어는 고기 변해 용되려 하고 때때로 물결쳐서 출렁출렁 굼실 놀 때마다 조롱하고, 새로 나는 연잎은 받을 듯이 벌어지고 *급연상봉석가산(岌然上峰石假山)은 층층이 쌓였는데 계하의 학두루미 사람을 보고 놀래어 두 죽지를 떡 벌리고 긴 다리로 징검 짓검 끼룩 뚜루룩 소리하며 계화(桂花)단 밑에 삽살개 짖는구나. 그중에 반가운 것은 못 가운데 쌍오리는 손님 오시노라 두둥실 떠서 기다리는 모양이요, 처마에 다다르니 그제야 저의 모친의 영을 받들어 사창을 반쯤 열고 나오는데 그 모양을 살펴보니 뚜렷한 일륜명월(一輪明月)이 구름 밖에 솟았는 듯 황홀한 그 모양은 측량키 어렵다. 부끄러이 당에 내려 천연스레 서 있는 거동은 사람의 간장을 다 녹인다. 도련님 반만 웃고 춘향더러 묻는 말이,

"곤(困)치 아니하며 밥이나 잘 먹느냐?"

춘향이 부끄러워 대답지 못하고 묵묵히 서 있거늘 춘향모가 먼저 당에 올라 도련님을 자리로 모신 후에 차를 들여 권하고 담배 붙여 올리니, 도련님 받아 물고 앉았을 때 도련님 춘향의 집 오실 때는 춘향에게 뜻이 있어 와 계시는 것이지, 춘향의 세간 기물 구경 온 게 아니로되, 도련님의 외입인지라 밖에서는 무슨 말이 있을 듯하더니, 들어가 앉고 보니 별로 할 말이 없고 공연히 기침 기운이 나서 오한증(惡寒症)이 들면서 아무리 생각하여 보아도 할 말이 없었다. 방 가운데를 둘러보며 벽 위를 살펴보니 상당한 기물들이 놓여 있다. 용장(龍欌)과 봉장(鳳欌), 가께수리〔倭櫃〕여기저기 벌여 있고 그림을 그려 붙여 있으되, 서방 없는 춘향이요 학문하는 계집아이가 세간과 그림이 왜 있을까마는 춘향모가 유명한 명기라 그 딸을 주려고 장만한 것이었다. 조선의 유명한 명필(名筆) 글씨가 붙어 있고, 그 사이에 붙인 명화(名畵) 다 후리쳐 던져 두고 월선도(月仙圖)란 그림이 붙었으니 월선도의

---

*봉미장(鳳尾長)——파초의 속잎이 봉의 꼬리와 같이 길다는 말.

*급연상봉석가산(岌然上峰石假山)——뜰에 돌로 쌓아 놓은 산.

화제(畵題)가 다음과 같았다. 임금님이 높이 앉아 군신의 조회를 받는 그림〔上帝高居絳節朝〕. 청련거사 이태백이 황학전(黃鶴殿)에 꿇어앉아 황정경(黃庭經) 읽는 그림.

백옥루(白玉樓) 지은 후에 자기 불러 올려 상량문(上樑文) 짓는 그림. 칠월 칠석 오작교에서 견우직녀 만나는 그림. 광한전 달 밝은 밤에 약을 찧던 항아(姮娥)의 그림.

충충이 붙였으니 광채가 찬란하여 정신이 산만하였다. 또 한 곳을 바라보니, 부춘산 엄자릉(富春山嚴子陵)은 간의대부(諫議大夫) 마다고 백구로 벗을 삼고 원학(猿鶴)으로 이웃삼아 양구(洋裘)를 떨쳐 입고 추동강(秋桐江) 칠리탄(七里灘)에 낚싯줄 던진 경치를 역력히 그려 놓았다. 방가위지(方可謂之) 선경이다. 남자의 좋은 짝이 놀 데가 바로 여기다. 춘향이 일편 단심으로 일부종사하려고 글 한 수를 지어 책상 위에 붙였으되,

> 帶韻春風竹　焚香夜讀書
> 운을 띤 것은 봄바람의 대나무요
> 향불을 피운 것은 밤에 책 읽을러라

"기특하다 이 글뜻은 목란(木蘭)의 절개로구나."
이렇듯 칭찬할 때 춘향모 말하기를,
"중하신 도련님이 변변찮은 집에 와주시니 황공하고 감격하옵니다."
"그럴 리가 왜 있는가. 우연히 광한루에서 춘향을 잠깐 보고 연연히 보내기로 *탐화봉접(探花蜂蝶) 취한 마음, 오늘 밤에 오는 뜻은 춘향의 모 보러 왔거니와 자네 딸 춘향이와 백년언약을 맺고저 하니 자네의 마음 어떠한가?"
춘향의 모가 대답하기를,
"말씀은 황송하오나 들어 보시오. 자핫골 성참판 영감이 *보후(補

---

*탐화봉접(探花蜂蝶)——여색을 좋아함.
*보후(補後)——내직에 들어가기 전에 잠시 외관(外官)에 임시로 보임하는 일.

後)로 남원에 좌정하실 때 소리개를 매로 보고 수청을 들라 하옵기로 관장의 영을 어길 수 없어 모신 지 삼 삭 만에 올라가신 후 뜻밖으로 잉태하여 낳은 것이 저것입니다. 그런 연유로 성참판께 아뢰니 '젖줄 떨어지면 데려가련다' 하시더니 그 양반이 불행하여 세상을 버리시니 보내지 못하옵고 저것을 길러 낼 때, 어려서 잔병조차 그리 많고 일곱 살에 소학 읽혀 수신제가(修身齊家) 화순심(和順心)을 낱낱이 가르치니, 씨가 있는 자식이라 만사를 달통하고 삼강 행실, 뉘라서 내 딸이라 하리요. 가세가 부족하니 재상가(宰相家)에는 부당하고 사(士), 서인(庶人) 상하에 다 미치지 못하니 혼인이 늦어져서 주야로 걱정이나 도련님 말씀은 잠시 춘향과 백년기약한다는 말씀이오나 그런 말씀 말으시고 노시다가 가시기나 하시지요."
이 말이 참말 아니라 이도련님 춘향을 얻는다 하니 앞일을 몰라 뒤를 눌러 하는 말이었다. 이도령 기가 막혀,
"호사에는 다마로세. 춘향도 미혼 전이나 나도 미장가 전이라 피차 언약이 이렇고 육례는 못할망정 양반의 자식이 일구이언을 할 까닭이 있겠나?"
춘향의 모 이 말을 듣고,
"또 내 말 들으시오. 고서에 하였으되 신하를 아는 것은 임금만한 이 없고, 아들을 아는 것은 아비만한 이 없고, 딸을 아는 이는 어미만한 이 없다 하지 않았겠소. 내 딸 마음 내가 알지요. 어려서부터 절곡한 뜻이 있어 행여 신세를 그르칠까 의심이요. 일부종사하려 하고 일마다 하는 행실, 철석같이 굳은 뜻이 청송녹죽 전나무 사시절을 다투는 듯 상전벽해 될지라도 내 딸 마음 변할쏜가. 금은보화가 산같이 쌓여 있을지라도 받지 아니할 것이오. 백옥 같은 내 딸 마음 청풍인들 미치리요. 다만 옛날의 큰 뜻을 본받고자 할 뿐인데 도련님 욕심 부려 인연을 맺었다가 미장가 전 도련님이 부모 몰래 깊은 사랑 금석같이 맺었다가 소문나 버리시면 옥결 같은 내 딸 신세 문채 좋은 대모(玳瑁) 진주, 고운 구슬, 군역노리 깨어진 듯, 청강에 노던 원앙새가 짝 하나를 잃었다 한들 어이 내 딸 같을쏜가.

도련님의 속마음이 말과 같을진댄 깊이 알아 행하시오."

도련님 더욱 답답하여,

"그건 두번 다시 염려 마소. 내 마음 헤아리니 특별 간절 굳은 마음 흉중에 가득하니 분의(分義)는 다를망정 저와 나와 평생 기약을 맺을 때에 *전안납폐(奠雁納幣) 아니한들 창파같이 깊은 마음 춘향 사정 모를쏜가."

이와 같이 이야기하니, 청실홍실의 육례(六禮)를 갖춰 만난다 해도 이 위에 더 뾰족할 것인가.

"내 저를 첫장가 모양 여길 터이니 시하(侍下)라고 염려 말고 미장가 전이라고 염려 마오. 대장부 먹은 마음으로 박대하는 행실을 할 것인가? 허락만 하여 주오."

춘향의 모 이 말을 듣고 이윽히 앉았더니 몽조(夢兆)가 있는지라 연분인 줄 짐작하고 흔연히 허락하여,

"봉(鳳)이 나매 황(凰)이 나고 장군 나매 용마 나고 남원의 춘향이 나매 이화춘풍 꽃다웁다. 향단아, 주반(酒盤) 등대하여라."

향단이 대답하고 주효를 차릴 때 안주 등물 보니 괴새도 정결하고 대양판(大胖板) 가리찜, 소양판(小胖板) 제육찜, 푼푼 뛰는 숭어찜, 포도동 날으는 메추리탕에 동래(東萊)·울산(蔚山) 대전복, 대모장도(玳瑁粧刀) 잘 드는 칼로 맹상군(孟嘗君)의 눈썹과 같이 어슥비슥 오려 놓고, 염통, 산적, 양볶음과 춘치자명(春雉自鳴) 생치(生雉) 다리 적벽(赤壁) 대접 분원기(分院器)에 냉면조차 비벼 놓고, 생밤, 찐밤, 잣송이며, 호도, 대추, 석류, 유자, 준시, 앵두, 탕기(湯器) 같은 청술레를 볼품있게 괴었는데, 술병 치레를 볼 것 같으면 티끌 없는 백옥병과 푸르른 산호병과 엽락금정(葉落金井) 오동병과 목이 긴 황새병, 자라병, 당화병, 쇄금병, 소상동정, 죽절병, 그 가운데 품질이 좋은 은으로 만든 주전자, 적동자, 쇄금자 등을 차례로 놓았는데 빠짐없이도 구비하여 놓았구나. 술 이름을 말할진대 이적선(李謫仙) 포도주와 안기

---

*전안납폐(奠雁納幣)──혼인 때, 신랑이 기러기를 갖고 신부집에 가서 상 위에 놓고 절하는 예.

생(安期生) *자하주(紫霞酒)와 산림처사(山林處士) 송엽주(松葉酒)와, 과하주(過夏酒), 방문주(方文酒), 천일주, 백일주, 금로주(金露酒), 팔팔 뛰는 화주(火酒), 약주, 그 가운데 향기로운 연엽주(蓮葉酒) 골라 내어 알 모양으로 동그란 주전자에 가득 부어 청동 화로 백탄불에 냄비 냉수 끓는 가운데 동그란 주전자에 부어 차지도 덥지도 않게 데워 내어, 금잔, 옥잔, 앵무새 주둥이 같은 잔을 그 가운데 띄웠으니 옥경, 연화 피는 곳에 태을선녀(太乙仙女)가 배를 띄우듯, 대광보국(大匡輔國) 연꽃잎 영의정 파초선을 띄우듯, 두둥실 띄워 놓고 권주가 한 곡조에 한 잔 한 잔 또 한 잔 드는 것이었다. 이도령 하는 말이,

"오늘밤에 하는 절차 보니 관청이 아닌 바에 어이 그렇게 구비하여 놓았는가?"

춘향모 말하기를,

"내 딸 춘향 곱게 길러 요조숙녀는 군자의 짝으로 가려서 금실을 벗하여 평생을 동락하올 때에 사랑에 노는 손님 영웅, 호걸, 문장들과 죽마고우 벗님네들과 주야로 즐기실 때 내당의 하인 불러 밥상 술상 재촉할 때, 보고 배우지 못하고는 어찌 곧 등대하리요? 안사람이 민첩지 못하면 남편의 낯을 깎는 것이니 내 생전에 힘써 가르쳐 아무쪼록 본받아 행하려고 돈 생기면 사 모으고 손으로 만들어서 눈에 익고 손에도 익히려고 잠시라도 놀지 않고 시킨 보람이오니 부족다 말으시고 구미대로 잡수시오."

하며, 앵무새 같은 잔에 가득히 술을 부어 도련님께 드리오니 이도령 잔 받아 손에 들고 탄식하며 하는 말이,

"내 마음대로 한다면 육례(六禮)를 행할 것이나, 그렇게는 못하고 개구멍 서방으로 들고 보니 이 아니 원통하냐. 이애 춘향아, 그러나 우리 둘이 대례 술로 알고 먹자."

한 잔 술 부어 들고,

"내 말 들어라. 첫째 잔은 인사주요. 둘째 잔은 합환주(合歡酒)니, 이 술이 다른 술이 아니라 근원 근본으로 삼으리라. 순 임금 때의

---

*자하주(紫霞酒)——이슬을 받아 만든 술.

아황(娥皇)과 여영(如英)이 귀히 만난 연분이 귀중하다 하였으되, 월로(月老)의 우리 연분, 삼생(三生) 가약을 맺은 연분, 천만년이라도 변치 않을 연분, 대대로 삼태(三台) 육경(六卿) 자손이 많이 번성하여 자손 증손 고손이며 무릎 위에 앉혀 놓고 죄암죄암, 달강달강 백 살까지 살다가 한날 한시 마주 누워 선후없이 죽게 되면 천하에 제일 가는 연분이 아닌가."

술잔 들어 먹은 후에,

"향단아 술 부어 너의 마나님께 드려라."

"장모, 경사술이니 한 잔 먹으소."

춘향의 모 술잔 들고 슬프기도 하고 기쁘기도 하여 하는 말이,

"오늘이 우리 딸의 백년 고락을 맺는 날이라, 무슨 슬픔 있을까마는 저것을 길러낼 때 애비 없이 길러, 이때를 당하오니 영감 생각이 간절하여 비창하여이다."

도련님 하는 말이,

"기왕지사 생각 말고 술이나 먹소."

춘향모 삼배 후에 도련님 통인 불러 상 물려주면서,

"너도 먹고 방자도 먹여라."

통인과 방자가 상을 물려 먹은 후에 대문 중문 다 닫히고 춘향의 모는 향단을 불러 자리를 보게 할 때에 원앙금침 잣베개와 샛별 같은 요강, 대야까지 갖춰 자리 보전을 정히 하고,

"도련님 평안히 쉬시옵소서."

"향단아, 나오너라. 나하고 함께 가자."

둘이 다 건너갔구나.

7 원앙교경(鴛鴦交頸)

춘향과 도련님이 마주 앉아 놓았으니 그 일이 어찌 되겠느냐. 사양(斜陽)을 받으면서 삼각산 제일봉에 봉학이 춤추는 듯, 두 활개를 살포시 들고 춘향의 섬섬옥수를 반듯이 겹쳐 잡고 의복을 교묘하게 벗

기는데, 두 손길 썩 놓더니 춘향의 가는 허리를 담쑥 안고,

"치마를 벗어라!"

춘향이가 처음 일일 뿐 아니라 부끄러워 고개를 숙여 몸을 틀매 이리 곰실 저리 곰실 녹수(綠水)의 홍연화(紅蓮花)가 잔바람을 만나 혼들리는 듯, 도련님이 치마 벗겨 제쳐놓고 바지와 속곳을 벗길 때에 무한히 힐난한다. 이리 굼실 저리 굼실 동해의 청룡이 굽이를 치는 듯하다.

"아이고 놓아요, 좀 놓아요."

힐난하는 중에 옷끈 끌러 발가락에 딱 걸고서 지그시 누르며 기지개를 켜니 발길 아래 떨어진다. 옷이 활짝 벗겨지니 형산의 백옥덩이가 춘향에 비길쏘냐. 옷이 활짝 벗겨지니 도련님 거동을 보려 하고 살금히 놓으면서,

"아차 손 빠졌다."

춘향이가 금침 속으로 달려든다. 도련님이 왈칵 쫓아 드러누워 저고리를 벗겨내어 도련님 옷과 모두 한데다 둘둘 뭉쳐 한편 구석에 던져 두고 둘이 안고 마주 누웠으니 그대로 잘 리가 있는가. 애를 쓸 때에 *삼승(三升) 이불이 춤을 추고 샛별 요강은 장단을 맞추어 청그렁 쟁쟁 문고리는 달랑달랑 등잔불은 가물가물, 맛이 있게 잘자고 났구나. 그 가운데의 진진한 일이야 오죽하랴.

하루 이틀 지나가니 어린 것들이라 신맛이 간간 새로워 부끄러움은 차차 멀어지고 이제는 희롱도 하고 우스운 말도 있어 자연히 사랑가가 되었구나. 사랑하고 노는데 꼭 이 모양으로 노는 것이었다.

"사랑 사랑 내 사랑아

동정칠백(洞庭七百) 월하초에

무산(巫山)같이 높은 사랑

목단(目斷) 무변수(無邊水)에

하늘 같고 바다 같은 깊은 사랑

오산전(五山顚) 달 밝은데

---

*삼승(三升)── 굵은 베.

추산천봉(秋山千峰) 반달 사랑

증경학무(曾經學舞)하올 적에

하문취소(何問吹蕭)하던 사랑

유유낙일(悠悠落日) 월렴간(月簾間)에

도리화개(桃李花開) 비친 사랑

섬섬초월 분백(粉白)한데

함소함태(含笑含態) 숱한 사랑

월하의 삼생(三生) 연분 너와 나와 만난 사랑

허물없는 부부 사랑

화우동산(花雨東山) 목단화같이 펑퍼지고 고운 사랑

연평 바다 그물같이 얽히고 맺힌 사랑

청루미녀(靑樓美女) 금침같이 혼솔마다 감친 사랑

시냇가의 수양같이 펑퍼지고 늘어진 사랑

남창(南倉) 북창(北倉) 노적(露積)같이

다물다물 쌓인 사랑

은장(銀藏) 옥장(玉藏) 장식같이 모모이 잠긴 사랑

영산홍록(映山紅綠) 봄바람에 넘노나니

황봉(黃峰) 백접(白蝶) 꽃을 물고 질긴 사랑

녹수청강 원앙조 격으로 마주 둥실 떠 노는 사랑

연년칠월 칠석야에 견우직녀 만난 사랑

*육관대사(六觀大師) 성진(性眞)이가

팔선녀와 노는 사랑

역발산(力拔山) 초패왕(楚覇王)이

우미인(虞美人)을 만난 사랑

당나라 당명황(唐明皇)이

양귀비(楊貴妃)를 만난 사랑

*명사십리(明沙十里) 해당화같이

---

*육관대사(六觀大師) 성진(性眞)—— 구운몽(九雲夢)에 나오는 중과 주인공의 이름.

*명사십리(明沙十里)—— 원산 부근의 모래 사장.

연연(娟娟)히 고운 사랑
네가 모두 사랑이로구나
어화 둥둥 내 사랑아
어화 내 *간간 내 사랑아."
"여봐라 춘향아
저리 가거라 가는 태를 보자
이만큼 오너라 오는 태를 보자
빵긋 웃고 아장아장 걸어라. 걷는 태도 보자
너와 나와 만난 사랑
연분을 팔자 한들 팔 곳이 어디 있어
생전 사랑 이러하고
어찌 사후(死後) 기약이 없을쏘냐."
"너는 죽어서 될 것이 있다.
너는 죽어 글자 되되
따 지자(地字), 그늘 음자(陰字), 아내 처자(妻字), 계집 여자(女字)
변(邊)이 되고
나는 죽어 글자 되되
하늘 천자(天字), 하늘 건자(乾), 지아비 부자(夫字), 사내 남자(男
字) 아들 자자(子字) 몸이 되어 여(女) 변(邊)에다 붙이면 좋을 호자
(好字)로 만나 보자.
사랑 사랑 내 사랑
또 너 죽어 될 것이 있다.
너는 죽어 물이 되되
은하수, 폭포수, 만경창해수(萬頃滄海水), 청계수(淸溪水), 옥계수
(玉溪水),
일대장강(一帶長江) 던져 두고
칠년 대한(大旱) 가물 때도 일상진진
젖어 있는 음양수란 물이 되고

---

*간간(侃侃)──서로 화락(和樂)함.

나는 죽어 새가 되어
두견새도 되지 말고
요지(瑤池) 일월 청조, 청학, 백학이며
*대붕조(大鵬鳥) 그런 새가 될라 말고
쌍거쌍래 떠날 줄 모르는 원앙조란 새가 되어
녹수의 원앙격으로
어화 둥둥 떠 놀거든
나인 줄을 알려무나
사랑 사랑 내 간간 내 사랑이야."
"아니 그것도 내 아니 되려오."
"그러면 너 죽어 될 것이 있다.
너는 죽어
경주 인경도 되려 말고
전주 인경도 되려 말고
송도 인경도 되려 말고
장안 종로 인경 되고
나는 죽어 인경 마치 되어
삼십삼천(天) 이십팔 수(宿)를 응하여
질마재에 봉화 세 자루 꺼지고
남산에 봉화 두 자루 꺼지면
인경 첫마디 치는 소리
그저 뎅뎅 칠 때마다
다른 사람 듣기에는
인경 소리로만 알아도
우리 속으로는
'춘향 뎅 도련님 뎅이라'
만나 보자꾸나

---

*대붕조(大鵬鳥)——엄청나게 커서 구만리를 단번에 난다는 새.

사랑 사랑 내 간간 내 사랑이야."
"아니 그것도 나는 싫소."
"그러면 너 죽어 될 것 있다.
너는 방아 확이 되고
나는 방아 공이가 되어
경신년 경신월 경신일 경신시의 강태공 조작 방아
그저 떨구덩 떨구덩 찧거들랑 나인 줄 알려무나
사랑 사랑 내 사랑 내 간간 사랑이야."
춘향이 하는 말이,
"싫소, 그것도 내 아니 되려오."
"어이하여 그 말이냐?"
"나는 항시 어찌 이생이나 후생이나 밑으로만 된다는 법 있소? 재
미없어 못 쓰겠소."
"그러면 너 죽어 위로 가게 하마. 너는 죽어 맷돌 위짝이 되고 나는
밑짝이 되어 이팔청춘 홍안 미색들이 섬섬옥수로 맷대를 잡고 슬슬
돌리면 천원지방(天圓地方) 격으로 휘휘 돌아가거든 나인 줄을 알려
무나."
"싫소, 그것도 아니 되려오. 위로 생긴 것이 부아 나게만 생기었소.
무슨 년의 원수로서 일생 한 구멍이 더하니 아무것도 나는 싫소."
"그러면 너 죽어 될 것이 있다.
너는 죽어 명사십리 해당화 되고
나는 죽어 나비 되어
나는 네 꽃송이 물고
너는 내 수염 물고
춘풍이 선듯 불거든
너울 춤을 추며 놀아 보자
사랑 사랑 내 사랑이야
내 간간 사랑이지
이리 보아도 내 사랑

저리 보아도 내 사랑
이 모두 내 사랑 같으면
사랑에 걸려 살 수 있나
어허 둥둥 내 사랑
내 어여쁜 내 사랑이야
방긋방긋 웃는 것은
화중왕 모란화가
하룻밤 세우(細雨) 뒤에
반만 피고자 한 듯
아무리 보아도 내 사랑
내 간간이로구나
너와 나와 유정하니 정자(情字)로 놀아 보자.
음상동(音相同)하여 정자(情字)로 노래나 불러 보세.”
“들읍시다.”
“내 사랑아 들어라.
너와 나와 유정하니 어이 아니 다정하리
담담장강수(澹澹長江水) 유유원객정(悠悠遠客情)
하교불상송(河橋不相送) 강수원함정(江樹遠含情)
송군남포불승정(送君南浦不勝情)
무인불견송아정(無人不見送我情)
한태조 희우정(漢太祖喜雨亭)
삼태 육경(三台六卿) 백관조정(百官朝庭)
도량(道場) 청정(清淨),
각씨(閣氏) 친정(親庭)
친고(親故) 통정(通情),
난세(亂世) 평정(平定)
우리 둘이 천년 인정
월명성희(月明星稀) 소상동정(瀟湘洞庭)
세상만물 조화정(世上萬物造化定)

근심 걱정, 소지(所志) 원정(原情)

주위 인정, 음식 투정

복 없는 저 방정,

송정(訟庭), 관정(官庭), 내정(內庭), 외정(外庭)

애송정(愛松亭), 천양정(穿楊亭)

양귀비의 심향정(沈香亭)

*이비(二妃)의 소상정(瀟湘亭)

한송정(寒松亭)

백화만발 호춘정(好春亭)

기린토월 백운정(白雲亭)

너와 나의 만난 정(情)

일정(一情) 실정(實情) 논지(論之)하면

내 마음은 *원형이정(元亨利貞)

네 마음은 일편탁정(一片託情)

이같이 다정하다가

만일 즉파정(即破情)하면 복통 절정(絶情) 걱정되니

진정으로 원정(原情)하자는 그 정자(情字)다.”

춘향이 좋아라고 하는 말이,

“정 속은 *도저(到底)하오. 우리집 재수(財數) 있게 안택경(安宅經)

이나 좀 읽어 주오.”

도련님 허허 웃고,

“그뿐인 줄 아느냐, 또 있지야. 궁자(宮字) 노래를 들어 보아라.”

“애고 얄궂고 우습다. 궁자 노래가 무엇이오?”

“네 들어 보아라. 좋은 말이 많으니라.

좁은 천지 개태궁(開胎宮) 뇌성벽력 풍우 속에

서기 삼광(三光) 둘려 있는

---

*이비(二妃)——아황(娥皇)과 여영(女英).

*원형이정(元亨利貞)——역학(易學)에서 말하는 천도(天道)의 네 가지 원리.

*도저(到底)하다——썩 잘되어 매우 좋다.

장엄하다 창합궁(閶闔宮)
성덕이 넓으시다
조림(照臨)이 어인 일인고
주지객(酒池客) 운성(雲盛)하던
은왕(殷王)의 대정궁(大庭宮)
문천하득(問天下得)하실 적에
한태조(漢太祖) 함양궁(咸陽宮)
그 곁의 장락궁(長樂宮)
반첩여(班婕妤)의 장신궁(長信宮)
당명황(唐明皇)의 상춘궁(賞春宮)
이리 올라서 이궁(離宮)
저리 올라 별궁(別宮)
용궁 속의 수정궁(水晶宮)
월궁 속의 광한궁(廣寒宮)
너와 나와 합궁(合宮)하니
한평생 무궁이라
이 궁 저 궁 다 버리고
네 양다리 사이의 수룡궁(水龍宮)에
나의 심줄 방망이로
길을 내자꾸나.”
춘향이 반만 웃고,
“그런 잡담은 말으시오.”
“그게 잡담이 아니로다. 춘향아 우리 둘이 업음질이나 하여 보자.”
“애고 참 잡스러워라. 업음질을 어떻게 하여요?”
업음질을 여러 번 한 듯이 말하였던 것이다.
“업음질은 천하 쉬운 것. 너와 나와 활짝 벗고 업고 놀고 안고도 놀
면 그게 업음질이 아니냐?”
“애고, 나는 부끄러워 못 벗겠소.”
“에라 요 계집아이야, 안 될 말이로다. 내 먼저 벗으마.”

버선, 대님, 허리띠, 바지, 저고리, 활짝 벗어 한편 구석에 밀쳐 놓고 우뚝 서니 춘향이 그 거동을 보고 방긋 웃고 돌아서며 하는 말이,

"영락없는 낮도깨비 같소."

"오냐 네 말 좋다. 천지만물이 짝 없는 게 없느니라. 두 도깨비 놀아 보자."

"그러면 불이나 끄고 노사이다."

"불이 없으면 무슨 재미 있겠느냐? 어서 벗어라. 어서 벗어라."

"애고, 나는 싫어요."

도련님 춘향 옷을 벗기려 할 때 넘놀면서 어른다. 만첩 청산 늙은 **범**이 살찐 암캐를 물어다 놓고 이가 없어 먹지는 못하고 흐르릉 흐르릉 아웅 어루는 듯, 북해의 흑룡(黑龍)이 여의주(如意珠)를 입에다 물고 색구름 사이에서 넘노는 듯 *단산(丹山)의 봉황이 대 열매를 물고 **벽오동** 속으로 넘나드는 듯, *구고(九皐) 청학이 난초를 물고서 오송간(梧松間)에 넘노는 듯, 춘향의 가는 허리를 후리쳐 담쑥 안고 기지개를 아드득 떨며 귀와 뺨도 쪽쪽 빨고 입술도 쪽쪽 빨면서 주홍 같은 혀를 물고 오색 단청 순금장(純金欌) 안의 날아가고 날아오는 비둘기같이 꿍꿍 꿍꿍 으흥거려 뒤로 돌려 담쑥 안고 젖을 쥐고 **발발 떨며** 저고리 치마 바지 속곳까지 벗겨 놓으니 춘향이 부끄러워 한편으로 잡치고 앉았을 때 도련님 답답하여 가만히 살펴보니 얼굴이 복찜하여 구슬땀이 송실송실 맺혔구나.

"이애 춘향아, 이리 와 업히거라."

춘향이 부끄러워하니,

"부끄럽기는 무엇이 부끄러워. 이왕에 다 아는 바이니 어서 와 **업히거라.**"

춘향을 업고 추스르며,

"아따 그 계집아이 똥집 장히 무겁다. 네가 내 등에 업힌 것이 **마음에 어떠하냐?**"

---

*단산(丹山)──봉황이 깃들여 있다고 믿는 상상의 산.

*구고(九皐)──못의 가장 깊은 곳.

"더할 수 없이 좋소이다."

"좋냐?"

"좋아요."

"나도 좋다. 좋은 말을 할 것이니 네가 대답만 하여라."

"말씀 대답할 터이니 하여 보옵소서."

"네가 금(金)이지야?"

"금이란 당치 않소, 팔년 풍진 초한 시절에 육출기계(六出奇計) 진평이가 범아부(范亞父)를 잡으려고 황금 사만을 뿌렸으니 금이 어디 남으리까?"

"그러면 진옥이냐?"

"옥이란 당치 않소. 만고 영웅 진시황이 형산의 옥을 얻어 *이사(李斯)의 명필로 수명우천(受命于天) 기수영창(旣壽永昌)이라 옥새(玉璽)를 만들어 만세유전을 하였으니 옥이 어이 되오리까?"

"그러면 네가 무엇이냐? 해당화냐?"

"해당화라니 당치 않소. 명사십리 아니어든 해당화가 되오리까?"

"그러면 네가 무엇이냐? 밀화(密花) 금패(錦貝), 호박(琥珀), 진주(眞珠)냐?"

"아니 그것도 당치 않소. 삼정승, 육판서, 대신, 재상, 팔도 방백, 수령님네 갓끈, 풍잠(風簪) 다 하고서 남은 것은 경향의 일등 명기 지환 등을 허다히 다 만드니 호박진주 부당하오."

"네가 그러면 대모(玳瑁) 산호냐?"

"아니 그것도 아니오. 대모 간 큰 병풍을 산호로 난간을 하여 광해왕(廣海王) 상량문(上樑文)의 수궁 보물 되었으니 대모 산호가 부당하오."

"네가 그러면 반달이냐?"

"반달이라니 당치 않소. 오늘밤 초생(初生) 아니어든 벽공(碧空)에 돋은 밝은 달 내가 어찌 기울이리까?"

"네가 그러면 무엇이냐? 날 홀려먹는 불여우냐? 네 어머니 너를

---

*이사(李斯)——진시황 때의 정승.

낳아 곱고 곱게 길러 내어 나를 홀려먹으라고 생겼느냐? 사랑 사
랑 사랑이야. 내 간간 내 사랑이야. 네가 무엇을 먹으려는 것이
냐? 생밤 찐밤을 먹으려는 것이냐? 둥글둥글 수박 웃봉지 대모장
도 드는 칼로 뚝 떼고 강릉 백청(白淸)을 두루 부어 은수저 반간지
로 붉은 점 한 점을 먹으려느냐?”
“아니 그것도 내사 싫소.”
“그러면 무얼 먹겠느냐? 시금털털 개살구를 먹겠느냐?”
“아니 그것도 내사 싫소.”
“그러면 무엇을 먹으려느냐? 돼지 잡으랴? 개 잡아주랴? 내 몸
통째 먹으려느냐?”
“여보 도련님, 내가 사람 잡아먹는 것 보았소?”
“예에 요것, 안 될 말이로다. 어화둥둥 내 사랑이지. 이애 춘향아
내리려무나? 백사만사가 다 품앗이가 있느니라. 내 너를 업었으니
너도 나를 업어야지.”
“애고, 도련님은 기운이 세어서 나를 업으시거니와 나는 기운이 없
어 못 업겠소.”
“업는 수가 있느니라. 돋우 업으려 말고 빨리 땅에 자운자운하게 뒤
로 잦은듯 업어다오.”
도련님을 업고 툭 추어 놓으니 대중이 틀렸구나.
“애고 잡스러워라.”
“내가 네 등에 업혀 노니 마음이 어떠냐? 나는 너를 업고 좋은 말
하였으니 너도 나를 업고 좋은 말 해야지.”
“좋은 말을 하오리다. 들으시오.
*부열(傅說)이를 업은 듯
*여상(呂尙)이를 업은 듯,
흉중대략(胸中大略)을 품었으니,
명만일국(名滿一國)의 대신이 되어

---

*부열(傅說)——중국 은나라 고종 때의 정승.
*여상(呂尙)——강태공의 다른 이름.

주석지신(柱石之臣), 보국충신(輔國忠臣) 모두 헤아리니
사육신을 업은 듯, 생육신을 업은 듯
일선생, 월선생, 고운선생(孤雲先生) 업은 듯,
제봉(霽峰)을 업은 듯, 요동백(遼東伯)을 업은 듯,
정송강을 업은 듯, 충무공을 업은 듯,
우암(尤庵) 퇴계(退溪), 사계(沙溪),
명제(明齊)를 업은 듯,
내 서방이시지 내 서방, 알뜰 간간 내 서방,
진사 급제 대(臺) 받쳐, 직부주서(注書) 한림학사,
이렇듯이 된 연후에
부승지, 좌승지, 도승지로 벼슬에 올라
팔도 방백 지낸 후에
내직으로 각신(閣臣), 대교(待敎), 복상(卜相)
대제학(大提學), 대사성, 판서,
좌상, 우상, 영상, 규장각 하신 후에
내삼천(內三千), 외팔백(外八百), 주석지신(柱石之臣)
내 서방 알뜰 간간 내 서방이시지.”
제 손도 능질나게 문질렀구나.
“춘향아, 우리 말놀음이나 하여 보자.”
“애고 참 우스워라. 말놀음이 무엇이오?”
말놀음 많이 하여 본 듯이,
“천하에 쉽지야, 너와 나와 벗은 김에 너는 온방바닥을 기어다녀라.
나는 네 궁둥이에 딱 붙어서 네 허리를 잔뜩 끼고 볼기짝을 내손바
닥으로 탁 치면서 ‘이랴!’ 하거든 흐흥거리며 퇴김질로 물러서며
뛰어라. 알심 있게 뛰어놀면 탈 승자(乘字) 노래가 있느니라.”
“타고 노자 타고 노자
헌원씨(軒猿氏) 간과(干戈)를 써서
능히 큰 안개를 지어
치우(豈尤) 탁녹야(琢鹿野)에 사로잡고

승전고를 울리면서
지남거(指南車)를 높이 타고
하우씨(夏禹氏) 구년 치수 다스릴제
육행승거(陸行乘車) 높이 타고
적송자(赤松子) 구름 타고
여동빈(呂洞賓) 백로 타고
이태백(李太白) 고래 타고
맹호연(孟浩然) 나귀 타고
태을선인(太乙仙人) 학을 타고
대국천자(大國天子) 코끼리 타고
우리 전하(殿下)는 연을 타고
삼정승(三政丞)은 평교자를 타고
육판서(六判書)는 초헌 타고
훈련대장은 수레 타고
각읍 수령은 독교 타고
남원부사는 별연(別輦) 타고
일모장강 어옹(漁翁)들은 일엽편주 노도 타고
나는 탈 것 없었으니
금야 삼경 깊은 밤에
춘향 배를 넌짓 타고
홑이불로 돛을 달아
내 기계로 노를 저어
오목 샘을 들어가니
순풍의 음양수를
시름없이 건너갈제
말을 삼아 탈 양이면
걸음걸이 없을쏘냐
마부도 내가 되어
네 구정을 넌지시 잡아

구정걸음 *반부새로
뚜벅뚜벅 걸어라
기총마(騎聰馬) 뛰듯 뛰어라."

온갖 장난을 다하고 보니 이런 장관이 또 있으랴. 이팔, 이팔 둘이 만나 바친 마음 세월 가는 줄 모르던가 보더라.

8 청아석별(靑娥惜別)

이때 뜻밖에 방자 나와,

"도련님! 사또께옵서 부릅시오."

도련님 들어가니 사또 말씀하시되,

"여봐라! 서울서 동부승지(同副承旨)의 교지가 내려왔다. 나는 문부(文簿) 사정(査定)하고 갈 것이니, 너는 내행을 모시고 오늘로 떠나거라."

도련님 부교(父敎) 듣고 한편 반가우나 한편 춘향을 생각하니 가슴이 답답하여 사지의 맥이 풀리고 간장이 녹는 듯, 두 눈에서 더운 눈물이 퍽퍽 솟아 고운 얼굴을 적시거늘 사또 보시고,

"너 왜 우느냐, 내가 남원에서 일생을 살 줄 알았더냐? 내직으로 승차되니 섭섭히 생각 말고 오늘부터 치행(治行) 등절을 급히 차려 내일 오전으로 떠나거라."

겨우 대답하고 물러나와 내아에 들어가 사람의 상중하(上中下)를 막론하고 모친께는 허물이 적은지라 춘향의 말을 울며 청하다가 꾸중만 실컷 듣고 춘향의 집으로 가는데 설움은 기가 막히나 길거리에서 울 수 없어 참고 나오는데 속에서는 두 간장이 끊어지듯 하였다.

춘향 문전에 당도하니 통째 건더기째 보째 왈칵 쏟아져 나오니,

"어푸 어푸 어허!"

춘향이 깜짝 놀라 왈칵 뛰어 내달아,

"애고 이게 웬일이오? 안으로 들어가시더니 꾸중을 들으셨소? 노

---

*반부새 —— 말이 조금 거칠게 걷는 걸음.

상에 오시다가 무슨 분함 당하셨소? 서울서 무슨 기별이 왔다더니 상부를 입으셨소? 점잖으신 도련님이 이것이 웬일이오?"

춘향이 도련님 목을 담쑥 안고 치맛자락을 걷어 잡고 고운 얼굴에 흐르는 눈물을 이리 씻고 저리 씻으면서,

"우지 마오, 우지 마오."

도련님 기가 막혀 울음이란 게 말리는 사람이 있으면 더 울게 되는 것이었다. 춘향이 화를 내어,

"여보 도련님, 아 보기 싫소. 그만 울고 내력이나 말하오."

"사또께오서 동부승지로 승차하셨다."

춘향이 좋아하며,

"댁의 경사요, 그러나 왜 운단 말이오."

"너를 버리고 갈 터이니 내 아니 답답하냐?"

"언제는 남원 땅에서 평생 살으실 줄 알았소? 나와 같이 어찌 함께 가기를 바라리요. 도련님 먼저 올라가시면 나도 예서 팔 것 팔고 추후에 올라갈 것이니 아무 걱정 마시오. 내 말대로 하였으면 군색지 않고 좋을 것이오. 내가 올라가더라도 도련님 큰 댁으로 가서 살 수 없을 것이니 큰 댁 가까이 조그마한 집 방이나 두었으면 족하오니 염탐하여 두소서. 우리 식구 가더라도 공밥 먹지 아니할 터이니 그렁저렁 지내다가 도련님 말만 믿고 장가 아니 갈 수 있소? 부귀 영총(榮寵) 재상가의 요조숙녀 가리어서 *혼정신성(昏定晨省)할지라도 아주 잊진 마옵소서. 도련님 과거하여 벼슬이 높아져 외방(外房) 가면 실내 마마 치행(治行)할제 마마로 내세우면 무슨 말이 되오리까? 그리 알아 조처하오."

"그게 될 법한 말이냐? 사정이 그렇기로 네 말을 사또께 못 여쭙고 대부인께 여쭈오니, 꾸중이 대단하시며 양반의 자식이 부형을 따라 하행(下行) 왔다가 화방작첩(花房作妾)하여 데려간단 말이 앞길에도 해롭고 조정에 들어 벼슬도 못한다라고 말씀하시는구나. 불가불 이 별이 될 수밖에 별수없다."

---

*혼정신성(昏定晨省)──── 조석으로 부모의 안부를 물어서 살핌.

춘향이 이 말을 듣더니 금시 낯빛이 변하여 *요두전목(搖頭顚目)에 붉으락푸르락 눈을 가느스름하게 뜨고 눈썹이 꼿꼿하여지면서 코가 발심발심하며 이를 뽀드득뽀드득 갈며 온몸을 쑤신 입 틀 듯하며 매가 꿩을 차는 듯하고 앉더니,

"허허, 이게 웬 말이오?"

왈칵 뛰어 달려들며 치맛자락도 와드득 좌르륵 찢어 버리고 머리도 와드득 쥐어 뜯어 싹싹 비벼 도련님 앞에다 던지면서,

"무엇이 어쩌고 어째요? 이것도 쓸데없다."

명경, 체경, 산호죽절(珊瑚竹節)을 두루쳐 방문 밖에 탕탕 부딪히며 발을 굴러 손뼉치고 돌아 앉아 자탄가(自歎歌)로 울면서 하는 말이,

"서방 없는 춘향이가 세간살이 무엇하며 단장하여 누구 눈에 곱게 보일꼬. 몹쓸 년의 팔자로다. 이팔 청춘 젊은 것이 이리 될 줄 어찌 알랴. 부질없는 이내 몸은 허망하신 말씀으로 앞날의 신세 버렸구나. 애고 애고 내 신세야."

천연히 돌아앉아,

"여보 도련님! 지금 막 하신 말씀 참말이오 농말이오? 우리 둘이 처음 만나 백년 언약 맺을 적에 대부인(大夫人) 사또께옵서 시키시던 일이오니까? 핑계가 웬말이오. 광한루서 잠깐 보고 내 집에 찾아와서 침침무인 야삼경에 도련님은 저기 앉고 춘향 저는 여기 앉아 저한테 하신 말씀 '굳은 맹약 어길 수 없다'고 전년 오월 단오날 밤에 내 손목 부여잡고 우둥퉁퉁 밖에 나와 당중(堂中)에 우뚝 서서 경경히 밝은 하늘 천 번이나 가리키며 만 번이나 맹세키로, 내 정녕 믿었더니 가실 때는 뚝 떼어 버리시니 이팔 청춘 젊은 것이 낭군 없이 어찌 살꼬. 침침한 빈 방에서 긴긴 가을 밤에 이 시름을 다 어이 할꼬. 애고 애고 내 신세야. 모지도다, 모지도다. 도련님이 모지도다. 독하도다, 독하도다. 서울 양반 독하도다. 원수로다, 원수로다, 존비 귀천 원수로다. 천하에 다정한 게 부부정이 유별하건만

───────────────

*요두전목(搖頭顚目)──머리를 흔들고 눈을 굴리면서 몸을 움직임. 곧, 침착함이 없이 행동함.

이렇듯 독한 양반 이 세상에 또 있을까. 애고 애고 내 일이야. 여보 도련님, 춘향 몸이 천하다고 함부로 버리셔도 그만인 줄로 아지 마오. 팔자 사나운 춘향이가 입이 써서 밥 못먹고 잠 안와 잠 못자면 며칠이나 살 듯하오. 상사(相思)로 병이 들어 애통하다 죽게 되면 슬프고 원통한 이 혼신이 원귀가 될 것이니 존중하신 도련님께 그 건들 재앙이 아니겠소. 사람의 대접을 그리 마오. 죽고 싶구나. 나 죽고 싶구나. 애고 애고 서러워라."

한참 이리 자진(自盡)하여 슬피 울 때 춘향모는 영문도 모르고,

"애고 저것들 또 사랑 싸움 났구나. 어 참 아니꼽다. '눈 구석에 쌍 가래톳 설 일' 많이 보네."

하고, 아무리 들어도 울음이 장차 길기로 하던 일을 밀쳐 놓고 춘향 방 영창 밖으로 가만가만 들어가며 아무리 들어도 이별이었다.

"허허 이것 별일났다."

두 손뼉 땅땅 마주 치며,

"허허 동네 사람 다 들어 보오, 오늘날로 우리 집에 사람 둘 죽습네."

두 칸 마루 덥석 올라 영창문을 두드리며 우루룩 달려들어 주먹을 겨누면서,

"이년, 이년 썩 죽어라. 살아서 쓸데없다. 너 죽은 시체라도 저 양반이 지고 가게. 저 양반 올라가면 뉘 간장을 녹이려느냐? 이년 이년 말 듣거라. 내 일상 이르기를 후회되기 쉽느니라. 도도한 마음 먹지 말고 여염사람 가리어서 형세와 지체가 너와 같고 재주와 인물이 모두 너와 같은 봉황의 짝을 얻어 내 앞에서 노는 양을 내 눈으로 보았으면 너도 좋고 나도 좋지. 마음이 도도하여 남과 별로 다르더니 잘 되고 잘 되고 잘 되었다."

두 손뼉 꽝꽝 마주 치면서 도련님 앞에 달려들어,

"나와 말 좀 하여 봅시다. 내 딸 춘향을 버리고 간다 하니 무슨 죄로 그러시오. 춘향이가 도련님을 모신 것이 거의 일년 되었으니 행실이 그르던가, 예절이 그르던가, 바느질이 그르던가, 언어가 불순

하던가, 잡스런 행실을 가져 창녀와 같이 음란턴가, 무엇이 그르던 가. 이 봉변이 웬일인가. 군자가 숙녀를 버리는 법, 칠거지악(七去 之惡) 아니며는 못버리는 줄 모르는가? 내 딸 춘향 어린 것을 밤낮 으로 사랑할 때, 안고 서고 눕고 지며 백년 삼만 육천 일을 떠나서 살지 말자 하고 밤낮으로 어루더니, 말경에 가실 때는 뚝 떼어 버리 시니 버드나무 가지가 많다 한들 가는 봄바람을 어이 막으며, 꽃 지 고 잎진 다음에 어느 나비 다시 올까. 백옥 같은 내 딸 춘향의 꽃 같은 몸도 세월이 장차 늙어 고운 얼굴이 백수(白首)되면 *시호시호 부재래(時乎時乎不再來)라 다시 젊어지지는 못하는 것이니 무슨 죄 가 많아서 백년을 헛되이 하오리까. 도련님 가신 후에 내 딸 춘향 님 그릴 때 달 밝은 깊은 밤에 쌓이고 쌓인 수심에 어린 것이 주인 생각 저절로 나서 초당 앞 섬돌 위에, 담배 피워 입에 물고 이리 저 리 다니다가 불꽃 같은 시름과 님 생각이 가슴에서 솟아나 손들어 눈물 씻고 후유 한숨 길게 쉬고, 북편을 가리키며 한양 계신 도련님 도 나와 같이 기루신지, 무정하여 아주 잊고 편지 한 장 아니 하시 면 갖은 한숨과 솟는 눈물로 곱고 어여쁜 얼굴 다 적시고 제 방으로 들어가서 의복도 아니 벗고 외로운 베개 위에 벽을 안고 돌아누워 밤낮으로 길게 한숨지며 우는 것은 병 아니고 무엇이오? 시름상사 깊이 든 병 내 고쳐 주지 못하여 원통히 죽는다면 칠십 당년 늙은 것이 딸 잃고 사위 잃고 태백산 까마귀가 게발을 물어다 던지듯이 혈혈단신 이내 몸이 뉘를 믿고 산단 말인가. 남 못할 일 그리 마오. 애고 애고 서럽구나. 못 하지요. 몇 사람 신세를 망치려고 아니 데 려가오? 도련님 대가리가 둘 돋쳤소? 애고 무서워라 이 쇳띵띵 아."

왈칵 뛰어 달려드니, 이 말 만일 사또 귀에 들어가면 큰 야단이 나 겠거든,

"여보소 장모, 춘향만 데려가면 그만 아니오."

"그래 아니 데려가고 견뎌 낼까?"

---

*시호시호부재래(時乎時乎不再來)──좋은 시절은 다시 오지 않음.

"너무 덤벼들지 말고 여기 앉아 말 좀 듣소. 춘향을 데려간대도 가마쌍교(駕馬雙轎) 말을 태워 가자 하니 필경에는 이 말이 날 것인즉 달리는 변통할 수 없고 내 이 기막힌 중에서도 꾀 하나를 생각하고 있네마는 이 말이 입 밖에 나면 양반 망신만 하는 게 아니라 우리 선조 양반이 모두 망신을 할 일이로세."
"무슨 말이 그리 좋은 말이 있단 말인가?"
"내일 내행(內行)이 나오실 때 내행 뒤에 신주 모신 짐이 나올 터이니 배행은 내가 하겠네."
"그래서 어쩐다는 것이오?"
"그만하면 알겠지."
"나는 그 말 모르겠소."
"신주는 모셔내어 내 창옷 소매에다 모시고 춘향은 *요여(腰輿)에다 태워 갈밖에 수가 없네. 걱정 말고 염려 마소."
춘향이 그 말 듣고 도련님을 물끄러미 바라보더니,
"어머니. 그리 마소. 도련님 너무 조르지 마소. 우리 모녀의 평생 신세가 도련님의 장중에 매였으니 알아 하시라 당부나 하오. 이번엔 아무래도 이별할 밖에 수가 없네. 기왕에 이별이 될 바에는 가시는 도련님을 왜 조르리까마는 우선 갑갑하여 그러는 것 아니오? 어머니 그만 건넌방으로 가옵소서. 내일은 이별이 되는가 보오. 애고 애고 내 신세야 이별을 어찌할꼬. 여보 도련님."
"왜?"
"여보 참으로 이별을 할 터이오?"
촛불을 돋워 켜고 둘이 서로 마주 앉아 갈 일을 생각하고 보낼 일을 생각하니 정신이 아득하고 한숨질과 솟는 눈물에 흐느껴 울며 얼굴도 대어 보고 손발을 만져 보며,
"날 볼 날이 몇 밤이오? 애달프다 나눈 수작도 오늘밤이 마지막이니 나의 서러운 원정 들어 보오. 육순에 가까운 저의 모친 일가친척 하나 없고 다만 외딸 저 하나라. 도련님께 의탁하여 영귀할까 바랐

---

*요여(腰輿)——장사 지낸 뒤에 혼백과 신주를 모시고 돌아오는 작은 가마.

더니 조물(造物)이 시기하고 귀신이 방해하여 이 지경이 되었구나. 애고 애고 내 일이야. 도련님 올라가면 나는 누구를 믿고 사오리까? 천추에 사모치는, 나의 회포 주야 생각 어이하리. 배꽃 복사꽃 활짝 필 때 수변(水邊) 행락(行樂) 어이하며 황국단풍 늙어갈 때, 외로운 시절을 어이할꼬. 독수공방 긴긴 밤에, 전전반측 어이하리. 쉬나니 한숨이요. 뿌리나니 눈물이오. 적막강산 달 밝은 밤에 두견새 우는 소리를 누가 막을 것이요, 춘하추동 사시절에 첩첩이 싸인 경물(景物) 보는 것도 수심이요 듣는 것도 수심이라.”

애고 애고 슬피 울 때 이 도령이 하는 말이,

“춘향아, 울지 마라. *부수소관첩재오(夫戍蕭關妾在吳)라 소관의 부주(夫戍)들과 오나라 *정부(征婦)들도 동서쪽에 간 님이 그리워서 규중심처 늙어 있고 *정객관산노기중(征客關山路幾重)에 관산의 정객이며 녹수부용(綠水芙蓉) 연뿌리를 캐는 여자 부부신정(夫婦新情)이 두텁다가 달빛 어린 가을산이 고요한데 연을 키워 님 생각하니 나 올라간 뒤에라도 창 앞에 달 밝거든 천리상사(千里相思) 부디 말라. 너를 두고 가도 내가 일일 평분(平分) 십이시를 낸들 어이 무심하랴. 우지 마라 우지 마라.”

춘향이 또 우는 말이,

“도련님 올라가면 살구꽃 피고 봄바람 부는 거리거리마다 취하나니 장진주(將進酒)요 주사청루 집집마다 보시나니 미색이요. 곳곳에 풍악 소리 간 곳마다 화월(花月)이라. 호색(好色)하신 도련님 주야로 호강하실 때에 나 같은 먼 시골 천첩이야 손톱만치나 생각하오리까? 애고 애고 내 일이야.”

“춘향아 울지 마라. 한양성 남북촌에 옥 같은 여자와 아름다운 여자가 많건마는 규중심처 깊은 정 너밖에 없었다. 내 아무리 대장부인

---

*부수소관첩재오(夫戍蕭關妾在吳)──남편은 소관에 수자리살이 가 있고 아내는 오나라에 남아 있다는 뜻.

*정부(征婦)──출정한 군인의 아내.

*정객관산노기중(征客關山路幾重)──출정한 남편은 고향에서 얼마나 떨어져 있을까?

들 잠시인들 잊을쏘냐?”

서로 피차 기가 막혀 연연 이별 못 떠나는 것이었다.

도련님을 모시고 갈 후배 사령이 나올 때에 헐떡헐떡 들어오며,

“도련님 어서 행차하옵소서. 안에서 야단났소. 사또께옵서 도련님 어디 가셨느냐 하옵기에 소인이 여쭙기를 ‘놀던 친구 작별하려고 문밖에 잠깐 나가셨습니다’라고 하였사온즉 어서 행차하옵소서.”

“말 대령하였느냐?”

“말 마침 대령하였소.”

백마는 가자고 하여 길게 울고 청아(靑娥)는 석별을 이기지 못하여 옷을 잡는다. 말은 가자고 네 굽을 치는데 춘향은 마루 아래 뚝 떨어져 도련님 다리를 부여잡고,

“날 죽이고 가면 갔지 살리고는 못 가고 못 가리다.”

말 못하고 기절하니 춘향모 달려들어,

“향단아, 찬물 어서 떠 오너라. 차를 달여 약 갈아라. 이 몹쓸 년아 늙은 어미 어쩌려고 몸을 이리 상하느냐.”

춘향이 정신 차려,

“애고 갑갑하여라.”

춘향의 모가 기가 막혀,

“여보 도련님, 남의 생떼 같은 자식을 이 지경이 웬일이오? 절곡 (節曲)한 우리 춘향 애통하여 죽게 되면 혈혈 단신 이내 신세 누구 를 믿고 살란 말이오?”

도련님 어이없어,

“이봐 춘향아, 네가 이게 웬일이냐? 나를 영영 안 보려느냐? 하양 낙일(河梁落日)에 *수운(愁雲)이 일어남은 소통국(蘇通國)의 모자이 별, 정객관산(征客關山) 노기중(路幾重)의 오희월녀(吳姬越女) 부부 이별, 편삽수유(偏揷茱萸) 소일인(少一人)은 용산(龍山)의 형제이 별, 서출양관(西出陽關) 무고인(無故人)은 위성(渭城)의 붕우이별, 그런 이별 많다 해도 소식 들을 때가 있고 서로 만날 날이 있었으

---

*수운(愁雲)——수심에 찬 기색.

니, 내가 이제 올라가서 장원급제하고 출신하여 너를 데려갈 것이
니 울지 말고 잘 있거라. 울음을 너무 울면 눈도 붓고 목도 쉬고 골
머리도 아프니라. 돌이라도 *망두석(望頭石)은 천만년이 지나가도
광석(壙石) 될 줄을 모르며 나무라도 상사목(相思木)은 창 밖에 우
뚝 서서 일년 춘절 다시 나되 잎이 필 줄 모르며 병이라도 울홧병은
자나 깨나 잊지 못하고 죽느니라. 네가 나를 보려거든 서러워 말고
잘 있거라."

춘향이 할 길 없어,

"여보 도련님, 내 손의 술이나 마지막으로 잡수시오. *행찬(行饌)
없이 가시려면 제가 드리는 찬합 간직하셨다가 숙소에서 주무실 때
에 저 본 듯이 잡수시오. 향단아, 찬합 술병 내오너라."

춘향이 한 잔 술 가득 부어 눈물 섞어 드리면서 하는 말이,

"한양성 가시는 길에 강가에 늘어선 푸른 나무들은 제 작별의 서러
움을 머금었으니 제 정을 생각하시고 아름다운 시절이 되어 가는
비가 뿌리거든 길 위에 오가는 사람의 가슴에는 수심이 가득 차겠
지요. 말에 오른 채 지치시어 병이 날까 염려되니, 방초무초(芳艸茂
艸) 저문 날에는 일찍 들어 주무시고 아침날 풍우상(風雨牀)에 늦게
야 떠나시며 한 채찍 천리마로 모실 사람 없사오니 부디부디 천금
같이 귀하신 몸 조심하여 천천히 걸으시옵소서. 푸른 가로수 우거
져 늘어선 진나라 서울길 같은 길에 평안히 행차하옵시고 일자음신
(一字音信) 듣사이다. 종종 편지나 하옵소서."

도련님 하는 말이,

"소식 듣기는 걱정 마라. 요지(瑤池)의 서왕모(西王母)도 주목왕(周
穆王)을 만나려고 한 쌍의 파랑새를 보내어 수천 리 멀고먼 길에 소
식을 전하였으며 한 무제 중낭장(中郎將)은 상림원(上林苑) 군부(君
夫) 앞에 일척의 금서(錦書)를 보냈으니 흰 비둘기와 파랑새가 없을
망정 남원 인편(南原人便)조차 없을쏘냐. 서러워 말고 잘 있거라."

---

*망두석(望頭石)——무덤 앞에 세우는 한 쌍의 여덟 모진 돌기둥.
*행찬(行饌)——여행할 때 가지고 가는 반찬.

말을 타고 하직하니, 춘향이 기가 막혀 하는 말이,
"우리 도련님이 가네가네 하여도 거짓말로 알았더니 말타고 돌아서니 참말로 가는구나."
춘향이가 마부 불러,
"마부야, 내가 문밖에 나설 수가 없는 터이니 말을 붙들어 잠깐 지체하여라. 도련님께 한 말씀 여쭐란다."
춘향이 내달아,
"여보 도련님, 이제 가시면 언제나 오시려오. 사철 소식 끊어질 절(絶), 보내느니 아주 영절(永絶), 녹죽, 장송, 백이숙제, 만고 충절(忠節), 천산(千山)에 조비절(鳥飛絶), 와경에 인사절(人事絶), 죽절(竹絶), 송절(松絶), 춘하추동 사시절, 끊어져 단절(斷絶), 훼절(毀絶), 도련님은 날 버리고 박절히 가시니 속절 없는 이내 정절(貞節), 독숙공방 수절할 때 어느 때나 파절(破節)할꼬. 첩의 원정(寃情) 슬픈 곡절, 주야 생각 미절(未絶)할제, 부디 소식 돈절(頓絶) 마오."
대문 밖에 거꾸러져 섬섬한 두 손길로 땅을 꽝꽝 치며,
"애고 애고 내 신세야."
'애고' 일성(一聲)하는 소리,

> 黃埃散漫 風蕭索 旋旗無光 日色簿
> 누런 먼지 휘날리는데
> 바람은 쓸쓸하고
> 정기(旋旗)는 빛이 없는데
> 햇빛은 저물어가네

　엎어지며 자빠질 때 시원찮게 갈 양이면 몇 날 며칠이 될는지 모를레라. 도련님이 타신 말은 준마가편(駿馬加鞭)이 아니냐. 도련님 눈물 떨어뜨리고 뒷기약을 당부하고 말을 채쳐 가는 양은 광풍의 조각구름과 같았더라.

9 독숙공방(獨宿空房)

이때 춘향이 할 일 없이 자던 침방으로 들어가서,
"향단아! 주렴 걷고 안석(案席) 밑에 베개 놓고 문 닫아라. 도련님을 생시에는 만나보기 망연하니 잠이나 들면 꿈에나 만나 보자. 예로부터 이르기를 꿈에 와 보이는 임은 신(信)이 없다고 일렀건만 답답하기 기릴진대 꿈 아니면 어이 보리. 꿈아 꿈아 너 오너라. 수심 첩첩 한이 되어 몽불성(夢不成)을 어이하랴. 애고애고 내 일이야. 인간 이별 만사 중에 독숙공방 어이하리. 님 그리며 잠 못 이루는 내 심정, 그 누구가 알아주리. 미친 마음 이렁저렁 흩어진 근심걱정 다 버리고, 자나깨나 먹으나 눕거나 님 못 보아 가슴 답답, 어린 모습 고운 소리가 귀에 쟁쟁하여 보고지고 임의 얼굴 보고지고, 듣고지고 임의 소리 듣고지고. 전생의 무슨 원수로 우리 둘이 생겨나서 그리운 상사(相思)로 만나 잊지 마자 처음 맹세, 죽지 말고 한데 있어 백년기약 맺은 맹세, 천금 주옥은 꿈 밖이요 세상의 모든 일을 관계하랴. 근원 흘러 물이 되고 깊고 깊고 다시 깊고 사랑 모여 뫼가 되어 높고 높고 다시 높아 끊어질 줄 모르거늘 무너질 줄 어이 알리. 귀신이 방해하고 조물이 시기한다.
　하루 아침에 낭군을 이별하니 어느 날에 만나 보리. 온갖 근심과 한이 가득하여 끝끝내 느끼워라. 옥안 운빈(玉顔雲鬢) 헛되이 늙는 한(恨)이 해와 달이 무정하다. 오동추야 달 밝은 밤은 어이 그리 더디 새며 녹음방초 비낀 곳에 해는 어이 더디 가는고. 이 그리운 마음 알으시면 님도 나를 그리워하련만 독숙공방 홀로 누워 다만 한숨 벗이 되고 구곡간장 굽이쳐서 솟아나니 눈물이라. 눈물 모여 바다 되고 한숨 지어 청풍 되면 일엽주를 잡아 타고 한양 낭군 찾으련만 어이 그리 못 보는고. 우수(憂愁) 명월 달 밝은 때 조군(竈君) 느끼오니 분명한 꿈이로다.

달 걸린 밤 두견성은 님 계신 곳 비추련만 심중에 품은 수심 나 혼자뿐이로다. 밤빛이 창망한데 까물까물 비치는 게 창밖에 개똥불빛, 밤은 깊어 삼경인데 앉았은들 님이 올까. 누웠은들 잠이 올까. 님도 잠도 아니 온다. 이 일을 어이하리. 아마도 원수로다.

홍진비래(興盡悲來) 고진감래(苦盡甘來), 예로부터 있건마는 기다림도 적지 않고 그린 지도 오래건만, 일촌(一寸) 간장에 굽이굽이 맺힌 한을 님 아니면 뉘게다 풀꼬, 명천(明天)이여 보살펴어 수이 보게 하옵소서.

다하지 못한 인정 다시 만나 백발이 다하도록 이별 없이 살고지고. 묻노라 녹수청산 우리 님 초췌한 행색, 갑자기 이별한 후에 소식조차 끊어졌구나. 인비목석(人非木石)이 아닐진대 님도 응당 느끼리라. 애고애고 내 신세야.”

하늘을 우러러 탄식하며 세월을 보내는데 이때 도련님은 올라갈 때 숙소마다 잠 못이뤄,

“보고지고 나의 사랑 보고지고. 낮이나 밤이나 잊지 못하는 우리 사랑, 날 보내고 그린 마음 속히 만나 풀으리라.”

날이 가고 달이 감에 따라 마음을 굳게 먹고 과거에 급제하여 미구에 도임할 것만 바라는 것이었다.

10 신관사또(新官使道) 변학도(卞學徒)

이때 수삭 만에 신관 사또 났으되 자핫골 변학도(卞學徒)라 하는 양반이 오는데 문필도 유려하고 인물과 풍채도 활발하고 풍류 속에 달통하여 외입(外入) 속이 넉넉하되 흠이 있으니, 성정이 괴팍하고 *사증(邪症)을 겸하여 혹시 실덕도 하고 오결(誤決)하는 일이 간간이 있는 고로 아는 이들은 다 고집불통이라고 하였다.

*신연(新延)맞이 하인이 현신(現身)할 때에,

---

*사증(邪症)——멀쩡한 사람이 때때로 미친 듯이 행동하는 증세.

*신연(新延)——이속(吏屬)들이 새로 부임하는 감사나 원을 맞이하는 것.

"사령들 현신이오!"

"이방이오!"

"*감상(監床)이오!"

"수배(首陪)요!"

"이방 부르라!"

"이방이오."

"그새 너의 골에 일이나 없느냐?"

"네, 아직 무고하옵니다."

"네 골은 관노(官奴)가 삼남(三南)에서 제일이라지?"

"예, 부림직 하옵니다."

"또 네 골에 춘향이란 계집이 매우 잘생겼다지?"

"예."

"잘 있느냐?"

"무고하옵니다."

"남원이 예서 몇 리인고?"

"육백삼십 리로소이다."

"마음이 바쁜지라 급히 치행(治行)하라."

신연 하인이 물러 나와,

"우리 골에 일이 났다."

이때 신관사또 출행(出行)날을 급히 하여 도임차로 내려올 때 위의(威儀)도 장할씨고. 구름 같은 별연(別輦)에 한 마리의 말이 끄는 마차에 청장(青杖)을 떡 벌리고, 좌우편을 부축하며 하인이 물색 진한 모시 천익(天翼), 백저(白苧) 전대(戰帶) 고를 늘여 엇비슷이 둘러매고 대모관자 통영 갓을 이마에 눌러 숙여 쓰고 청장줄 겹쳐 잡고,

"에라! 물러섰다! 나 있거라."

출입할 때 감시가 지엄하고 좌우에 하인은 경마 뒤채 잡기에 힘을 쓴다. 통인이 말고삐와 쌍채찍을 들고 갓쓰고 행차를 배행하여 뒤를 따르고 수배(首陪), 감상, 공방(工房)이며 신연 이방 의젓하다. 뇌자(牢

---

*감상(監床)——귀인께 올릴 음식상을 미리 검사하는 감독.

子) 한 쌍, 사령 한 쌍, 양산으로 앞뒤를 가리고 따르며, 큰 길가에 갈라서고 백방(白房) 수주(水紬) 일산 복판, 남수주(藍水紬) 선을 둘러 주석 고리 얼른얼른, 호기있게 내려올 때, 전후에 *벽제 소리 청산에 울려 퍼지고, 말을 재촉하는 높은 소리에 흰 구름이 무색해진다.

전주(全州)에 도착하여 경기전(慶基殿) 객사에 연명하고 영문에 잠깐 다녀 좁은 목을 썩 내달아 만마관(萬馬關) 노구바위를 넘어 임실(任實)을 얼른 지내어 오수(獒樹) 들러 점심 먹고 그날로 도임할 때 오리정(五里亭)으로 들어간다.

천총(千摠)이 영솔하고 육방 하인 청로도(淸路道)로 들어올 때 청도기(淸道旗) 한 쌍, 홍문기 한 쌍, 주작(朱雀) 남동각(南東角) 남서각(南西角) 홍초(紅綃), 남문(藍紋) 한 쌍, 청룡(靑龍) 동남각(東南角) 서남각(西南角) 남초 한 쌍, 현무(玄武) 북동각(北東角) 북서각 흑초(黑綃) 홍문 한 쌍, 동사 순시(巡視) 한 쌍, 집사 한 쌍, 기패관(旗牌官) 한 쌍, 군뢰 열두 쌍, 좌우가 요란하다.

행군 취타(吹打) 풍악 소리, 성동에 진동하고 삼현육각 천마상은 원근에 낭자하다.

광한루에 보진하여 옷을 갈아입고 객사에 연명차로 남여(藍輿) 타고 들어갈새 백성의 눈에 엄숙하게 보이려고 눈을 별로 궁글궁글하며 객사에 들어가 동헌에 좌기하고 도임상을 잡순 후에,

"행수(行首) 문안이오!"

행수 군관의 집례(執禮)를 받고 육방 관속의 현신을 받은 뒤 사또 분부하되,

"수노(首奴) 불러서 기생 점고하라."

호장(戶長)이 분부 듣고, 기생 안책 들여 놓고 호명을 차례로 부르는데 낱낱이 글귀(句)를 붙여 부르는 것이었다.

"우후(雨後) 동산 명월이."

명월이가 들어오는데 비단 치맛자락을 거듬거듬 걷어다 가는 허리

---

*벽제 소리 —— 존귀한 사람의 행차에 별배(別陪)가 여러 사람의 통행을 금하여 외치는 소리.

에 딱 붙이고 아장아장 들어오더니 점고 맞고,

"나요!"

"어주축수 애산춘(漁舟逐水愛山春)에 양편 춘색이 이 아니냐, 도홍(桃紅)이."

도홍이가 들어오는데 붉은 치맛자락을 걷어 안고 아장아장 조츨걸음으로 들어오더니 점고 맞고,

"나요!"

"단산(丹山)의 저 봉이 짝을 잃고 벽오동에 깃들이니 산수의 신령이요 나는 벌레의 정기이라. 주려 죽을망정 좁쌀이야 먹을 것이냐 굳은 절개 만수문전(萬壽門前), 채봉(彩鳳)이."

채봉이가 들어오는데 비단 치마 두른 허리 맵시있게 걷어 안고 미인의 고운 걸음으로, 정(正)히 옮겨 아장거리면서 들어와 점고 맞고 멋있는 진퇴로,

"나요!"

"맑고 고운 연꽃은 절개가 곧으며 꽃 중의 군자와 같으니라. 묻노라 저 연화(蓮花) 어여쁘고 고운 태도, 화중군자 연심이."

연심이가 들어오는데 비단 옷을 걷어 안고 비단 버선 수놓은 신을 끌면서 아장거려 가만가만 들어오더니 맵시 있는 진퇴로,

"나요…….."

"화씨(和氏)같이 밝은 달 푸른 바다에 들었는데 형산백옥 명옥(明玉)이."

명옥이가 들어오는데 온 몸의 고운 태도, 오는 걸음 진중한데 아장아장 가만가만 들어오더니 점고 맞고 맵씨 있는 진퇴로,

"나요…….."

"구름은 엷고 바람은 가벼워 이제 한낮이 가까워 오는데 꽃을 찾아 버드나무 서 있는 곳을 따라, 앞내를 지나가도다. 양류편금(楊柳片金)의 앵앵(鸎鸎)이."

앵앵이가 들어오는데 붉은 치맛자락에 후리쳐 가는 버들가지 같은 허리에 딱 붙이고 아장아장 걸어 가만가만 들어오더니 점고 맞고 격

68

식에 맞는 진퇴로,

"나요."

"자주 불러라!"

"예이."

호장이 분부 듣고 넉자 화도로 부르는데,

"광한전(廣寒殿) 높은 집에 복숭아를 바치오던 고운 선비(仙妃) 반
겨 보니 계향이."

"예, 등대하였소."

"송하(松下)의 저 동자야 묻노라 선생 소식, 수첩 청산의 운심(雲
深)이."

"예, 등대하였소."

"월궁에 높이 올라 계수나무 꽃을 꺾어 애절(愛折)이."

"예, 등대하였소."

"차문주가 하처재(借問酒家何處在)요, 목동요지 행화(牧童遙指杏
花)."

"예, 등대하였소."

"아미산의 달은 반쪽만 산마루에 보이는데, 달 그림자는 달 평강수
(平羌水)에 비치어 강물 따라 흐르는구나 강선(江仙)이."

"예, 등대하였소."

"오동복판 거문고 타고 나니 탄금(彈琴)이."

"예, 등대하였소."

"팔월 부용, 군자의 모습은 만당춘수(滿塘春水) 홍련(紅蓮)이."

"예, 등대하였소."

"주홍빛 명주실 갖은 매듭, 차고 나니 금낭(錦囊)이."

"예, 등대하였소."

사또 분부하되,

"한꺼번에 열두서넛씩 부르라!"

호장이 분부 듣고 자주 부르는데,

"양대선(陽臺仙), 월중선(月中仙), 화중선(花中仙)이."

"예, 등대하였소."

"금선(錦仙)이, 금옥(錦玉)이, 금련(錦蓮)이."

"예, 등대하였소."

"바람 맞은 낙춘(落春)이."

"예, 등대하였소."

낙춘(落春)이가 들어오는데 제가 잔뜩 맵시있게 들어오는 체하고 들어오는데 시면한다는 말은 듣고 이마에서 시작하여 귀 뒤까지 파제치고, 분단장한단 말은 들었던가 개분 석 냥 일곱 돈 어치를 무더기로 사다가 성(城)같이 회칠하듯 반죽하여 온 낯에다 막 칠하고 들어오는데, 키는 *사근내(沙斤乃) 장승만한 년이 치맛자락을 훨씬 추어다 턱밑에 딱 붙이고 무논[水畓]의 고니 걸음으로 쩔룩 껑충껑충 얼금섭적 들어오더니 점고 맞고,

"나요."

연연히 고운 기생도 그 중에는 많건마는 사또께옵서는 근본 춘향의 말을 높이 들었는지라 아무리 들으시되 춘향의 이름 없는지라 사또 수노(首奴) 불러 묻는 말이,

"기생 점고 다 되어도 춘향은 안 부르니 그년 퇴기란 말이냐?"

수노 여쭈오대,

"춘향모는 기생이로되 춘향은 기생이 아니옵니다."

사또가 물었다.

"춘향이가 기생이 아니면 어찌 규중에 있는 아이의 이름이 높이 났느냐?"

수노 여쭈오되,

"근본이 기생의 딸이옵고 덕색(德色)이 장한 고로 권문세족 양반네와 일등재사 한량들과 내려오신 사또마다 구경코자 간청하되 춘향모녀 듣지 않기로 양반 상하를 막론하고 액내(額內)의 소인들도 십년 일득 대면하되 언어와 수작이 없었더니, 천정하신 연분인지 구관사또 자제인 이도령과 백년기약 맺사옵고 도련님 가실 때에 과거

---

*사근내(沙斤乃)——광주와 과천 사이에 있는 곳.

에 급제하면 데려간다 당부하고 춘향이도 그리 알고 수절하여 있습니다.”

사또 골을 내어,

“이놈, 무식한 상놈인들 그게 어떠한 양반이라고 엄부시요, 미장가 전 도련님이 화방(花房)에 작첩하여 살자 할까. 이놈 다시는 그런 말을 입밖에 냈다가는 죄를 면치 못하리라. 이미 내가 저 하나를 보려고 하다가 못보고 그저 가랴. 잔말 말고 불러오라.”

춘향을 부르라는 명령이 내리자 이방, 호방이 여쭈오되,

“춘향이가 기생이 아닐 뿐 아니오라 전 사또 자제 도련님과 맹약이 중하옵고, 나이는 같지 아니하오나 동반(同班)의 분의(分義)로 부르라 하시니, 사또님 체모가 손상할까 걱정되나이다.”

사또 크게 노하여,

“만일 춘향을 시각 지체하다가는 이방 형방들 이하 각청 두목을 하나같이 파면시켜 버릴 것이니 어서 빨리 대령시키지 못할까?”

육방이 소동을 치고 각청 두목이 넋을 잃어,

“김번수(金番手)야 이(李)번수야, 이런 병일이 또 있느냐? 불쌍하도다. 춘향 정절이 가련하게 되기 쉽다. 사또 분부 지엄하니 어서 가자 바삐 가자.”

▮▮ 일편단심(一片丹心)

사령 관노(使令官奴) 뒤섞여서 춘향집 문전에 당도하니 이때 춘향이는 사령이 오는지 군노가 오는지 모르고, 주야로 도련님만 생각하여 우는데, 망측한 환(患)을 당하려 하니 소리가 화평할 수 있으랴. 한때라도 공방(空房)살이 할 계집아이라 목청은 청승이 끼어 자연 슬픈 애원성이 되는 것이어서, 보고 듣는 사람의 심장(心腸)인들 아니 상할쏘냐. 님 그리워 슬픈 마음 식불감 밥 못먹고 침불안석 잠 못자고, 도련님 생각 적상(積傷)되어 피골(皮骨)이 모두 다 상접이라. 양기가 쇠진하여 진양조(晉陽調)란 가락의 울음이 되어,

"갈까보다 갈까보다, 님을 따라 갈까보다. 천리라도 갈까보다. 만리라도 갈까보다. 비바람도 쉬어 넘고, 길들인 매거나 길 안들인 매거나, 해동청 보라매도 쉬어 넘는 고봉정상(高峰頂上) 동선령(洞仙嶺) 고개라도 님이 와 날 찾으면 나는 신발 벗어 손에 들고 나는 아니 쉬어 갈래. 한양 계신 우리 낭군, 나와 함께 그리는가. 무정하여 아주 잊고 나의 사랑을 옮겨다가 다른 님을 사랑하는가."

한창 이리 섧게 울 때 사령들이 춘향의 슬픈 소리를 듣고 사람이 나무나 돌이 아닌 바에야 감심되지 않을 수 없다. 육천 마디의 사대육신(四大六身)이 낙수춘빙(落水春氷) 얼음 녹듯 탁 풀리어,

"대체 이 아니 참 불쌍하냐? 이에 외입한 자식들이 저런 계집을 추앙하지 못하면 사람이 아니로다."

이때 재촉사령이 나오면서,

"이리 오너라!"

외치는 소리에 춘향이 깜짝 놀라 문틈으로 내다보니 사령군노들이 나왔구나.

"아차차 잊었네. 오늘이 그 삼일 점고라 하더니 무슨 야단이 났나보다."

밀창문 여닫기며,

"허허 번수(番手)님네 이리 오소, 이리 오소, 오시기 뜻밖이네. 이번 신연(新延)길에 노독이나 아니 났으며 사또 정체(政體) 어떠하며 구관댁에 가보셨으며 도련님 편지 한 장도 아니 하시던가. 내가 지난날에는 양반을 모시기로 이목이 번거롭고 도련님 정체가 유달라서 모르는 체하였건만, 마음조차 없을쏜가. 들어가세, 들어가세."

김번수며 이번수며 여러 번수 손을 잡고 제 방에 앉힌 후에 향단을 불러,

"주반상 들여라."

취하도록 먹인 후에 궤 문을 열고 돈 닷 냥을 내어 놓으며,

"여러 번수님네. 가시다가 술이나 잡숫고 가옵소서. 뒷일이 없게 하여 주오."

사령들이 약주에 취하여 하는 말이,
"돈이라니 당치 않다. 우리가 돈 바래고 네게 왔겠느냐?"
하며,
"들여 놓아라."
"김번수야 네가 차라."
"할 수 없다마는, 닢 수(數)나 다 옳으냐?"
돈 받아 차고 흐늘흐늘 들어갈 때 행수 기생이 나온다.
행수 기생이 나오며 두 손뼉 딱딱 마주 치면서,
"여봐라 춘향아, 말 듣거라. 너만한 정절은 나도 있고 너만한 수절은 나도 있다. 너만한 정절이 왜 없으며 너만한 수절이 왜 없느냐? 정절부인 아기씨, 수절부인 아기씨, 조그마한 너 하나로 말미암아 육방이 소동하고, 각청 두목이 다 죽어난다. 어서 가자 바삐 가."
춘향이 할 수 없어 수절하던 그 태도로 대문 밖에 썩 나서며,
"형님 형님 행수 형님, 사람의 괄시를 그리 마오. 그대라고 대대 행수이며, 나라고 대대로 춘향인가. *일생일사 도무사(都無事)지, 한 번 죽지 두 번 죽나."
이리 비틀 저리 비틀 동헌에 들어가,
"춘향이 대령하였소."
사또 보시고 크게 기뻐하며,
"춘향이가 틀림없구나. 대상(臺上)으로 오르거라."
춘향이 *상방(上房)에 올라가 무릎을 여미고 단정히 앉을 뿐이다.
사또가 크게 혹하여,
"책방에 가서 회계(會計) 나리님을 오시래라."
회계 생원이 들어오는 것이었다.
사또 크게 기뻐하며,
"자네 보게. 저게 춘향일세."
"하 그년 매우 이쁜데요. 잘생겼소. 사또께서 서울 계실 때부터 춘

---

*일생일사——한 번 나고 한 번 죽는 일.
*상방(上房)——관청의 우두머리가 있던 방.

향, 춘향 하시더니 한번 구경할 만하오."

사또 웃으며,

"자네 중신하겠나?"

이윽히 앉았더니,

"사또께서 애당초에 춘향이 부르시지 말고 매파를 보내어 보시는 게 옳을 것을 일이 좀 경(輕)히 되었소마는 이미 불렀으니 아마도 혼사할 밖에 수가 없소."

사또 크게 기뻐하며 춘향더러 분부하되,

"오늘부터 몸단장 정히 하고 수청을 거행하라."

"사또님 분부 황송하오나 일부종사 바라오니 분부 시행 못하겠소."

사또가 칭찬하여 말하기를,

"아름답고 아름다운 계집이로다, 네가 진정 열녀로다. 네 정절 굳은 마음 어찌 그리 어여쁘냐. 당연한 말이로다. 그러나 이수재(도련님)는 경성 사대부의 자제로서 명문귀족의 사위가 되었으니, 한때 사랑으로 잠깐 희롱하던 너를 조금이나마 생각하겠느냐? 너는 본시 절행(節行)이 있어 평생을 수절하다가 고운 얼굴이 늙어지고 백발이 드리우면 무정세월이 흐르는 물 같음을 탄식할 때 불쌍하고 가련한 게 너 아니냐. 네 아무리 수절한들 너를 열녀로 표창하여 줄 사람이 어디 있느냐? 그는 다 버려 두고 네 고을 관장에게 매이는 것이 안 옳으냐. 네가 말 좀 하여라."

춘향이 여쭈오대,

"충신은 두 임금을 섬기지 않으며 열녀는 두 남편을 섬기지 않고 절개를 지킨다 함을 본받고자 하옵는데, 수차로 분부가 이러하오니 사는 것이 죽느니만 못하옵고 정절이 있는 여자는 두 남편을 섬기지 못하오니 처분대로 하옵소서."

이때 회계 나리가 썩 나서며 하는 말이,

"네 여봐라! 그년 요망한 년이로고. 부유 같은 일생 소천하에 일색이라. 네 여러 번 사양할 게 무엇이냐? 사또께옵서 너를 추앙하여 하시는 말씀인데 너 같은 창기배(娼妓輩)에게 수절이 무엇이며 정절이 무엇인가. 구관은 전송하고 신관을 영접함이 법전(法典)에 당연하고 사례에도 당당하거든 고이한 말 내지 마라! 너 같은 천한 기생 무리에 충렬(忠烈) 두 자가 어디 있느냐?"

이때 춘향이는 하도 기가 막혀 천연히 앉아 여쭈오되,

"충효(忠孝) 열녀에 상하 있소? 자상히 들으시오. 기생으로 말합시다. 충효 열녀 없다 하니 낱낱이 아뢰리다. 해서(海西) 기생 농선(弄仙)이는 동선령(洞仙嶺)에 죽어 있고, 선천(宣川) 기생은 아이로되 칠거학문 들어 있고, 진주(晋州) 기생 논개(論介)는 우리 나라 충렬로서 충렬문(忠烈門)에 모셔 놓고 두고두고 제사를 지내오며, 청주(清州) 기생 화월(花月)이는 삼층각(三層閣)에 올라 있고 평양 기생 월선(月仙)이도 충렬문에 들어 있고, 안동(安東) 기생 일지홍은 생열녀문(生烈女門) 지은 후에 *정경가자(貞敬加資) 있사오니 기생을 너무 업신여기지 마옵소서."

춘향이 다시 사또 앞에 여쭈오되,

"당초 이수재(李秀才) 만날 때에 태산(泰山)과 서해(西海)의 굳은 마음 소첩의 일심정절(一心貞節)을 맹분 같은 용맹으로 빼어 내지 못할 터요, 소진(蘇秦)과 장의(張儀)의 말재주인들 첩의 마음 옮겨가지 못할 터이요, 공명(孔明) 선생의 높은 재주는 동남풍을 빌었으되 일편단심 소녀의 마음은 굴복시키지 못하리다. 기산(箕山)의 허유(許由)는 요임금의 대리됨을 받지 아니하였고 서산의 백숙양인(伯叔兩人)은 은·주(殷周)나라의 쌀을 먹지 아니하였으니, 만일 허유가 없었으면 고도지사(高蹈之士) 누가 하며 만일 백이숙제가 없었으면 난신(亂臣)과 적자(賊子)가 많으리다. 첩신이 비록 천하다 하여도 허유와 백이숙제를 모르리까. 사람의 첩이 되어 지아비를 배반하고 집안을 버리옴이, 벼슬하는 관장님네의 임금을 배반함과 같사오니 처분대로 하옵소서."

사또 크게 노하여,

"이년 들어라. 모반 대역하는 죄는 능지처참하게 되고 관장을 조롱

---

*정경가자(貞敬加資)── 문무관의 아내와 정삼품 통·정부의 품계에 오름.

하는 죄는 *기시율(棄市律)에 처한다고 써 있으며, 관장을 거역한 죄는 엄형에 처하고 정배 보내느니라. 죽는다고 서러워 마라."

춘향이 악쓰며,

"유부녀를 겁탈하는 것은 죄가 아니고 무엇이오?"

사또는 기가 막혀 어찌나 분하던지 *연상(硯床)을 두드릴 때 탕건이 벗어지고 상투고가 탁 풀리고 첫마디에 목이 쉬어,

"이년을 잡아 내려라!"

호령하니, 골방의 수청 통인이,

"예이."

하고 달려들어, 춘향의 머리채를 주르르 끌어내며,

"급창!"

"예이."

"이년 잡아 내려라!"

춘향이가 뿌리치며,

"놓아라."

중계로 내려가니 급창이 달려들어,

"요년 요년, 어쩌하신 존전(尊前)이라고 대답이 그러하고 살기를 바랄쏘냐."

대뜰 아내 내려치니 맹호 같은 군노 사령들이 벌떼같이 달려들어 감태(甘苔) 같은 춘향의 머리채를 어린 시절 연실 감듯, 뱃사공의 닻줄 감듯, 사월 팔일 등대(燈臺) 감듯 휘휘친친 감아 쥐고 동댕이쳐 엎지르니, 불쌍하다 춘향 신세 백옥 같던 고운 몸이 육자(六字) 모양으로 엎어졌구나.

12 수난(受難), 십장가(十杖歌)

좌우에 나졸들이 늘어서서 능장, 곤장, 형장이며 주장을 짚고,

---

*기시율(棄市律)——죄인의 시체를 저자에다 버리던 중국의 형벌.

*연상(硯床)——문방 제구를 늘어놓아 두는 작은 책상.

"아뢰라! 형리(刑吏)를 대령하라!"

"예이. 머리 숙여라! 형리요."

사또는 어찌나 분이 났던지 벌벌 떨며 기가 막혀 '허푸허푸'하며,

"여봐라! 그년에게 무슨 다짐이 필요하리. 묻지도 말고 형틀에 올려 매고 골통을 부수고 물고장(物故狀)을 올려라!"

춘향을 형틀에 올려 매고 옥사장의 거동을 봐라. 형장이며 태장이며 곤장이며 한 아름 담쑥 안아다가 형틀 아래 좌르륵 부딪치는 소리에 춘향의 정신이 혼미한다. 집장사령의 거동을 봐라. 이놈도 잡고 능청능청, 저놈도 잡고서 능청능청 등심 좋고 빳빳하고 잘 부리는 놈 골라잡고 오른 어깨 벗어 메고 형장(刑杖)을 짚고 청령(廳令)이 내리기를 기다릴 때,

"분부 받아라. 그년을 사정 두고 헛 때려서는 당장에 목을 자를 것이니 각별히 매우 쳐라."

집장사령이 여쭙기를,

"사또님의 분부가 지엄한데 저런 년을 무슨 사정(私情) 두오리까? 이년 다리를 까딱 마라! 만일 요동하였다가는 뼈 부러지리라."

호통하고 들어서서 검장(檢杖) 소리 발맞추어 서면서 가만히 하는 말이,

"한두 개만 견디소. 어쩔 수가 없네. 이 다리는 요리 틀고 저 다리는 저리 트소."

"매우 치라!"

"에잇 때리오."

딱 붙이니 부러진 형장개비는 푸르륵 날아 공중에 잉잉 솟아 상방(上房) 대뜰 아래 떨어지고 춘향이는 아무쪼록 아픈 데를 참으려고 이를 북북 갈며 고개만 빙빙 두르면서,

"애고 이게 웬일이오!"

곤장, 태장을 치는 데는 사령이 서서 하나 둘 세건마는 형장부터는 법장(法杖)이라 형리와 통인이 닭싸움하는 모양으로 마주 엎드려서 하나 치면 하나 긋고, 둘 치면 둘 긋고, 무식하고 돈 없는 놈이 술집

바람벽에 술 값 긋듯 그어 놓으니 한 일 자가 되었구나. 춘향이는 저절로 설움에 겨워 맞으면서 우는데,

"일편단심 굳은 마음은 일부종사의 뜻이오니 한낱 매를 치신다고 일년이 다 못 가서 조금이나마 내 마음 변하오리까."

이때 남원부의 한량이며 남녀노소 없이 모두 모여 구경할 때 좌우의 한량들이,

"모질구나 모질구나. 우리 골 원님이 모질구나. 저런 형벌이 왜 있으며 저런 매질이 왜 있을까? 집장사령들을 눈 익혀 두어라. 삼문 밖에 나오면 급살(急殺)을 주리라."

보고 듣던 사람들은 모두 눈물을 흘리는 것이었다.

두 번째의 매를 치니,

"이부절(二夫節)을 아옵는데 두 남편을 섬기지 않는 내 마음이 매 맞고 아주 죽어도 이도령은 못 잊겠소."

세째 번 매를 치니,

"삼종지례(三從之禮) 중한 법 삼강오륜 알았으니 세 차례의 형문(刑問)을 받고 정배를 갈지라도 삼청동에 계시는 우리 낭군 이도령을 못 잊겠소."

네째 번 매를 치니,

"사대부 사또님은 *사민공사(四民公事) 살피지 않고 위력공사(威力公事)만 힘쓰니 사십팔방(坊) 남원 백성 원망함을 모르시오. 사지(四肢)를 가른대도 사생동거(死生同居) 우리 낭군 못 잊겠소."

다섯 번째 매를 딱 치니,

"오륜 윤기(五倫倫紀) 그치지 않고 부부유별 오행(五行)으로 맺은 연분 올올이 찢어낸들 오매불망 우리 낭군 온전히 생각나네. 오동 추야 밝은 달은 님 계신 데 보련마는 오늘이나 편지 올까, 내일이나 기별 올까. 무죄한 이내 몸이 악사(惡死)할 리 없사오니 오결(誤決) 죄수 마옵소서. 애고 애고 내 신세야."

---

*사민공사(四民公事)── 사(士)·농(農)·공(工)·상(商) 네 신분의 일과 관청과 공공 단체의 일.

여섯 번째 매를 치니,

"육육은 삼십육으로 낱낱이 고찰하여 육만 번 죽인대도 육천 마디 얽힌 사랑 맺힌 마음 변할 수 전혀 없소."

일곱 번째 매를 치니,

"칠거지악(七去之惡) 범하였소? 칠거지악이 아니어든 칠개형문이 웬일이오! 칠척검 드는 칼로 동강동강 잘라서 이제 바삐 죽여 주오. 치라 하는 저 형방아. 칠 때마다 살피지 마오. 칠보홍안(七寶紅顔) 나 죽겠네."

여덟 번째 매를 치니,

"팔자 좋은 춘향 몸이 팔도 방백 수령 중에 제일 명관 만났구나. 팔도방백 수령님네, 치민(治民)하러 내려왔지 악형하러 내려왔나?"

아홉 번째 매를 치니,

"구곡간장 구비 썩어 이내 눈물 구년지수(九年之水) 되겠구나. 구고(九皐) 청산 장송 베어 청강선 모아 타고 한양성중 급히 가서 구중궁궐 나라님께 구구히 억울한 사정을 여쭈옵고 구정(九庭) 뜰에 물러나와 삼청동을 찾아가서 굽이굽이 반겨 만나 우리 사랑 맺힌 마음을 마음껏 풀련마는."

열 번째 매를 치니,

"십생구사(十生九死)할지라도 팔십 년 정한 뜻을 십만 번 죽인대도 가망 없고 무가내지. 십육 세 어린 춘향 곤장 맞아 원통한 귀신되니 가련하고 가련하오."

열 치고는 그만둘 줄 알았더니 열다섯째 매를 치니,

"십오야 밝은 달은 뗴구름에 묻혀 있고 서울 계신 우리 낭군 삼청동에 묻혔으니 달아 달아 님 보느냐? 님 계신 곳 나는 어이 못 보는고."

스물 치고 끝날까 하였더니 스물다섯 매를 치니,

"이십오현 탄야월(二十五絃彈夜月)에 불승청원(不勝淸怨) 저 기러기, 너 가는 데 어디메냐. 가는 길에 한양성 찾아들어 삼청동 우리 님께 내 말 부디 전해 다오. 나의 모습을 자세히 보고 부디부디 잊지 마라.”

삼십삼천(三十三天) 어린 마음을 옥황전에 아뢰고저. 옥 같은 춘향 몸에 솟느니 유혈이요 흐르느니 눈물이라. 피눈물 한데 흘러 무릉도원(武陵桃源)의 홍유수(紅流水)라.

춘향이 점점 악쓰며 하는 말이,

“소녀를 이리 말고, 능지처참하고 박살하여 죽여 주면 죽은 뒤에 원조(怨鳥)라는 새가 되어, 초혼조(招魂鳥) 함께 울어 적막공산 달 밝은 밤에 우리 이도련님 잠든 후 파몽(破夢)이나 하여지이다.”

말 못하고 기절하니 옆에 있던 형방 통인 고개 들어 눈물 씻고, 매질하던 저 사령도 눈물 씻고 돌아서며,

“사람의 자식은 이 짓 못하겠네.”

좌우의 구경하는 사람과 거행하는 관속들이 눈물 씻고 돌아서며,

“춘향 매맞는 거동 사람 자식은 못하겠다. 모질도다, 모질도다. 춘향 정절이 모질도다. 하늘이 낸 열녀로다.”

남녀노소 없이 서로 눈물 흘리며 돌아설 때 사또인들 좋을 리가 있으랴.

“네 이년! 관청 뜰에서 발악하며 맞으니 좋은 게 무엇이냐? 일후에도 또 그런 거역을 할까?”

반은 죽고 반은 산 저 춘향이 점점 악쓰며 하는 말이,

“여보 사또 들으시오. 죽기로 결심하고 먹은 마음을 어이 그리 모르시오. 계집의 품은 원한은 오뉴월에 서리칩니다. 원통한 혼이 하늘로 다니다가 우리 나라님 앉은 곳에 이 원정을 아뢰오면 사또인들 무사하랴. 덕분에 죽여 주오.”

사또 기가 막혀,

“허허 그 년 말 못할 년이로고, 큰 칼 씌워 옥에 가두어라.”

하니, 큰 칼 씌워 인봉(印封)하여 옥사장이 등에 업고 삼문 밖을 나올 때에 기생들이 나오며,

“애고 서울 집아, 정신 차리게. 애고 불쌍하여라.”

사지를 만지며 약을 갈아 들이며 서로 보고 눈물질 때 키 크고 속없

는 낙춘(落春)이가 들어오며,

"얼씨구 절씨구 좋을씨구, 우리 남원도 현판(懸板)감이 생겼구나."

왈칵 달려들면서,

"애고 서울 집아 불쌍하여라."

이리 야단할 때 춘향의 모가 이 말 듣고 정신없이 들어오더니 춘향의 목을 안고,

"애고 이게 웬일이냐? 죄는 무슨 죄며 매는 무슨 매냐. 장청(杖廳)의 집사님네, 질청(秩廳)의 이방님, 내 딸이 무슨 죄요. 장군방(杖君房)의 두목들아 집장하던 쇄장(鎖匠)이도 무슨 원수 맺혔더냐? 애고 애고 내 일이야. 칠십 당년 늙은 것이 의지할 데 없이 되었구나. 무남독녀 내 딸 춘향 규중에 은근히 길러 내어 밤낮으로 서책만 놓고 내측편(內則篇) 공부 일삼으며 날 보고 하는 말이 마오 마오 서러워 마오 아들 없다 서러워 마오. 외손봉사(外孫奉仕) 못하리까. 어미에게 지극한 정성 곽거(郭巨)나 맹종(孟宗)인들 내 딸보다 더할쏜가. 자식 사랑하는 법이 상중하가 다를쏜가. 이내 마음 둘 데 없네. 가슴에 불이 붙어 한숨이 연기로다. 김번수야, 이번수야, 웃령이 지엄하다고 이다지도 몹시 친단 말이냐. 애고 내 딸 장처(杖處) 보소. 빙설 같던 두 다리에 연지 같은 피 비쳤네. 명문가의 규중부(閨中婦)야 눈먼 딸도 원하더라. 그런데 가서 왜 못생기고 기생 월매 딸이 되어 이 모양이 웬일이냐? 춘향아 정신 차려라. 애고 애고 내 신세야."

하며,

"향단아, 삼문 밖에 가서 삯군 둘만 사오너라. 서울 쌍급주(雙急走) 보낼란다."

춘향이 쌍급주 보낸단 말을 듣고,

"어머니 마시오. 그게 무슨 말씀이오. 만일 급주가 서울 올라가서 도련님이 보시며는 층층시하에 어찌할 줄 몰라 심사가 울적하여 병이 되면 그것인들 아니 훼절(毀節)이오? 그런 말씀 말으시고 옥으로 가사이다."

옥사장의 등에 업혀 옥으로 들어갈 때 향단이는 칼 머리 들고 춘향모도 뒤를 따라 문앞에 당도하여,

"옥형방(獄刑房)아 문을 여소. 옥형방도 잠들었나?"

옥중에 들어가서 옥방의 모양을 살펴보니 부서진 죽창 틈에 살 쏘나니 바람이요, 무너진 헌 벽이며 헌 자리에 벼룩 빈대가 온 몸으로 기어든다.

13 옥방춘향(獄房春香)

이때 춘향이 옥방(獄房)에서 장탄가(長嘆歌)로 울던 것이었다.

이내 죄가 무슨 죄냐
*국곡투식(國穀偸食) 아니어든
엄형중장 무슨 일고
살인죄인 아니어든
항쇄 족쇄 웬일이며
역률(逆律) 강상(綱常) 아니어든
사지 결박 웬일이며
*음양도적(陰陽盜賊) 아니어든
이 형벌이 웬일인고
삼강수(三江水)는 연수(硯水) 되어
푸른 하늘을 한 장 종이삼아
나의 설움을 하소연하여
옥황상제 앞에 올리고저
낭군을 그리워하며 답답하여 불이 붙네
한숨이 바람이 되어
붙는 불을 더 붙이니

---

*국곡투식(國穀偸食)—— 국고의 쌀을 도둑질함.
*음양도적(陰陽盜賊)—— 간통죄.

속절없이 나 죽겠네
홀로 섰는 저 국화는
높은 절개 거룩하다
눈 속의 푸른 솔은
천고절(千古節)을 지켰구나
푸른 솔은 나와 같고
누런 국화 낭군같이
슬픈 생각 뿌리느니 눈물이요
적시느니 한숨이라
한숨은 청풍(淸風)삼고
눈물은 세우(細雨)삼아
청풍이 세우를 몰아다가
불거니 뿌리거니
님의 잠을 깨우고저
견우와 직녀성은
칠석 상봉(七夕相逢)하올 때에
은하수 막혔으되
실기(失期)한 일 없었건만
우리 낭군 계신 곳에
무슨 물이 막혔는지
소식조차 못 듣는고
살아 이리 그리워하느니
아주 죽어 잊고 싶구나
차라리 이 몸 죽어
공산의 두견이 되어
이화월백(梨花月白) 삼경야에
슬피 울어 낭군 귀에 들리고저
청강의 원앙이 되어
짝을 불러 다니면서

다정하고 유정함을
님의 눈에 보이고저
삼춘의 호접되어
향기 묻은 두 나래로
봄빛을 자랑하여
낭군 옷에 붙고 싶구나
맑은 하늘에 밝은 달이 되어
밤이 되면 돋아오리라
밝고 밝고 또 밝은 빛으로
님의 얼굴 비추고저
이내 간장 썩은 피로
님의 모습을 그려내어
방문 앞에
족자(簇子)삼아 걸어 두고
들며 나며 보고 싶구나
수절정절 절대가인(絕對佳人)
참혹하게 되었구나
문채 좋은 형산의 백옥이
먼지 무더기에 묻혔는 듯
향기로운 상산초(商山艸)가
잡풀 속에 섞였는 듯
오동 속에 놀던 봉황이
가시밭 속에 깃들인 듯
자고로 성현네도
무죄하게 고생하니
요순우탕(堯舜禹湯) 임금님도
*걸주(桀紂)의 포악으로
함진옥에 갇혔더니

---

*걸주(桀紂)——중국의 폭군 걸왕과 주왕.

도로 놓여 나와 성군이 되시고
명덕치민(明德治民) 주문왕(周文王)도
상주(商紂)의 해를 입어
유리옥(羑里獄)에 갇혔더니
도로 놓여 성군이 되고
만고의 현인 *공부자(孔夫子)도
*양호(陽號)의 얼을 입어
광야(匡野)에 갇혔더니
도로 놓여나 대성(大聖) 되시니
이런 일로 볼 것이면
죄 없는 이내 몸도
살아나서 세상 구경 다시 할까
답답하고 원통하다
날 살릴 이 누구 있을까
서울 계신 우리 낭군
벼슬길로 내려와서
이렇듯이 죽어 갈 때
내 목숨을 못 살릴까
하운(夏雲)은 다기봉(多奇峰)하니
산이 높아 못 오시는가
금강산 상상봉이
평지 되거든 오시려나
병풍에 그린 누른 닭이
두 나래를 툭툭 치며
사경(四更) 일점(一點)에
날 새라고 울거든 오시려는가
애고애고 내 일이야

---

*공부자(孔夫子)── 공자.

*양호(陽號)── 노나라 이씨(李氏)의 가신(家臣).

죽창문을 열어제치니 밝고 깨끗한 달빛은 방 안으로 든다마는 어린 것이 홀로 앉아 달한테 묻는 말이,

"저 달아 보느냐. 님 계신 데 밝은 기운 비춰라. 나도 좀 보자꾸나. 우리 님이 누웠더냐. 앉았더냐. 보는 대로만 네가 일러 나의 수심 풀어 다오."

애고 애고 슬피 울다가 홀연히 잠이 드니, 비몽사몽(非夢似夢)간에 호랑나비가 *장주(莊周)되고 장주가 호랑나비로 되어 가랑비같이 남은 혼백 바람인 듯 구름인 듯 한 곳에 다다르니, 하늘은 푸르고 땅은 넓은데 산은 영검스럽고 물은 아름다운데, 은은한 대숲 속에 그림 같은 누각 하나가 반공에 잠겼거늘, 대체 귀신이 다니는 법은 큰 바람이 일고 승천입지(昇天入地)하니 '베개 위의 짧은 시간 봄꿈 속에서 강남 수천 리를 갔었다.'

앞쪽을 살펴보니 황금 대자(大字)로,

'만고정렬 황릉지묘(萬古貞烈黃陵之墓)'

라 뚜렷이 붙였거늘, 심신이 황홀하여 배회했더니 천연히 낭자 셋이 나오는데 석숭(石崇)의 애첩 녹주(綠珠)가 등롱을 들고 진주 기생 논개(論介), 평양 기생 월선(月仙)이었다.

춘향을 인도하여 내당에 들어가니 당상에 백의 입은 두 부인이 옥수(玉手)를 들어 청하거늘 춘향이 사양하되,

"속세의 천한 계집이 어찌 황릉묘(黃陵墓)에 오르리이까?"

부인이 기특히 여겨 재삼 청하거늘 사양치 못하여 올라가니 자리를 주어 앉힌 후에,

"네가 춘향이냐? 기특하도다. 일전에 조회(朝會)차로 *요지연(瑤池宴)에 올라가니 네 말이 자자하기로 간절히 보고 싶어 너를 청하였으니 심히 불안하도다."

춘향이 다시 절하며 아뢰기를,

"첩이 비록 무식하오나 고서(古書)를 보옵고 죽은 후에나 존안을 뵈

---

*장주(莊周)──장자.

*요지연(瑤池宴)──주나라 목왕이 서왕모와 요지에서 잔치했다 함.

올까 하였더니 이렇듯 황릉묘에 모시게 되니 황공 비감하여이다.”
*상군부인(湘君夫人)이 말씀하되,
“우리 순군(舜君) 대순씨(大舜氏)가 남쪽 지방을 두루 살피며 순행하시다가 창오산(蒼梧山)에서 세상을 떠나시니 속절없는 이 두 몸이 소상죽림(瀟湘竹林)에 피눈물을 뿌렸노니 가지마다 아롱아롱 잎잎이 원한이었다. ‘창오산이 무너지고 소상강물이 끊어진 후에라야 대밭 위의 눈물을 거둘 날이 있으리라.’ 천추의 한을 하소연할 곳 없었더니 네 절행이 기특하기로 너에게 말을 하는 것이다. 송죽(松竹) 같은 절개 몇천 년에 청백은 어느 때며 오현금(五絃琴) 남풍시(南風詩)를 이제까지 전하더냐.”
이렇듯이 말씀할 때 어떤 부인이,
“춘향아, 나는 기주 명월 음도성(陰都城)에서 화선(化仙)하던 농옥이다. 소사(蕭史)의 아내로서 태화산(太華山)의 이별 후에 용을 타고 날아간 것이 한이 되어 옥퉁소로 원을 풀 때 곡조는 날아가 간 곳을 모르니 산 아래의 벽도(碧桃)가 봄 되니 꽃피누나.”
이러할 때 또 한 부인이 말씀하되,
“나는 한나라의 궁녀 소군(昭君)이라. 오랑캐의 땅으로 잘못 시집가서 한 줌의 푸른 무덤뿐이로다. 말 위에 올라타는 비파 곡조에 ‘얼굴을 보니 부드럽고 아름다운 얼굴임을 잘 알겠으며 환패(環佩)는 옛 살던 한나라 궁궐에 혼백만이 돌아가겠도다.’ 이 아니 원통하랴.”
한창 이러할 때 음풍(陰風)이 일어나며 촛불이 펄렁펄렁하며 무엇이 촛불 앞에 달려들거늘 춘향이 놀라 살펴보니 사람도 아니요 귀신도 아닌데 비슷한 가운데 곡성이 낭자하며,
“여봐라 춘향아, 너는 나를 모르리라. 나는 한고조(漢高祖)의 아내 척부인(戚夫人)이로다. 우리 황제님 돌아가신 후에 *여후(呂后)의 독한 솜씨 나의 수족 끊어 내어 두 귀에다 불지르고 두 눈 빼어 음

---

*상군부인(湘君夫人)──중국 순(舜) 임금의 두 아내인 아황과 여영.
*여후(呂后)──한고조(漢高祖)의 왕후.

약(藥) 먹여 측간 속에 넣었으니 천추의 깊은 한을 어느 때나 풀어 보랴."

이렇게 울 때 상군부인(湘君夫人) 말씀하되,

"이곳이라 하는 데가 유명(幽明)의 길 다르고 행오(行伍)가 다르니 오래 머무르지 못하리라."

여동(女童)을 불러 하직할 때 동방의 귀뚜라미 소리 씨르렁, 한 쌍 호랑나비는 훨훨, 춘향이 깜짝 놀라 깨어 보니 꿈이로다.

14 문복(問卜)

옥창(玉窓) 밖에는 앵두꽃이 떨어져 보이고 거울 복판이 깨어져 보이고 문 위에 허수아비가 달려 있듯이 보이거늘,

"나 죽을 꿈이로다."

수심과 걱정으로 밤을 샐 때 기러기가 울고 가니 한 조각 서강(西江) 위에 뜬 달 아래 남쪽으로 날아가는 기러기가 바로 너 아니냐. 밤은 깊어 삼경이요 궂은 비는 퍼붓는데 도깨비는 삑삑, 밤새 소리 북북, 문풍지는 펄렁펄렁 귀신이 우는데 *난장(亂杖) 맞아 죽은 귀신, 형장(刑杖) 맞아 죽은 귀신, 결령치사(結領致死) 대롱대롱, 목매달아 죽은 귀신, 사방에서 우는데, 귀신의 울음 소리가 어지럽다. 방안이며 추녀 끝이며 마루 아래서도 애고 애고 귀신 소리에 잠들 길이 전혀 없다. 춘향이가 처음에는 귀신 소리에 정신이 없이 지내더니, 여러 번을 듣고 보니 겁없이 되어서 청승맞은 굿거리의 *삼잡이 *세악(細樂) 소리로 알고 들으며,

"이 몹쓸 귀신들아 나를 잡아 가려거든 조르지나 말려무나."

옴급급 여율령 사바하(唵急急 如律令 娑婆闊) *진언(眞言)치고 앉았

---

*난장(亂杖)——마구 치는 매.
*삼잡이——장구·북·피리를 부는 세 사람.
*세악(細樂)——군대의 장구, 북, 해금, 피리, 저 등으로 편성된 음악.
*진언(眞言)——법신(法身)의 말, 주문.

을 때 옥밖으로 장님 하나가 지나가되 서울 봉사 같은 고로,

　"*문수(問數)하오."

라고 외치련마는, 시골 봉사라,

　"문복(問卜)하오."

하며 외치고 가니, 춘향이 듣고,

　"여보 어머니 저 봉사 좀 불러 주오."

　춘향의 모가 봉사를 부르는데,

　"여보 저기 가는 봉사님."

　봉사가 대답하되,

　"그 누구요?"

　"춘향의 모요."

　"어찌 찾나?"

　"우리 춘향이가 옥중에서 봉사님을 잠깐 오시라 하오."

　봉사 한 번 웃으며,

　"날 찾기 의외로군. 가보지."

　봉사가 옥으로 갈 때 춘향의 모 봉사의 지팡이를 잡고 길을 인도할 때,

　"봉사님 이리 오시오. 이것은 돌다리요, 이것은 개천이오. 조심하며 건너시오."

　앞에 개천이 있어 뛰어 보려 무한히 벼르다가 뛰는데 봉사의 뜀이란 게 멀리 뛰지 못하고 올라갈 만한 길이나 올라가는 것이었다. 멀리 뛰는 것이 한가운데 가서 풍덩 빠져 놓았으니 기어나오려고 짚는다는 것이 개똥을 짚었것다.

　"어뿔싸 이게 정녕 똥이지?"

　손을 들어 맡아 보니 묵은 쌀밥 먹고 썩은 놈이로구나. 손을 내뿌린 것이 모진 돌에다가 부딪히니 어찌 아프던지 입에다 쓸어 넣고 우는데 먼눈에서 눈물이 뚝뚝 떨어지며,

　"애고 애고 내 팔자야. 조그만 개천을 못 건너고 이 봉변을 당하였

---

*문수(問數)──점을 쳐 길흉을 물음. 문복(問卜).

으니 누구를 원망하며 누구를 탓하리. 내 신세를 생각하니 천지 만물을 보지 못하는지라 주야를 알랴. 사시(四時)를 짐작하며 봄철이 다가온들 복사꽃 피고 배꽃이 핌을 내가 알며, 가을철이 되어 온들 누런 국화와 붉은 단풍을 내 어찌 알며 부모를 내 아느냐. 처자를 내 아느냐. 친구 벗님을 내 아느냐. 세상 천지의 일월성신과 후함과 박함과 길고 짧음을 모르고 밤중같이 지내다가 이 지경이 되었구나. 참으로 말하자면 '소경이 그르냐 개천이 그르냐?' 소경이 그르지 애초부터 있는 개천이 그르랴."

애고 애고 섧게 우니, 춘향의 모 위로하되,

"그만 우시오."

봉사를 목욕시켜 옥으로 들어가니 춘향이 반기면서,

"애고 봉사님 어서 오오."

봉사는 그 중에 춘향이가 일색이란 말을 듣고 반가워하며,

"음성을 들으니 춘향 각시인가보다."

"예 기옵니다."

"내가 벌써 와서 자네를 한 번이라도 볼 터이로되, 가난한 사람 일 많다고 못 오고 청하여 왔으니 내 인사가 아니로세."

"그럴 리가 있소? 눈 멀으시고 늙으셨으니 기력이 어떠하시오."

"내 염려는 말게. 대체 나를 어찌 청하였나?"

"예, 다름 아니라 간밤에 흉몽을 꾸었삽기로 해몽도 하고 우리 서방님이 어느 때나 나를 찾을까 길흉 여부(吉凶與否)를 점치려고 청하였소."

"그리 하세."

봉사가 점을 치는데,

'저 태서(太筮)의 믿음직한 말을 빌려 존경을 다하여 축원하옵나니 하늘이 언제 말씀하시었고 땅이 언제 말씀하셨으리요마는 두드리오면 곧 응하시는 것이 신령하심이니 응감하시와 신통하게 하여 주시옵소서, 고 할제 아지 못하옵고 그 의심을 풀지 못하올 때 다만 마음과 혼령이 원하는 바를 밝혀 가르쳐 주시옵기를 바라와 옳고

그른 것을 밝히고자 하오니 곧 응하게 하여 주시오. 복희(伏羲), 문왕(文王), 무왕(武王), 무공(武公), 주공(周公), 공자(孔子), 오대성현(五大聖賢), 칠십현(七十賢) 안·증·사·맹(顔曾思孟) 성문십철(聖門十哲), 제갈공명(諸葛孔明) 선생, 이순풍(李淳風), 소강절(邵康節), 정명도(程明道), 정이천(程伊川), 주렴계(周濂溪), 주회암(朱晦庵), 엄군평(嚴君平), 사마군(司馬君), 귀곡(鬼谷), 손빈(孫臏), 진의(秦儀), 왕보사(王輔嗣), 주원장(朱元璋), 제대선생(諸大先生)은 밝히 살피시고 밝히 기억하소서. 마의도자(麻衣道者) 구천현녀(九天玄女) 육정(六丁) 육갑(六甲) 신장(神將)이시여, 연월 일시 자지공조(自知共助), 배괘동자(排掛童子), 척괘동남(擲掛童男), 허공유감(虛空有感) 여왕 봉가 복사 달뇌상화 육신 무차 보양, 원컨대 강림케 하여 주옵소서.

전라좌도 남원부 천변(川邊)에 사는 임자생신(壬子生辰) 곤명(坤命) 열녀 성춘향이 하월하일(何月何日)에 방사옥중(放赦獄中)하오며 서울 삼청동에 사는 이몽룡은 하월 하일에 남원부에 도착하오리까. 엎드려 빌건대 첨신(僉神)은 신명소시(神明昭示)하옵소서.'

산통(算筒)을 철경철경 흔들더니,

"어디 보자. 일이삼사오륙칠, 허허 좋다. 좋은 괘로구나. *칠간산(七艮山)이로구나. 고기가 그물을 피하니 적게 쌓여 크게 성취한 괘라. 옛말에 주나라 무왕이 벼슬을 할 때 이 괘를 얻어 성공하고 고향으로 돌아왔으니 어찌 아니 좋을쏜가. 천리를 알 수 있으니 친인(親人)이 낯을 안다. 자네 서방님이 멀지 않아 내려와서 평생의 한을 풀겠네. 걱정 마오. 참 좋거든."

춘향이 대답하되,

"말대로 그러하면 오죽이나 좋사오리까. 간밤 꿈의 해몽이나 좀 하여 주옵소서."

"어디 자상히 말을 하오."

"단장하던 체경이 깨져 보이고, 창 앞에 앵두꽃이 떨어져 보이고,

---

*칠간산(七艮山)―― 점괘(占卦)를 말함.

문 위에 허수아비가 매달려 보이고 태산이 무너지고, 바닷물이 말라 보이니 나 죽을 꿈 아니오?"

봉사 이윽히 생각하다가 얼마 후에 말하였다.

"그 꿈 장히 좋다. 꽃이 떨어지니 능히 열매를 맺을 것이요, 거울이 깨어지니 어찌 큰 소리 한 번 없겠는가. 문 위에 허수아비 달렸음은 만인이 다 우러러봄이라. 바다가 말랐으니 용의 얼굴을 볼 것이며, 산이 무너지면 평지가 될 것이라. 좋다, 쌍가마 탈 꿈이로세. 걱정 마소. 머지 않네."

한창 이리 수작할 때 까마귀가 뜻밖에 옥 밖 담에 와 앉아서,

"까옥까옥."

울거늘 춘향이 손을 들어 후여 하고 날리며,

"방정맞은 까마귀야. 나를 잡아 가려거든 조르지나 말려무나."

봉사가 이 말을 듣더니,

"가만 있소. 그 까마귀가 가옥가옥 그렇게 울었지?"

"예 그래요."

"좋다 좋다. 가자는 아름다울 가자(嘉字)요, 옥자는 집옥(屋)자라. 아름답고 즐겁고 좋은 일이 불원간에 돌아와서 평생에 맺힌 한을 풀 것이니 조금도 걱정하지 마소. 지금은 복채(卜債) 천 냥을 준대도 아니 받아갈 것이니 두고 보고 영귀하게 되는 때에 괄시나 부디 마소. 나는 돌아가네."

춘향은 장탄 수심으로 세월을 보내었다.

15 암행어사(暗行御使)

이때 한양성의 도련님은 밤낮을 가리지 않고 시서백가어(詩書百家語)를 숙독하였으니 글로는 이백(李白)이요, 글씨는 왕희지(王羲之)였다. 나라에 경사가 있어 태평과(太平科)를 보일 때에 서책을 품고 과거장으로 들어가 좌우를 둘러보니 수많은 백성과 허다한 선비들이 일시에 임금님께 절을 한다. 맑고 고운 궁중의 풍악 소리에 앵무새가 춤

을 춘다. 대제학을 택출(擇出)하여 임금께서 정한 글 제목을 내리시니 도승지(都承旨)가 모셔내어 홍장(紅帳) 위에 걸어 놓으니 제(題)에 하였으되,

　‘*춘당춘색고금동(春塘春色古今同)이라’

　뚜렷이 걸렸거늘 이 도령이 글제를 살펴보니 익히 보아온 바이었다. 시제(詩題)를 펼쳐 놓고 해제(解題)를 생각하여 용지연(龍池硯)에 먹을 갈아 당황모(唐黃毛) 무심필(無心筆)을 반중동 덤벙 풀어 왕희지의 필법으로 조맹부(趙孟頫)의 체를 받아 단 붓으로 내리갈겨 *선장(先場)한다.

　상시관(上試官)이 글을 보니 글자마다 *비점(批點)이요, 구절마다 *관주(貫珠)였다. 글씨가 마치 용이 하늘로 치솟는 듯하고 비둘기가 모래밭에 내려앉은 듯하니 금세(今世)의 대재(大才)로구나. *금방(金榜)에 이름을 걸고 임금님이 석잔 술을 권하신 후 장원 급제로 답안지를 시험장에 내걸었다. *신래(新來)에 진퇴 나올 적에 머리에는 임금님이 내려 주신 종이꽃이요 몸에는 *앵삼(鶯杉)이며 허리에는 학대(鶴帶)로다. 사흘 동안 서울 장안을 돌며 논 후에 산소에 소분(掃墳)하고 임금님께 절하니, 전하께옵서 친히 불러 보신 후에,

　“경의 재주 조정에 으뜸이로다.”

하시고, 도승지 입시(入侍)하사 전라도 암행어사로 명을 내리시니 평생의 소원이다. 수의(繡衣), 마패(馬牌), 유척(鍮尺)을 내주시니 전하께 하직하고 본댁으로 나갈 적에 *철관(鐵冠) 풍채는 산속의 맹호와

---

*춘당춘색고금동(春塘春色古今同)——춘당대의 봄빛이 옛날이나 지금이나 같다는 말.

*선장(先場)——가장 먼저 답안지를 냄.

*비점(批點)——시가・문장 등을 비평 또는 정정하여 매기는 평점.

*관주(貫珠)——글이나 시문의 잘된 곳에 그리는 점(點).

*금방(金榜)——과거에 급제한 사람의 이름을 거는 방.

*신래(新來)——새로 문과에 급제한 사람.

*앵삼(鶯杉)——조선 왕조 때 연소자가 생원・진사에 합격한 때에 입거나 또는 그 외의 신래 급제가 입던 황색의 예복.

*철관(鐵冠)——어사가 쓰던 갓.

같았다.

부모 앞에서 하직하고 전라도로 향할 때 남대문 밖에 나서서 서리(胥吏) 중방(中房) 역졸 등을 거느리고, 청파역에 말 잡아 타고, 칠패와 팔패며 배다리 등을 얼른 넘어 밥전거리 지나 동작(銅雀)이를 얼른 건너 남태령(南太嶺)을 넘어 과천읍에서 점심 먹고, 사근내(沙斤乃) 미륵당의 수원(水原)에서 숙소하고 대황교(大皇橋) 떡전거리, 진개울, 중미, 진위읍(振威邑)에서 점심 먹고 갈원(葛院), 소사(素沙), 애고다리, 성환역(成歡驛)에 숙소하고 상류천(上柳川) 하류천(下柳川) 새술막 천안읍(天安邑)서 점심 먹고, 삼거리 도리치(道里峙) 김제역(金蹄驛)서 말 갈아 타고, 신구(新舊) 덕평(德坪)을 얼른 지나 원터에 숙소하고 팔풍정(八風亭), 활원〔弓院〕, 광정(廣程), 몰원〔毛老院〕, 공주(公州), 금강(錦江)을 건너 금영(錦營)에서 점심 먹고, 높은 행길 소개문, 어미널터, 경천(敬川)에 숙소하고, 노성(魯城) 풋개(草浦) 사다리, 은진, 간치당이, 황화정(皇華亭), 장어미고개, 여산읍(礪山邑)에 숙소하고, 이튿날에 서리, 중방을 불러 분부하되,

"전라도 초읍 여산(礪山)이라. 무거운 나라일을 거행하여 분명히 하지 못하면 죽기를 면하지 못하리라."

추상같이 호령하여 서리를 불러 분부하되,

"너는 좌도(左道)로 들어 진산(珍山), 금산(錦山), 무주(茂朱), 용담(龍潭), 진안(鎭安), 장수(長水), 운봉(雲峰), 구례(求禮)로 여덟 읍을 순행하여 아무날 남원읍으로 대령하고, 중방과 역졸 너희들은 우도(右道)로 용안(龍安), 함열(咸悅), 임피(臨陂), 옥구(沃溝), 김제(金提), 만경(萬頃), 고부(古阜), 부안(扶安), 흥덕(興德), 고창(高敞), 장성(長城), 영광(靈光), 무장(茂長), 무안(務安), 함평(咸平)으로 순행하여 아무날 남원읍으로 대령하라."

종사(從事) 불러,

"익산(益山), 금구(金溝), 태인(泰仁), 정읍(井邑), 순창(淳昌), 옥과(玉果), 광주(光州), 나주(羅州), 창평(昌平), 담양(潭陽), 동복(同福), 화순(和順), 강진(康津), 영암(靈岩), 장흥(長興), 보성(寶

城), 홍양(興陽), 낙안(樂安), 순천(順天), 곡성(谷城)으로 순행하여 아무날 남원읍으로 대령하라."

분부하여 각기 *분발(分撥)하신 후에 어사또 행장을 차리는데 그 거동을 좀 보소.

숫제 사람을 속이려고 모자 없는 헌 파립에 *벌이줄을 총총이 매어 초사(絹紗)로 만든 갓끈을 달아쓰고, 당줄만 남은 헌 망건의 갑풀관자 노끈 당줄 달아 쓰고, 의뭉하게 헌 도복에 무명실 띠를 가슴에 둘러 매고 살만 남은 헌 부채에 솔방울 선초(扇貂) 달아 햇볕을 가리고 내려올 때, 통새암, 삼례(參禮)에서 숙소하고 한내, 주엽쟁이, 가리내, 싱금정을 구경하고 숲정이 공북루(拱北樓) 서문을 얼른 지나 남문에 올라 사방을 둘러보니, 서호(西湖), 강남(江南)이 여기로다. 기린봉 위에 솟은 달이며 한벽당(寒碧堂)의 맑은 연못, 남고사(南高寺)의 저녁 종소리, 건지산(乾止山) 위에 솟은 보름달이며, 다가(多佳)의 활 쏘아 맞히는 과녁, 덕진(德眞)의 연뿌리 캐기, 비부정(飛阜亭)에 날아 내리는 기러기, 위봉폭포(威鳳瀑布) 등 완산팔경(完山八景)을 다 구경하고 차차로 암행하여 내려올 때, 각읍 수령들이 어사 났단 말을 듣고 민정을 가다듬고 지난날의 공사(公事)를 근심할 때 하인인들 편하리요. 이방 호장은 혼을 잃고 공사(公事)를 회계하는 형방, 서기들은 여차하면 도망치려고 신발을 신고 있으며, 하고많은 각 청상(各廳上)이 넋을 잃고 분주할 때, 이때 어사또는 임실(任實) 구화뜰 근처에 당도하니 이때가 마침 농사철이라 농부들이 농부가를 부르는 것이 들렸다.

　　어여로 상사디야
　　천리건곤 태평시에
　　도덕 높은 우리 성군
　　*강구연월(康衢煙月) 동요 듣던

---

*분발(分撥)——요긴한 사항을 먼저 펴는 일.

*벌이줄——물건을 버티어서 이리저리 얽어 매는 줄.

*강구연월(康衢煙月)——태평한 시대의 큰 길거리에 보이는 안온한 풍경.

요임금의 성덕이라
어여로 상사디야

순임금 높은 성덕으로 내신 성기(聖器)
역산(歷山)의 밭을 갈고
어여로 상사디야

*신농씨(神農氏) 내신 농구(農具)
천추만대 유전(流傳)하니
어이 아니 높으던가
어여로 상사디야

*하우씨(夏禹氏) 어진 임금
구년홍수 다스리니
어여로 상사디야

은왕성탕(殷王成湯) 어진 임금
대한(大旱) 칠년 당하였네
어여로 상사디야

이 농사를 지어 내어
우리 성군께 공세(貢稅)한 후에
남은 곡식 장만하여
*앙사부모(仰事父母) 아니하며
*하육처자(下育妻子) 아니할까

---

*신농씨(神農氏)——중국 태고 때 처음으로 농사법・의료・고역 등을 민중에게 가르침.

*하우씨(夏禹氏)——중국 고대 하나라의 우임금.

*앙사부모(仰事父母)——자식이 부모를 섬김.

*하육처자(下育妻子)——아내와 자식들을 돌봄.

어여로 상사디야

백초(百草)를 심어
사시(四時)를 짐작하니
유신(有信)한 게 백초로다
어여로 상사디야
청운 공명(靑雲功名) 좋은 호강
이 업을 당할쏘냐
어여로 상사디야
남전북답(南田北畓) 기경(起耕)하여
*함포고복(含哺鼓復)하여 보세
어여로 상사디야

한창 이러할 때 어사또 죽장을 짚고 이만치 떨어져서 농부가를 구경하다가,
"올해도 대풍이로고."
또 한 편을 바라보니 몸이 튼튼한 중실한 노인들이 끼리끼리 모여서서 덩굴밭을 이루는데, 갈멍덕 숙여 쓰고 쇠스랑을 손에 들고 백발가(白髮歌)를 부르는데,

등장(等狀) 가자 등장 가자
하느님 전으로 등장 갈 양이면
무슨 말을 하실는지
늙은이는 죽지 말고
젊은 사람 늙지 말게
하느님 전에 등장 가세
원수로다 원수로다
백발이 원수로다.

---

*함포고복(含哺鼓復)——배불리 먹고 배를 두드림.

오는 백발 막으려고
오른손에 도끼 들고
왼손에 가시 들고
오는 백발 두드리며
가는 홍안 걸어 당겨
청사(靑絲)로 결박하여
단단히 졸라 매되
가는 홍안은 저절로 가고
백발은 시시(時時)로 돌아와
귀 밑에 살 잡히고
검은 머리 백발 되니
*조여청사모성설(朝如靑絲暮成雪)이라
무정한 게 세월이라
소년행락(少年行樂) 깊다 한들
왕왕(往往)이 달라가니
이 아니 광음(光陰)인가
천금준마(千金駿馬)를 잡아 타고
장안 대도(大道) 달리고저
만고강산 좋은 경치
다시 한 번 보고지고
절대가인(絕對佳人)을 곁에 두고
온갖 교태 놀고지고
화조월석(花朝月夕) 사시가경
눈 어둡고 귀가 먹어
볼 수 없고 들을 수 없어
할 수 없는 일이로세
슬프다 우리 벗님

---

*조여청사모성설(朝如靑絲暮成雪)——젊었을 때는 머리칼이 파란 실 같더니 늙어서는
마치 흰 눈과 같다.

어디로 가겠는고
구추단풍(九秋丹楓) 잎 지듯이
선뜻선뜻 떨어지고
새벽 하늘 별 지듯이
삼삼오오 스러지니
가는 길이 어디메뇨
어여로 가래질이여
아마도 우리 인생
일장춘몽인가 하노라

한창 이러할 때 한 농부 썩 나서며,
"담배 먹세, 담배 먹세."
갈멍덕을 숙여 쓰고 두렁에 나오더니, 곱돌로 만든 담뱃대를 넌짓 들어 꽁무니 더듬어서 가죽 쌈지 빼어 들고 담배에 새우침을 뱉어 엄지가락이 자빠라지게 비빗비빗 단단히 넣어 짚불을 뒤져 놓고 화로에 푹 찔러 담배를 먹는데, 농사꾼이라 하는 것이 대가 빽빽하면 쥐새끼 소리가 나것다. 양 볼때기가 오목오목 콧구멍이 발심발심하며 연기가 훌훌 나게 피워 물고 나서니 어사또 반말로 그 농부에게 말을 건다.
"저 농부 말 좀 물어 보면 좋겠구먼."
"무슨 말?"
"이 고을 춘향이가 본관에 수청 들어 뇌물을 많이 받아 먹고 민정에 작폐한다는 말이 옳은지?"
저 농부 열을 내어,
"그대는 어디 사나?"
"아무 데 살든지."
"아무 데 살든지라니 그대는 눈콩알 귀콩알이 없나? 지금 춘향이 가 수청 아니 든다고 형장 맞고 갇혔으니 창가(娼家)에 그런 열녀 세상에 드문지라. 구슬 같은 춘향 몸에 자네 같은 동냥아치가 함부로 씨부렁대다가는 빌어먹도 못하고 굶어 뒈지리. 올라간 이도령인지 삼도령인지 그놈의 자식은 한 번 간 후 소식이 없으니, 사람 일이 그렇고는 벼슬은커녕 내 좆도 못하리."
"어 그게 무슨 말인고."
"왜. 어찌 되는 사이인가?"
"되기야 어찌 되랴마는 남의 말을 너무 고약하게 하는구나."
"자네가 철모르는 말을 하니까 그렇지."
수작을 끝내고 돌아서며,
"허허 망신이로구나. 자 농부네들 일하오."
"예."
작별하고 한 모퉁이를 돌아드니 아이 하나가 오는데 대막대를 끌면서 시조(時調) 절반 사설(辭說) 절반 섞어 하되,

오늘이 며칠인고
천리 길 한양 서울
며칠 걸어 올라가랴
조자룡이 강 건너던
청총마가 있었더라면
금일로 가련마는
불쌍하다 춘향이는
이서방을 생각하여
옥중에 갇히어서
목숨이 오락가락하니 불쌍하다
몹쓸 양반 이서방은
한 번 가고 소식 끊어지니
양반의 도리는 그러한가

어사또가 그 말 듣고,
"이애, 어디 있니?"
"남원에 사오."

"어디를 가니?"

"서울 가오."

"무슨 일로 가니?"

"춘향이 편지 갖고 구관댁에 가오."

"이애 그 편지 좀 보자."

"그 양반 철모르는 양반이네."

"웬 소린고?"

"글쎄 들어 보오. 남의 편지 보기도 어렵거든 하물며 남의 내간(內簡)을 보잔단 말이오?"

"이애 듣거라. '＊임발우개봉(臨發又開封)'이라는 말이 있느니라. 좀 보면 상관있느냐?"

"그 양반 몰골은 흉악하구만, 문자 속은 기특하오. 얼핏 보고 주시오."

"후레자식이로구나."

편지를 받아 떼어 보니 그 사연에 써 있기를,

'한 번 이별한 후에 소식이 적조하니 도련님 시봉체후(侍奉體候) 만안하옵신지 원절복모(願切伏慕)하옵니다. 천첩 춘향은 장대뇌상(杖臺牢上)에 관봉치패(官逢治敗)하고 명재경각(命在頃刻)이라, 사경에 이르매 혼은 황릉의 묘에 남아 귀관(鬼關)에 출몰하니, 첩신이 비록 만 번 죽으나, 단지 열녀는 두 남편을 섬기지 않으니, 첩의 사생(死生)과 노모의 형상이 그 참혹한 경우가 어찌 될지 모르겠사오니 서방님 깊이 양해하셔서 처사하여 주시옵소서.'

편지 끝에 하였으되,

去歲何時君別妾(거세하시군별첩)고
昨己冬雪又桐秋(작기동설우동추)라
狂風半夜雨如雪(광풍 반야 우여설)하니

＊임발우개봉(臨發又開封)——행인이 떠남에 앞서 다시 한 번 뜯어본다는 뜻.

下爲南原獄中椎(하위남원옥중퇴)라
지난 해 어느 때에
님을 이별하였던고
엊그제가 겨울이더니
또 한 가을 지나가네
미친 바람은 밤중에
미친 듯한 소나기를 부르거니
남원 시골의
옥중퇴(獄中椎)가 되려고
내려왔구나

혈서로 써 놓았는데 모래밭 위에 내려앉은 기러기 격으로 그저 툭툭 찍은 것이 모두 '애고'였다. 어사 보니 두 눈에 눈물이 듣거니 맺거니 방울방울 떨어지니 저 아이 하는 말이,

"남의 편지 보고 왜 우시오?"

"아따 이애, 남의 편지라도 서러운 사연을 보니 자연히 눈물이 나는구나."

"여보 인정 있는 체하고 남의 편지에 눈물 묻어 찢어지면 어쩌오! 그 편지 한 장 값이 열닷 냥이오. 편지 값 물어내오."

"여봐라 이도령이 나와 죽마고우 친구로서 하향(下鄕)에 볼일이 있어 나와 함께 내려오다가 전주(全州)에 들렀으니, 내일 남원에서 만나자고 언약하였다. 나를 따라 가 있다가 그 양반을 뵙거라."

그 아이 낯빛이 변하며,

"서울을 저 건너로 아시오?"

하며, 달려들어,

"편지 내오."

하고, 제 고집을 세우는데, 옷 앞자락을 잡고 힐난하며 살펴보니 명주 전대를 허리에 둘렀는데 제기(祭器) 접시 같은 것이 들었거늘 물러나며,

"이것 어디서 났소? 찬바람이 나오."

"이놈! 만일 기밀을 누설하였다간 목숨을 보전치 못하리라."

당부하고 남원으로 들어올 때 박석치(博石峙)에 올라서서 사방을 둘러보니 산도 옛날 보던 산이요, 물도 옛날 보던 물이었다. 남문 밖에 썩 내달아,

'광한루야 잘 있었더냐? 오작교야 무사하냐? 객사(客舍) 앞의 푸르른 수양버들은 나귀 매고 놀던 터요, 청운낙수(靑雲落水) 맑은 물은 내 발을 씻던 청계수라. 녹수진경(綠水秦景) 넓은 길은 오고 가던 옛 길이오.'

오작교 다리 밑에 빨래하는 여인들 중에 계집아이들이 섞여 앉아,

"야야."

"왜 그래?"

"애고 애고 불쌍터라, 춘향이가 불쌍터라. 모지더라 모지더라, 우리 골 사또 모지더라. 절개 높은 춘향이를 위력으로 겁탈하려 한들 철석 같은 춘향 마음 죽는 것을 겁낼 것인가. 무정터라, 무정터라. 이도령이 무정터라."

저희끼리 공론하며 추적추적 빨래하는 모양은 영양공주(英陽公主), 진채봉(秦彩鳳), 계섬월(桂蟾月), 백능파(白凌波), 적경홍(狄驚鴻), 심요연(沈裊烟), 가춘운(賈春雲)과도 비슷하다마는 양소유(楊小游)가 없었으니 누구를 찾아 앉았는고. 어사또 누(樓)에 올라 자세히 살펴보니 석양이 서쪽에 있고 자러 가는 새는 숲으로 가는데 저 건너 양류목(楊柳木)은 우리 춘향이가 그네를 매고 오락가락 놀던 양을 어제 본 듯 반갑구나. 동편을 바라보니 장림(長林) 깊은 곳 녹림 사이 춘향의 집이 저기로구나. 저 안의 내동원(內東苑)은 예전에 보던 그 얼굴이요, 석벽의 험한 옥(獄)은 우리 춘향이가 우는 것 같아 불쌍하고 불쌍하다. 해는 서산에 지고 황혼이 깃들 때에 춘향집 문앞에 당도하니 행랑은 무너지고 집의 몸채는 너스레를 벗었는데, 예 보던 벽오동은 숲속에 우뚝 서서 바람을 못이기어 허술하게 서 있거늘, 나지막한 담밑의 흰 두루미는 함부로 다니다가 개한테 물렸는지 깃도 빠지고 다리를

징금 찔룩 뚜루룩 울음을 울고 빗장 앞의 누렁개는 기운 없이 졸다가 구면 객을 몰라보고 컹컹 짖으며 내달으니,

　"요 개야 짖지 마라. 주인 같은 손님이다. 너의 주인 어디 가고 네
　가 나를 반기느냐?"

　중문을 바라보니 내 손으로 쓴 글자가 충성 충자(忠字) 완연하더니 가운데 중자(中字)는 어디 가고 마음 심자만 남아 있고 와룡장자(臥龍 莊字) 입춘서(立春書)는 동남풍에 펄렁펄렁 이내 수심 돋워낸다.

16 폐의파관(弊衣破冠)

　그렁저렁 들어가니 내정은 적막한데 춘향모 거동 보소. 미음 솥에 불 넣으며,

　"애고 애고 내 일이야. 모지도다, 모지도다. 이서방이 모지도다. 위
　경(危境)의 내 딸 아주 잊어 소식조차 끊어졌네. 애고 애고 서럽구
　나. 향단아, 이리 와 불 넣어라."

하고 나오더니, 울 안의 개울 물에 흰 머리 감아 빗고 정화수 한 동이를 단 아래에 받쳐 놓고 땅에 엎드려 축원하기를,

　"하늘과 땅의 귀신이여 해님, 달님, 별님은 변하여 한가지 마음이
　되옵소서. 다만 내 딸 춘향이를 금쪽같이 길러 내어 외손봉사(外孫
　奉祀)를 바랐더니, 무죄한 매를 맞고 옥중에 갇혔으니 살릴 길이 없
　사옵니다. 하늘과 땅의 신령님은 감동하사 한양성 이몽룡을 청운
　(靑雲)에 높이 올려 내 딸 춘향을 살려 주사이다."

　빌기를 다한 후에,

　"향단아, 담배 한 대 붙여 다구."

　춘향의 모 받아 물고 '후유' 한숨 눈물질 때, 이때 어사는 춘향모의 정성을 보고 '나의 벼슬한 것이 선영(先塋)의 음덕으로 알았더니, 우리 장모의 덕이로다' 하고,

　"그 안에 누구 있느냐?"

　"뉘시오?"

“내로세.”

“내라니 뉘신가?”

어사 들어가며,

“이서방일세.”

“이서방이라니. 옳지, 이풍헌(李風憲) 아들 이서방인가?”

“허허 장모 망령이로세. 나를 몰라? 나를 몰라?”

“자네가 누구여?”

“사위는 백년지객(百年之客)이라 하였으니 어찌 나를 모르는가?”

춘향의 모 반겨하며,

“애고 애고 이게 웬일인고? 어디 갔다 이제 오나. 바람이 크게 일
더니 바람결에 풍겨왔나. 산마루에 구름이 일더니 구름 속에 싸여
왔나. 춘향의 소식을 듣고 살리려고 와 계신가. 어서 어서 들어가
세.”

손을 잡고 들어가서 촛불 앞에 앉혀 놓고 자세히 살펴보니 걸인 중
에 상걸인이 되었구나.

춘향의 모 기가 막혀,

“이게 웬일이오?”

“양반이 그릇되니 형언할 수 없네. 그때 올라가서 벼슬길은 끊어지
고 가산을 탕진하여 부친께서는 서당 훈장으로 가시고, 모친은 친
정으로 가시고 다 각기 갈리어서 나도 춘향에게 내려와서 돈냥이나
얻어갈까 하였더니 와서 보니 양가(兩家) 이력이 말이 아닐세.”

춘향의 모 이 말을 듣고 기가 막혀,

“무정한 이 사람아, 한 번 이별한 후로 소식이 없었으니 그런 인사
가 어디 있으며, 뒷기약인가 뭔가나 바랐더니 이렇게 잘 되었소.
쏘아논 화살이요 엎지른 물이 되어 누구를 원망하고 누구를 허물
하겠나마는, 내 딸 춘향을 대체 어찌할 셈인가?”

홧김에 달려들어 코를 물어 떼려 하니,

“내 탓이지 코 탓인가? 장모가 나를 몰라보네. 하늘이 무심해도 풍
운조화(風雲造化)와 뇌성 벽력은 있는 법이니.”

춘향모가 기가 막혀서,

"양반이 그릇되매 못된 조롱마저 들었구나."

어사가 짐짓 춘향모가 하는 거동을 보려고,

"시장하여 나 죽겠네. 나 밥 한 술만 주소."

춘향모 밥 달라는 말을 듣고,

"밥 없네."

어찌 밥이 없을까마는 홧김에 하는 말이었다. 이때 향단이 옥에 갔다 나오더니, 저의 아씨 야단소리에 가슴이 우둔우둔하고 정신이 울렁울렁하여 정처없이 들어가서 가만히 살펴보니 서방님이 와 계시구나. 어찌나 반갑던지 우르르 달려들어,

"향단이 문안이오. 대감님 문안이 어떠하시며 대부인께서도 그후 안녕하옵시며 서방님께서도 먼길에 평안히 행차하셨습니까?"

"오냐, 고생이 어떠하냐?"

"소녀의 몸은 무탈하옵니다. 아씨 아씨, 큰 아씨, 마오 마오, 그리 마오. 멀고 먼 천 리 길에 누구를 보려고 오셨는데 이 괄시가 웬일이오? 아가씨가 아신다면 지레 야단을 맞을 것이니 너무 괄시를 마옵소서."

부엌으로 들어가더니 먹던 밥에 풋고추, 절인 김치, 양념을 넣고 단간장에 냉수를 가득 떠서 소반에 받쳐 드리면서,

"더운 진지 할 동안에 시장하실 터인데 우선 요기나 하옵소서."

어사또 반겨하며,

"밥아 너 본 지 오래구나."

여러 가지를 한데다 붓더니 숟가락 댈 것 없이 손으로 휘휘 저어 한편으로 몰아치니 마파람에 게 눈 감추듯 하는구나.

춘향모가 하는 말이,

"얼씨구. 밥 빌어먹기에는 이력이 났구나."

이때 향단이는 저의 아가씨 신세를 생각하여 크게 울지는 못하고 흐느끼며 하는 말이,

"어찌할까나, 어찌할까나. 도덕 높으신 우리 아가씨 어찌하여 살리

시려오. 어찌해야 하나. 어찌해야 하나?"

소리도 못 내고 우는 모양을 어사또가 보시더니 기가 막혀,

"여봐라 향단아, 울지 마라. 울지 마라. 너의 아가씨 설마 살지 죽을쏘냐. 행실이 지극하면 사는 날이 있느니라."

춘향모 듣더니,

"애고 양반이라고 오기(傲氣)는 있어서, 대체 자네가 왜 이 모양인가?"

향단이 하는 말이,

"우리 큰 아씨 하는 말을 조금도 괘념 마옵소서. 나이 많아 노망하는 중에 이 일을 당해 놓으니 홧김에 하는 말을 조금치라도 노하지 마십시오. 더운 진지 잡수시오."

어사또 밥상 받고 생각하니 분한 마음 하늘에 뻗치어 마음이 울적하고 오장이 울렁울렁하고 저녁밥이 맛이 없어,

"향단아 상 물려라."

담뱃대 툭툭 털며,

"여보 장모, 춘향이나 좀 보아야겠소."

"그렇게 하구려. 서방님이 춘향을 아니 보아서야 인정이라 하오리까?"

향단이 여쭈오되,

"지금은 문을 닫았으니 *바라(罷漏) 치거든 가사이다."

이때 마침 바라를 뎅뎅 치는 것이었다. 향단이는 미음상을 이고 등롱을 들고 어사또는 뒤를 따라 옥문 앞에 당도하니 인적이 고요하고 옥사장도 간 곳이 없다. 이때 춘향이 꿈도 아니고 생시도 아닌데 서방님이 오셨는데 머리에는 금관이요, 몸에는 홍삼(紅衫)을 입었다. 님 그리는 마음에 목을 안고 *만단정회(萬端情懷)하는 차였다.

"춘향아."

부른들 대답이 있을쏘냐. 어사또 하는 말이,

---

*바라(罷漏)──오경 삼점(三點)에 큰 쇠북을 서른세 번 쳐서 통행금지를 풀던 일.

*만단정회(萬端情懷)──온갖 정서와 회포.

"크게 한번 불러 보소."
"모르는 말이오. 예서 동헌이 마주치는데 소리가 크게 나면 사또가
*염문(廉問)할 것이니 잠깐 지체하옵소서."
"무어 어때? 염문이 무엇인고. 내가 부를게 가만 있소. 춘향아!"
부르는 소리에 깜짝 놀라서 일어나며,
"허허 이 목소리 잠결인가 꿈결인가. 그 목소리 괴이하다."
어사또 기가 막혀,
"내가 왔다고 말을 하소."
"왔다고 말을 할 것 같으면 기절 낙담할 것이니 가만히 계시옵소
서."
춘향이 저의 모친 음성을 듣고 깜짝 놀라서,
"어머니, 어찌 오셨소? 몹쓸 딸자식을 생각하와 천방지축(天方地
軸) 다니다가 떨어져 다치기 쉽소. 이후로는 오실 생각 마옵소서."
"나는 염려 말고 정신을 차려라. 왔다."
"오다니 누가 와요?"
"그저 왔다."
"갑갑하여 나 죽겠소. 일러 주오. 꿈 가운데 님을 만나 만단정회하
였더니 혹시 서방님한테서 기별이 왔소? 벼슬 띠고 내려온다는
*노문(路文)이 왔소? 애고 답답하여라."
"너의 서방인지 남방인지 걸인이 하나 내려왔다."
"허허 이게 웬말인가? 서방님이 오시다니. 꿈 속에서 보던 님을 생
시에 보단 말가."
문틈으로 손을 잡고 말 못하고 기색(氣塞)하며,
"애고 이게 누구시오. 아마도 꿈이로다. 그리워하며 보지 못하던 님
을 이리 쉽게 만날 수 있을까. 이제 죽어 한이 없네. 어찌 그리 무
정할까. 복도 없다 우리 모녀. 서방님을 이별한 후에 자나깨나 님
그리워하며 날이 가고 달이 가더니 내 신세가 이리 되어 매에 감겨

---

*염문(廉問)——남모르게 사정을 물어봄.
*노문(路文)——벼슬아치가 지방에 공무차 갈 때 당도할 날짜를 미리 알리는 글.

108

죽게 되니 나를 살리려고 오시었소?"

한참 이리 반기다가 님의 형상을 자세히 보니 어찌 아니 한심하랴.

"여보 서방님, 내 몸 하나 죽는 것은 서러운 마음이 없소마는 서방님은 이 지경이 웬일이오?"

"오냐, 춘향아. 서러워 마라. 사람 목숨은 하늘에 매인 것이니 설마 한들 죽을쏘냐?"

춘향이 저의 모친을 불러,

"한양성 서방님을 칠년 대한 가문 날에 목마른 백성들이 비를 기다린들 나와 같이 기다렸을까, 심은 나무가 꺾어지고 공든 탑이 무너졌네. 가련하다 이내 신세. 할 수 없이 되었구나. 어머님은 나 죽은 후에라도 원이나 없게 하여 주옵소서. 나 입던 비단 장옷 봉장(鳳欌) 안에 들었으니 그 옷 내어 팔아다가, 한산의 고운 모시와 바꾸어서 물색 곱게 도포를 짓고, 백방사주(白方絲紬)로 지은 긴 치마를 되는 대로 팔아다가 관망(冠網) 신발을 사 드리고, 절병 천은(天銀) 비녀와, 밀화장도, 옥지환이 함 속에 들었으니, 그것도 팔아다가 한삼 고의 흉하지 않게 하여 주오. 오래잖아 죽을 년이 세간은 두어 무엇할까. 용장 봉장 서랍을 있는 대로 팔아다가 좋은 찬으로 진지 대접하오. 나 죽은 후에라도 나 없다 말으시고 나 본 듯이 섬기소서. 서방님 내 말 들으시오. 내일이 본관 사또 생신이라 취중에 주망(酒妄)나면 나를 올려 칠 것이니 형문 맞은 자리 장독이 났으니 수족인들 놀릴쏜가. *만수 운환 흐트러진 긴 머리 이렁저렁 걷어 얹고 이리 비틀 저리 비틀 매맞은 병으로 죽거들랑 삯군인 체 달려 들어 둘러업고 우리 둘이 처음 만나서 놀던 부용당(芙蓉堂)의 쓸쓸하고 고요한 곳에 뉘어 놓고, 서방님께서 손수 염습하되 나의 혼백을 위로하여 입은 옷 벗기지 말고 양지 끝에 묻었다가 서방님께서 귀하게 되어 성공하시거든, 잠시도 그대로 두지 말고 육진장포(六鎭長布) 다시 염하여, 조촐한 상여 위에 덩그렇게 실은 후에 북망산천(北邙山川) 찾아갈 때, 앞의 남산과 뒤의 남산을 다 버리고 한양

---

*만수 운환 —— 가락가락이 흩어져 드리워진 쪽찐 머리.

으로 올려다가 선산 발치에 묻어 주오. 비문에 새기기를 '수절원사 춘향지묘(守節冤死春香之墓)'라고 여덟 자만 새겨 주오. 망부석이 아니 될까. 서산에 지는 해는 내일 다시 오르련마는 불쌍한 춘향이는 한 번 가면 어느 때 다시 올까. 가슴에 맺힌 원한이나 풀어 주오. 애고 애고 내 신세야. 불쌍한 나의 모친 나를 잃고 가산을 탕진하면 별 수 없이 걸인이 되어 이집 저집 걸식하다가 언덕 밑에 꾸벅꾸벅 졸면서 기력이 다하여 죽게 되면 지리산 갈가마귀 두 날개를 쩍 벌리고 두둥실 날아들어 까욱까욱 두 눈을 다 파먹은들 어느 자식 있어 후여 하고 날려 주리, 애고애고."

섧게 울 때 어사또 하는 말이,

"우지 마라. 하늘이 무너져도 솟아날 구멍이 있느니라. 네가 나를 어찌 알고 이렇듯이 서러워하느냐?"

작별하고 춘향의 집으로 돌아왔다. 춘향이는 어둠침침한 한밤 중에 서방님을 번개같이 얼른 보고 옥방에 홀로 앉아 탄식하는 말이,

"명천(明天)은 사람을 낼 때 별로 후박이 없건마는 나의 신세 무슨 죄로 이팔청춘에 님 보내고 모진 목숨이 살아 이 형문(刑問), 이 형장(刑杖)이 무슨 일인고. 옥중 고생 서너 달에 밤낮이 없게 되었구나. 죽어서 황천에 돌아간들 무슨 말을 자랑하리. 애고애고."

슬피 울 때 기진맥진하여 반은 죽고 반은 살아 있는 모습이었다.

17 이화춘풍(李花春風)

어사또 춘향집을 나와서 그날 밤을 샐 작정하고 문 안 문 밖을 염탐 할 때 길청(廳)에 가 들으니 이방이 승발(承發) 불러 하는 말이,

"여보소. 들으니 수놓은 옷을 입은 사또가 새문 밖 이씨라던데 아까 삼경에 등롱불을 켜들고 춘향모를 앞세우고, 허술하게 차린 한 손님이 아마도 수상하니 내일 본관 잔치 끝에 기물들을 구별하여 생탈 없게 극히 조심하오."

어사가 그 말을 듣고,

 "그놈들 알기는 아는구나."
하고, 또 장청(將廳)에 가 들으니 행수군관의 거동을 보소.
 "여러 군관님네. 아까 옥거리에 왔다 가던 걸인이 정말로 괴이한데
 아마도 분명히 어사인 듯하니 *용모파기(容貌疤記) 내어 놓고 자상
 히 보소."
 어사또 듣고는,
 "그놈들 모두 귀신 같구나."
하고, 현사(縣司)에 가 들으니 호장(戶長) 역시 그러하다. 육방(六房)
을 다 염문한 후에 춘향집에 돌아와서 그밤을 샌 연후에 이튿날 *조수
(照數) 끝에 가까운 읍의 수령이 모여든다.
 운봉(雲峰), 영장(營將), 구례(求禮), 곡성(谷城), 순창(淳昌), 옥과
(玉果), 진안(鎭安), 장수(長水) 원님들이 차례로 모여든다.
 좌편의 행수군관, 우편의 청령사령(廳令使令), 한가운데 본관은 주인
이 되어 하인을 불러 분부하되,
 "기생을 불러 다과상을 올려라. *육고자(肉庫子)를 불러 큰 소를 잡
 고 예방(禮房)을 불러 고인(鼓人)을 대령하고 승발(承發)을 불러 차
 일을 치게 하라. 사령을 불러 잡인(雜人)을 금하라."
 이렇듯 요란할 때 기치군물(旗幟軍物)이며 *육각풍류(六角風流)가
반공에 떠 있고 푸르고 붉은 비단 옷을 입은 기생들은 비단 소매에 싸
인 흰 손을 높이 들어 춤을 추며,
 "지화자 두덩실."
하는 소리, 어사또 마음이 심란하구나.
 "여봐라. 사령들아, 너의 원(員) 전(前)에 가서 먼 데 있는 걸인이
 좋은 잔치에 왔으니 주효나 좀 얻어먹자고 여쭈어라."
 저 사령 거동 보소.

---

*용모파기(容貌疤記)──체포하려고, 어떤 사람의 용모와 특징을 기록한 것.

*조수(照數)──수효를 맞추어 봄.

*육고자(肉庫子)──관아에 육류를 진공(進供)하는 관노(官奴).

*육각풍류(六角風流)──음악을 말함.

“어느 양반인지 모르나 우리 안전(案前)께서는 걸인을 못 들어오게 하시니 그런 말은 내지도 마시오.”

등을 밀쳐 내니 어찌 아니 명관인가. 운봉(雲峰)이 그 거동을 보고 본관에게 청하는 말이,

“저 걸인의 의관은 남루하나 양반의 후예인 듯하니 말석에 앉히고 술잔이나 먹여 보냄이 어떠하오?”

“운봉의 소견대로 하오마는.”

하는데 ‘마는……’소리가 뒷입맛이 사납다. 어사또는 속으로,

‘오냐 도적질은 내가 하마. 오랏줄은 네가 져라.’

운봉이 분부하여,

“그 양반 듭시래라.”

어사또 들어가 단정히 앉아 좌우를 살펴보니 당상의 모든 수령들이 다과상을 앞에 놓고 진양조가 높아 갈 때 어사또 상을 보니 어찌 아니 분통하랴. 다 떨어진 개다리 소반에 닥나무 젓가락, 콩나물, 깍두기, 막걸리 한 사발이 놓였다. 상을 발길로 탁 차며 운봉의 갈비를 직신,

“갈비 한 대 먹고 싶소.”

“다라도 잡수시오.”

하고, 운봉이 하는 말이,

“이러한 잔치에 풍류로만 놀아서는 맛이 적사오니 *차운(次韻)이나 한 수씩 해보면 어떠하오?”

“그 말이 옳소.”

하니, 운봉이 운을 내는데 높을 고(高) 기름 고(膏) 두 자를 내어 놓고 차례로 운을 달 때에 어사또가 하는 말이,

“걸인도 어려서 추구권(抽句卷)이나 읽었는데, 좋은 잔치를 당하여서 주효를 배불리 먹고 그저 가기 염치 없으니 차운(次韻) 한 수 하겠사오이다.”

운봉이 반겨 듣고 붓과 벼루를 내어 주니, 좌중이 다 못하여 글 두 구를 지었으되 민정을 생각하고 본관 정체를 생각하여 지었것다.

---

*차운(次韻)——남의 운을 떼어 시를 짓는 놀이.

金樽美酒千人血　玉盤佳肴萬姓膏
燭淚落時民淚落　歌聲高處怨聲高

금동이의 아름다운 술은
일천 백성의 피요
옥소반의 맛좋은 안주는
일만 백성의 기름이라
촛불의 눈물이 떨어질 때
백성의 눈물이 떨어지고
노랫소리 높은 곳에
원망 소리 높았더라

이렇듯이 지었으되 본관은 몰라보고 운봉이 글을 보며 속으로 생각
하니 아뿔싸! 일이 났구나.

어사또가 하직하고 간 연후에 공형(公兄)을 불러 분부하되,

"야 야, 일이 났다."

공방(工房)을 불러 포진(鋪陳)을 단속, 옥형리를 불러 죄인을 단속
하고, 집사(執事)를 불러 형구(刑具)를 단속하고, 형방을 불러 문부
(文簿)를 단속하고, 사령을 불러 합번(合番)을 단속하며, 한참 이리
요란할 때 물색없는 저 본관은,

"여보, 운봉은 어디를 다니시오?"

"소변을 보고 들어옵니다."

본관이 분부하되,

"춘향을 급히 올리라!"

하고 주광(酒狂)이 난다.

이때 어사또가 군호할 때 서리에게 눈짓을 하니, 서리와 중방의 거
동 좀 보소. 역졸을 불러 단속을 할 때 이리 가며 수군, 저리 가며 수
군수군. 서리와 역졸의 거동을 보소. 외올망건, 공단 싸개, 새 패랭이
를 눌러 쓰고 석자 감발을 두르고, 새 짚신에 한삼 고의를 산뜻이 입
고 육모방망이와 녹피끈을 손목에 걸어 쥐고 여기서 번쩍 저기서 번

쩍 남원읍이 술렁술렁한다. 청파역졸의 거동을 보소. 달 같은 마패(馬牌)를 햇빛같이 번쩍 들어,
 "암행어사 출두야!"
외치는 소리 강산이 무너지고 천지가 뒤집히는 듯, 초목 금수인들 아니 떨랴.
 남문에서,
 "출두야!"
 북문에서
 "출두야!"
 동문에서 출두 소리가 천정에 진동하고,
 "*공형 들라."
외치는 소리에 육방이 넋을 잃어,
 "공명이오."
 둥채찍으로 후닥닥 갈기니,
 "애고 죽는다!"
 공방이 포진(鋪陳) 들고 들어오며,
 "안 하려던 공방을 하라더니 저 불 속에 어찌 들어가노?"
 둥채찍으로 후닥닥 갈기니,
 "애고, 박 터졌네."
 *좌수(座首), *별감(別監)은 넋을 잃고 이방, 호장도 넋을 잃고 파랑, 빨강, 노랑색의 옷을 입은 나졸들은 분주하네. 모든 수령들이 도망할 때, 거동 좀 보소. 인궤(印櫃)를 잃고, *과줄을 들었으며, 병부(兵符) 대신 송편을 들고, 탕건 대신 용수를 쓰고 갓 대신 소반을 쓰고, 칼집을 쥐고 오줌을 누려 한다. 부서지느니 거문고요, 깨지느니 북과 장구로다.

---

*공형――호장, 이방, 수형리.
*좌수(座首)――향청(鄕廳)의 우두머리.
*별감(別監)――좌수의 다음 가는 벼슬.
*과줄――과자의 일종.

본관이 똥을 싸고, 멍석 구멍의 생쥐 눈 뜨듯 하고 내아로 들어가서,

"어 추워라! 문 들어온다. 바람 닫아라. 물 마른다. 목 들여라!"

관청객은 상을 잃고 문짝을 이고 내달으니 서리와 역졸이 달려들어 후닥닥,

"애고 나 죽네."

이때 어사또가 분부하되,

"이 고을은 대감이 좌정하시던 고을이라 *훤화(喧嘩)를 금하고 객사로 옮기어라!"

좌정한 후에,

"본관은 *봉고파직(封庫罷職)하라!"

분부하니,

"본관은 봉고파직이오!"

사대문에 방을 붙이고 옥형리를 불러 분부하되,

"네 고을 옥수(獄囚)를 다 올리라!"

호령하니 죄인을 올리거늘, 다 각각 문죄한 후에 죄 없는 자는 놓아 줄 때,

"저 계집은 무엇이냐?"

형리가 여쭈오되,

"기생 월매의 딸이온대, 관청 뜰에서 포악히 굴은 죄로 옥중에 있사옵니다."

"무슨 죄냐?"

형리가 아뢰되,

"본관 사또의 수청 들라 불렀더니 수절이 정절이라 수청을 아니 들려 하고 관정(官庭)에서 포악한 춘향이로소이다."

어사또가 분부하되,

"네년이 수절한다고 관정 포악하였으니 살기를 바랄쏘냐? 죽어 마

---

*훤화(喧嘩)——지껄여서 떠듦.

*봉고파직(封庫罷職)——부정한 원을 파면시키고 관가의 창고를 봉해 잠그는 일.

땅하되 내 수청도 거역할까?”

춘향이 기가 막혀,

“내려오는 관장마다 모두가 명관이로구나. 수의 사또 들으소서. 충
암절벽 높은 바위가 바람이 분들 무너지며 청송(靑松), 녹죽(綠竹)
푸른 나무가 눈이 온들 변하리까. 그런 분부 마옵시고 어서 바삐 죽
여 주오.”

하며,

“향단아, 서방님 어디 계신가 보아라. 어젯밤에 옥문간에 오셨을 때
천만당부하였더니 어디로 가셨는지 나 죽는 줄 모르는가?”

어사또가 분부하되,

“얼굴을 들어 나를 보라!”

하시니, 춘향이 고개를 들어 대 위를 살펴보니 걸객으로 왔던 낭군이
어사또로 뚜렷이 앉았구나. 반 웃음, 반 울음으로,

“얼씨구나 좋을씨고. 어사 낭군 좋을씨고. 남원읍내 추절(秋節) 들
어 떨어지게 되었더니, 객사에 봄이 들어 이화춘풍 날 살린다. 꿈
이냐. 생시냐, 꿈을 깰까 염려로다.”

한창 이리 즐길 때에 춘향모 들어와서 한없이 기뻐하는 말을 어찌
다 말하랴.

춘향의 높은 절개가 광채있게 되었으니, 어찌 아니 좋을쏜가. 어사
또는 남원 공사(公事) 닦은 후에 춘향 모녀와 향단이를 서울로 데
려갈때, 위세가 당당하니 세상 사람들이 누가 아니 칭찬하랴.

이때 춘향이 남원을 하직할 때 영귀(榮貴)하게 되었건만 고향을 이
별하니 한편 기쁘고 또 한편 슬프지 아니하랴.

　놀고 자던 부용당아
　너 부디 잘 있거라
　광한루 오작교며
　영주각도 잘 있거라
　‘봄풀은 해마다 푸르건만

왕손(王孫)은 다시 못 돌아온다더니.'
나를 두고 이른 말이로다
다 각기 이별하게 되었으니
만세무강하옵소서
다시 보기 망연하네

이때 어사또는 좌우도(左右道)를 돌며 민정을 살핀 후에 서울로 올
라가 어전에 절하니, 삼당상(三堂上)에 입시(入侍)하사 문부(文簿)를
사정(査正)한 후에 임금께서 크게 칭찬하시고 즉시 이조참의(吏曹參
議) 대사성(大司成)을 봉하시고 춘향으로 *정렬부인을 봉하시니, 은혜
에 감사하며 물러나와 부모 앞에 뵈오며 넓으신 은혜에 감사드리었
다.
이때 이판(吏判), 호판(戶判), 좌우영상(左右領相)을 다 지내고 벼슬
을 물러난 후에 정렬부인과 더불어 백년을 동락할 때에 정렬부인에게
삼남 이녀를 두었으니 모두가 총명하여, 그 부친을 압두(壓頭)하고 계
계승승하여 직이 일품(一品)으로 만세에 유전(遺傳)하였더라.

---

*정렬부인 —— 정조가 굳은 부인에게 내리는 품계.

沈淸傳

1

　꽃과 버들이 한창인 춘삼월 좋은 때를 맞이하여 초목과 온갖 생물은 저마다 즐거움을 누리고 봄바람에 도화(桃花) 이화(李花)가 피어나는 때이다. 어느덧 백화가 만발하였고 맑은 물이 못마다 그득하고 뭉게구름이 기이한 봉우리를 이루어 드높은 하늘을 수놓았더라.

　시냇물은 잔잔히 골짜기를 따라 흘러가고, 푸른 언덕 위에는 학이 무리지어 오가며, 황금 같은 꾀꼬리는 양류(楊柳) 사이로 날아드는데 소상강(瀟湘江)의 떼기러기는 북녘하늘로 날아가더라.

　떨어지는 꽃잎은 나비를 부르고, 나비는 떨어지는 꽃잎같이 펄펄 날리다가 인당수(印塘水) 흐르는 물에 떨어지매, 아름다운 봄 소식이 흔적없이 찾아가는 곳에 한 고을이 있으니 황주(黃州)라 일컫더라.

　황주 도화동(桃花洞)에 심학규(沈鶴奎)라 부르는 봉사가 있으니 대대로 내려오며 벼슬하던 거족(巨族)으로 명망이 자자하더니 가운이 기울어 가난하여지고, 어려서 눈을 못보게 되니 곤궁하게 지내더라.

　도와 주는 일가친척도 없고 아울러 눈까지 멀고 보니 누구 하나 대접하는 이 없건마는 본디 양반의 후손으로 행실이 청렴하고 정직하며, 지개(志槪)가 고상하여 일동일정(一動一靜)을 경솔히 하지 아니하므로 그 동리의 눈뜬 사람은 모두 칭찬을 마지 아니하더라.

　심봉사(沈奉事)의 아내인 곽씨(郭氏)부인도 또한 현철하여 임사(任姒)의 덕과 장강(莊姜)의 아름다움과 목란(木蘭)의 절개를 갖추었더라. 예서(禮書)와 시경(詩經) 중에 모르는 것이 없고 제사를 받드는 법이나 손님을 대접하는 법을 비롯하여 동리 사람과 화목하고 가장(家長)을 공경하고 살림이나 무슨 일이든지 못하는 것 없이 다 잘하더라.

　그러나 가세가 빈한하니 이제(夷齊)의 청렴이요, 안자(顏子 : 回)의 가난이라, 조상으로부터 물려받은 가업마저 없으니 *일간두옥(一間斗屋)에 단표자(單瓢子)로서 채소와 물로 끼니를 때우는 터요, 성밖에

---

*일간두옥(一間斗屋)에 단표자(單瓢子)——한 칸밖에 안 되는 작은 집과 단 한 벌의 옷.

한 뙈기 땅도 없고 행랑채에 노비도 없으니 가련한 곽씨부인은 몸을 허투루 굴리며 품을 팔더라. 삯바느질·삯빨래·삯길쌈·*삯마전·염색일이며, 혼상대사(婚喪大事)에 음식만들기, 술빚기, 떡찧기 등등 일년 삼백 예순날을 잠시라도 놀지 않고 품을 팔아 모으는데, 푼(分)을 모아 돈(錢)이 되면 돈은 모아 냥(兩)을 만들고, 냥을 모아 관(貫)이 되면 이 동네 저 동네에서 실수 없이 받아들여, 춘추로 시제(時祭)와 집안제사를 받드는 것이며, 앞 못 보는 가장을 공경하고 시중드는 것이 여일하니 가난과 병신은 조금도 허물됨이 없고 먼 마을 사람들까지도 부러워하고 칭찬하는 중에 재미나게 세월을 보내더라.

그러나 그같이 지내는 중에도 심학규의 가슴에는 한 가지 억울한 한을 품은 바 있으니, 슬하에 혈육(血肉)이 하나도 없음이더라. 그리하여 하루는 마누라를 곁에 불러 앉혀 놓고,

"여보 마누라, 거기 앉아 내 말씀 들어보오. 사람이 세상에 태어나서 부부야 뉘 없을까마는 이목구비(耳目口鼻)가 성한 사람도 불측한 계집을 만나면 부부 사이에 불화도 많거니와 마누라는 전생에 나와 무슨 은혜가 있었던지 이승에서 부부되어 앞 못 보는 가장인 나를 위하여 한 시 반 때를 놀지 않고 밤낮을 가리지 않고 벌어 들여 어린아이 받들 듯이 행여나 추워할까 배고파 설워할까, 의복, 음식 때를 맞추어 지성 들여 봉양하니, 나는 편하다 하려니와 마누라의 고생살이 도리어 불안하니 괴로운 일일랑 너무 하지 말고 사는 대로 사옵시다.

그러나 내 마음에 매우 원통한 일 하나 있소. 우리 양주 이미 나이 사십이나 슬하에 혈육이라고는 하나도 없어 조상의 향화(香火)를 끊게 되니 죽어 저승으로 돌아간들 무슨 면목으로 조상을 대할지며, 우리 두 양주 죽은 뒤에 장사치레와 소·대상이며, 해마다 돌아오는 기제사(忌祭事)에 뉘 있어 밥 한 그릇 물 한 모금 떠 놓을 수 있으리요? 병신자식일망정 남녀간에 낳아 보면 평생 한을 풀 듯하니 어찌하면 좋을는고? 명산대천(名山大川)에 치성이나 드려

---

*삯마전 —— 품삯을 받고 피륙 바래는 일을 함.

보오.”

“옛글에 있는 맹자(孟子)님 말씀에 ‘불효에 삼천 가지가 있으되 뒤를 잇는 자손 없음이 가장 큰 불효니라〔不孝三千無後爲大〕’라 하셨으니, 자식 두고 싶은 마음 뉘라고 없사오리까? 소첩의 죄는 응당 쫓겨날 만하오나 가군의 넓으신 은덕으로 지금까지 무탈하였으니 이제 몸을 팔아 뼈를 간들 무슨 일을 못하리까마는 가장의 정대(正大)하신 성정(性情)과 의향을 알지 못하여 발설치 못하였삽더니 먼저 말씀하시니 무슨 일을 못하오리까? 지성껏 하오리다.”

이렇게 대답하고 그날부터 품을 팔아 모은 재물과 온갖 정성을 다 드린다.

명산대천 신령당·고묘(古廟)·총사(叢祠)·석왕사(釋王寺)에 석불보살(釋佛菩薩)·미륵님·*노구메정성·당(堂)짓기와, 칠성불공·나한불공(羅漢佛供)·백일산제(山祭)·제석불공(帝釋佛供)·가사시주(袈裟施主)·연등시주(燃燈施主)·창호시주(窓糊施主)·신중맞이〔信衆宴〕·다리〔橋〕적신·길닦기에 아낌없이 바치며, 집에 들어앉은 날에도 성주〔建物神〕·조왕〔부엌神〕·터주〔터대감〕들께 갖가지로 치성을 다 지내니 그 어찌 공든 탑이 무너지며 힘든 나무 부러지랴?

갑자년(甲子年) 사월 초파일에 꿈 하나를 얻었는데 이상할 뿐 아니라 맹랑 기괴하더라. 곽씨부인의 꿈인즉, 천지가 명랑하고 서기가 허공에 서리며 오색 꽃구름이 두르더니 선인옥녀(仙人玉女)가 하늘에서 내려오는데, 머리에는 화관이요, 몸에는 하의(霞衣)로다. 둥근옥패를 그 몸에 차고 옥패소리를 쟁쟁하며, 계화(桂花) 가지를 손에 들고 방긋 웃으며 내려오더니 부인 앞에 재배하고 곁으로 오는 양이 틀림없는 월궁의 항아가 달 속으로 들어온 듯, 남해관음(南海觀音)이 바다 속으로 돌아온 듯, 몸과 마음이 황홀하여 어찌할 바를 모를 즈음 고운 모양의 선녀가 애연히 여쭈기를,

“소녀는 다른 사람이 아니오라, 서왕모(西王母)의 딸이었삽는데 반도(蟠桃)를 진상하러 가는 길에 옥진비자(玉眞妃子)를 잠깐 만나 수

---

*노구메──산천의 신령에게 제사지내기 위해 놋쇠와 구리로 만든 솥에 지은 메밥.

작하옵다가 때가 조금 늦어지므로 상제(上帝)께 죄를 받아 인간계
(人間界)로 정배되어 갈 바를 모르던 중 태상노군(太上老君)과 후토
부인(后土夫人), 제불보살 석가님이 댁으로 지시하옵기로 지금 찾
아왔사오니 어여삐 여기소서.”
하고, 품에 와 안기기에, 곽씨부인이 놀라서 잠을 깨니 이는 남가일몽
(南柯一夢)이라.

심봉사 내외가 꿈이야기를 의논하니 둘의 꿈이 똑같더라. 태몽(胎
夢)인 줄 짐작하고 마음에 희한하여 못내 기꺼이 여기는데 그 달부터
태기가 있으니 이는 신불의 힘이런가 하늘의 도우심이런가? 아마도
부인의 정성이 지극하므로 하늘이 역시 감동하심이겠더라.

어진 곽씨부인은 모든 범절에 조심이 극진하여 태교(胎敎)의 가르
침을 따라 기운 곳에 앉지 아니하고[坐不邊], 한 발로 서지 아니하며
[立不蹕], 자리가 반듯하지 않으면 앉지 아니하고[席不正不坐], 바르
게 썰지 않은 음식은 먹지 아니하며[割不正不食], 잡스런 소리는 듣지
아니하고[耳不聽淫聲], 좋지 못한 빛은 보지 아니하여(目不視邪色), 열
달을 고이 채우더니 하루는 해산할 기미가 있어 부인이,

“애고 배야, 애고 허리야!”

몸져 누워 앓으니, 심봉사는 겁을 내어 이웃집을 찾아가서 친한 아
낙네를 데려다가 해산 구완을 시켜 낼 즈음, 짚 한 단 들여놓고 새사
사발에 정안수를 떠다가 소반 위에 받쳐 놓고 좌불안석(坐不安席) 급
한 마음 순산하기를 바랄새, 향기가 진동하며 꽃구름이 비끼더니 얼
떨결에 아이를 낳는데 선녀 같은 딸이로다.

이웃집 아낙네가 들어와서 아기를 받고 나서 삼을 갈라 뉘어 놓고
밖으로 나가기에 곽씨부인이 정신을 가다듬고,

“여보시오 서방님, 순산은 하였으나 남녀간에 무엇이오?”

심봉사가 기쁜 마음으로 아기를 더듬어 사타구니를 한동안 만지작
거리더니 웃으며 하는 말이,

“아기 살을 만져 보니 아마 아들은 아닌가 보오.”

아이 배기 전에는 아이 배기가 희망이요, 아이를 밴 다음에는 아들

낳기를 바라던 마음은 내외가 일반이라 곽씨부인은 서러워하며,

"늘그막에 낳은 자식 딸이라니 절통(切痛)하오!"

심봉사가 달래며 하는 말이,

"마누라 그 말 마오! 딸이 아들만 못하다 해도 아들도 잘못 두면 조상에게 욕이 미칠 것이요, 딸자식도 잘만 두면 못된 아들과 바꿀 수 있으리까? 우리 이 딸 고이 길러 예전부터 가르치고 침선방적(針線紡績) 잘 가르쳐 요조숙녀(窈窕淑女)에 좋은 배필로 군자호구(君子好逑) 잘 가리어 금슬을 즐기면서 자손 많이 낳으면 외손봉사(外孫奉祀) 못하리까? 그런 말은 다시 마오."

이웃집 아낙네한테 당부하여 첫국밥을 얼른 지어 삼신상에 받쳐 놓고 심봉사는 의관을 정히 하고 두 무릎 꿇고 앉아 삼신께 두손 모아 정성껏 비는 말이,

"삼십삼천(三十三天) 도솔천(兜率天) 이십팔수(二十八宿) 신불제왕(神佛諸王), 영검하신 신령님네 화의동심(和意同心) 하옵소서. 사십 후에 점지하신 딸 십삭(十朔) 고이 거둬 순산을 시켰으니 삼신님의 넓으신 덕 백골난망(白骨難忘) 잊으리까? 다만 독녀(獨女)라도 오복을 점지하여 동방삭(東方朔)의 명을 주고 석숭(石崇)의 복을 내려 대순(大舜)·증자(曾子) 효행이며, 반희(班姬)의 재질이며, 수복을 고루 받아, 외 굴듯 가지 굴듯 잔병 없이 잘 자라나 일취월장(日就月將) 시킵소서."

빌기를 마치고는 더운 국밥 떠다 놓고 산모를 먹인 다음 심봉사가 다시 곰곰 생각하니, 비록 딸일망정 기쁘고 대견한 마음이 비할 데 없는지라, 눈으로 보지는 못하되 손으로 더듬거리며 아기를 어르는데,

"아가 아가 내 딸이야! 아들 겸 내 딸이야! 금을 준들 너를 사며 옥을 준들 너를 사랴? 어둥둥 내 딸이야! 열 소경에 한 막대요, 분방·서안·옥등경(粉房書案玉燈檠)같이 귀한 내 딸이야! 새벽바람에 사초롱 같은 당기 끝에 구슬 같은 어둥둥 내 딸이야! 왕상(王祥)이 얼음 구멍에 잉어 낚듯 효성도 지극하랴! 어둥둥 내 딸이야, 남전북답(南田北畓) 장만한들 이에서 더 좋으며, 산호·진주 얼

었은들 이에서 반가우랴! 표진강의 숙향이가 네가 되어 태어났느냐? 은하수 직녀성(織女星)이 네가 되어 내려왔나? 어둥둥 내 딸이야!"

심학규는 이같이 주야로 즐거워하는데 마음에서 우러나 이렇듯 좋아하니, 산모의 섭섭하던 마음도 위로가 되는지라 서로 화락함을 측량키 어렵더라.

2

슬프다 세상사여, 슬픔과 즐거움에 수가 있고 죽고 삶에 명이 있는지라, 운수가 다하면 가련한 몸을 용서치 않는도다. 뜻밖에 곽씨부인 산후탈이 일어나 호흡을 헐떡이며, 식음(食飮)을 전폐하고 정신없이 앓는데,

"애고 머리야, 애고 허리야!"
하는 소리에, 심봉사 겁을 먹고 의원을 찾아 약을 쓰며 경도 읽고 굿도 하여 백가지로 서둘러도 죽기로 든 병이라 인력으로야 어찌 구하리요?

심봉사는 기가 막혀 부인 곁에 앉아서 온몸을 만져 보며,

"여보, 여보오 마누라, 정신차려 말을 하오. 식음을 전폐하니 속이 비어 어이하오. 삼신님께 탈이 되어 제석(帝釋)님의 탈이 났나? 도리없이 죽게 되니 이것이 웬일이오? 만일 불행하여 마누라가 죽게 되면 눈 어두운 이놈의 팔자 일가친척 하나 없는 혈혈단신(孑孑單身) 외로운 이 내몸은 올데 갈데 없어지니 그도 또한 원통한데 강보에 싸인 딸아이는 어떻게 한단 말이오?"

곽씨부인은 생각하여 보니 스스로 아는 병세라 살아나지 못할 줄을 짐작하며 봉사에게 유언한다. 가군의 손을 잡고 후유 하고 한숨 길게 쉬면서,

"여보시오 서방님, 내 말씀 들어 보오. 우리 부부 같이 늙어서 백년을 같이 살자 하였거늘 명한(命限)을 못 이기고 필경은 죽을 테니

죽는 나는 서럽지 아니하나 장차로 가군의 신세 어찌하면 좋으리요. 내 평생 마음 먹기를 앞 못 보는 가장님을 내가 조심 아니하면 고생되기 쉽겠기로 더위 추위 비바람을 가리지 않고 동네 방네 품을 팔아 밥도 받고 반찬 얻은 식은 밥은 내가 먹고 더운 밥은 가군 드려 곯지 않고 춥지 않게 극진 공경하옵는데, 천명이 이뿐인지 인연이 끊겼는지 도리없이 죽게 되니, 내가 만일 죽게 되면 의복치레 뉘 거두며 조석공궤(朝夕供饋) 뉘라 할까? 사고무친 외로운 몸이니 의탁할 곳 전혀 없는지라, 지팡막대 걸터잡고 더듬더듬 다니다가 도랑에 떨어지고 돌에도 발길 채어 넘어져 신세를 자탄하여 우는 모양이 눈으로 보는 듯하고 기한(飢寒)을 못 이기어 이집 저집 다니면서 '밥 좀 주오!' 슬픈 소리가 귀에 쟁쟁 들리는 듯하니 죽은 혼인들 차마 어찌 듣고 보며, 밤낮없이 바라다가 사십 후에 낳은 자식 젖 한번 못 먹이고 죽다니 무슨 일일꼬! 어미 없는 어린 것을 뉘 젖 먹여 길러 내며, 춘하추동 사시절을 무엇 입혀 길러내리! 이 몸이 뜻밖에 죽게 되면 머나먼 황천(黃泉) 길을 눈물이 가려 어찌 가며, 앞이 막혀 어찌 갈꼬! 여보시오 봉사님, 저 건너 김동지댁에 돈 열 냥을 맡겼으니 그 돈일랑 찾아다가 나 죽은 초상에 내충으로 쓰옵시고 항아리에 넣은 양식 해산쌀로 두었다가 못다 먹고 죽어가니, 장사나 치른 다음 양식으로 쓰옵시고, 진어사(陳御使) 댁 관대(冠帶) 한 벌, 흉배(胸背)에 수놓다가 끝내지 못하고서 보에 싸 농 안에다 넣었으니, 남의 귀중한 의복일랑 나 죽기 전에 보내옵고 뒷마을 귀덕어미는 나와 친한 사람이니, 내가 죽은 뒤에라도 어린아이 안고 가서 젖 좀 먹여 달라 하면 괄시는 아니하오리다. 하늘이 도와 저 자식이 죽지 않고 살아나서 제 발로 걷거들랑 앞세우고 길을 물어 내 무덤에 찾아와서 '아가 아가, 이 무덤이 너의 모친 무덤이다'라고 또렷하게 가르쳐서 모녀상봉 시켜 주오. 천명(天命)을 못 이기어 앞 못 보는 가장에게 어린 자식 떼쳐 두고 영이별로 돌아가니 가군의 귀하신 몸 애통하여 상치 말고 천만보중(千萬保重)하옵소서. 이승에서 미진한 일 후생에서 다시 만나 이별없이 살고 싶소!”

하며, 한숨 쉬고 돌아누워 어린아이에게 낯을 대고 혀를 차며,

“천지도 무심하고 귀신도 야속하다. 네가 진작 태어났거나 조금 더 살거나 할 것이지, 너 낳자 나 죽으니 구천(九天)에 사무치는, 한량 없는 통곡을 너로 하여 품게 되니, 죽은 어미 산 자식이 생사간에 무슨 죄냐! 아가, 내 젖 마지막으로 먹고 어서어서 잘 살렸다!”

봉사한테 다시 이르기를,

“아차, 내가 잊었구려. 이 애 이름을 ‘청(淸)’이라 불러 주오. 이 애 주려고 만든 굴레진 옥판(玉板) 붉은 술에 진주드림 붙여 달아 함 속에 넣었으니, 아기가 엎치락뒤치락하거들랑 나 본 듯이 씌워 주 오. 할 말은 끝이 없으나 숨이 가빠 못하겠소.”

말을 마치매 한숨 겨워 부는 바람은 쓸쓸히 스쳐가는 구슬픈 바람 이 되고 눈물 겨워 오는 비는 소리없이 부슬비가 되었구나. 피꺽질 두 세 번에 숨이 덜컥 그쳤으니, 슬프다 곽씨부인은 이미 다시 이승 사람 이 아니더라.

슬프다. 사람의 수명을 어찌 하늘이 돕지 못하는고! 이때 심봉사 는 눈먼 사람이라 아내가 죽은 줄도 모르고 아직도 살아 있는 듯이,

“여보 마누라, 병들면 다 죽을까! 그런 일 없을지니 내 바삐 약방 에 가 알아보고 약을 지어 올 터이니 부디 안심하소서.”

심봉사는 속속히 약을 지어 가지고 집으로 돌아와서 화로에 불을 피우고 부채질하여 가며 다려 내며 *북포(北布) 수건에다 얼른 짜서 방으로 들고 들어오면서,

“여보 마누라, 어서 일어나 이 약을 들도록 하오.”

하고는 약사발을 곁에 놓고 부인을 일으켜 앉히려 할 즈음 무서운 생 각이 스치기에 더듬어 사지를 만져 보니 수족은 다 늘어지고 코밑에 서 찬 김이 나므로 심봉사는 비로소 부인이 죽은 줄을 알고 실성하여 발광하는데,

“애고 마누라, 참으로 죽었는가?”

---

*북포(北布)——함경도산(產) 베.

가슴을 꽝꽝, 머리는 탕탕 치며, 발을 동동 구르면서 울며 부르짖는다.

"여보시오 마누라. 그대 살고 나 죽으면 저 자식 잘 키울 것을 그대 죽고 내가 사니 저 자식을 어찌 하며, 구차히 사는 살림 무엇 먹고 살아날까? 엄동설한 강추위에 북풍이 몰아칠 제 무엇 입혀 길러 내며, 배고파 우는 자식 무엇 먹여 살려 낼까? 평생에 다짐한 뜻이 같이 살고 같이 죽자 하였는데 염라국(閻羅國)이 어디라고 나 버리고 혼자 가오! 이제 가면 언제 올까! '청춘작반호환향(靑春作伴好還鄕)'이라던 두보(杜甫)의 옛글같이 봄을 따라 오려는가! 마누라 간 곳이 몇만리나 떨어졌기로 한번 가면 못오는가! 삼천벽도 요지연(三千碧桃瑤池宴)에 *서왕모(西王母)를 따라갔나! 월궁 항아(姮娥) 짝이 되어 도학(道學) 배우려 올라갔나! 황릉묘(黃陵廟) *이비(二妃)한테 하소연하려 갔나?"

울다가도 기가 막힌 심봉사는 머리를 방바닥에 부딪치며 몸부림치니 이리 덜컥 저리 덜컥 치둥글 내리둥글 엎디어 슬피 통곡하니 이때 도화동 사람들이 이 소식을 듣고 남녀노소 할 것 없이 누가 아니 슬퍼하리! 동네에서 공론하기를,

"곽씨부인이 작고함도 지극히 불쌍하려니와 눈먼 심봉사의 처지는 더욱 불쌍치 아니하오! 우리 동네 백여 호가 '*십시일반(十匙一飯)'이라는 말과 같이 한 돈씩 추렴 내어 현철하던 곽씨부인 장사를 치러 주면 이 아니 좋겠소."

이 말이 한 번 나니 모두들 한결같은 대답으로 응락하고 초상을 치르는데, 불쌍한 곽씨 부인 수의(壽衣)을 정히 하여 새로 만든 상두 대틀 위에 얽어매어 내어놓고 *명정(銘旌), *공포(功布), *운아삽(雲亞翣)

---

*서왕모(西王母)──곤륜산에 머무른다는 선녀.

*이비(二妃)──무제(舞帝)의 두 아내.

*십시일반(十匙一飯)──밥 열 숟가락을 모아 한 그릇의 밥을 만듦.

*명정(銘旌)──다홍 바탕에 흰 글씨로 죽은 사람의 품계·관직·성씨를 기록한 기.

*공포(功布)──관(棺)을 묻을 때 관을 닦는 삼베 헝겊.

*운아삽(雲亞翣)──운삽은 발인할 때 영구 앞뒤에, 발삽은 상여 앞뒤에 세우는 제구.

을 좌우로 갈라 세우고 발인제(發靷祭)를 지낸 후에 상여를 운행하니라.

비록 가난한 집안의 초상이라도 동네가 힘을 모아 정성껏 차렸으니 상여치레는 매우 현란하더라. 남대단(藍大緞) 휘장 백공단(白貢緞) 차양에 초록대단 전을 둘러 남공단 드림에 홍부전에 금자 박고 앞뒤 난간의 황금장식은 국화 물려 드리웠다. 동서남북의 청의동자(靑衣童子)는 머리에 쌍북쌍투 아로새겨 좌우 난간에다 비스듬히 세우고 동에 청봉(靑鳳), 서에 백봉(白鳳), 남에 적봉(赤鳳), 북에 흑봉(黑鳳)에다 한가운데는 황봉이라 주홍색 당사실로 벌매듭[蜂結]에 쇠코를 물려 늘어뜨리고, 앞뒤에 청룡(靑龍) 새긴 벌매듭 드리워서 무명닷줄 상둣군은 두건, 제복(祭服), 행전(行纏)까지 생포로 호사하게 차려 입고서 상여를 얽메고 갈짓자로 운구한다.

"댕그렁 댕그렁……어화 넘차 너하!"

그때 심봉사는 어린아이 강보에 싸 귀덕어미에게 맡겨 두고, 제복(祭服)을 얻어 입고 상여 뒷채를 걸머잡으며 미친 듯 취한 듯 겨우 부축을 받아 나아가면서,

"애고 여보 마누라, 날 버리고 어디로 간단 말인가? 나도 갑세, 나와 가! 만리라도 나와 가세! 어찌 그리 무정한가? 이제는 자식도 귀하지 않소. 얼어서라도 죽을 테요, 굶어서라도 죽을 것이니 나와 함께 갑세다."

"어화 넘차 너하!"

심봉사는 울며 부르짖기를 마지 아니하고, 상둣군의 입에서는 상두 노래가 멎지 아니한다.

"불쌍한 곽씨부인 행실도 얌전터니 불쌍히도 죽었구나. 어화 넘차 너하! *북망산(北邙山)이 멀다 마소, 건넛산이 북망일세. 어화 넘차 너하! 이 세상에 나온 사람 장생불사(長生不死) 못하여서 이 길 한번 당하지만, 어화 넘차 너하! 우리 마을 곽씨부인 칠십 향수(七十享壽) 못하고서, 오늘 이 길 웬일인가? 어화 넘차 너하! 새벽닭

---

*북망산(北邙山)──── 공동묘지.

이 재쳐 우니 서산명월(西山明月) 다 넘어가고, 벽수비풍(碧出悲風) 슬슬 분다. 어화 넘차 너하! 어화 너하, 어화 너하!"

그럭저럭 건너가 안산으로 돌아들어 양지바른 자리를 가려서 깊이 안장한 연후에 평토제(平土祭)를 지내는데, 어동육서(魚東肉西), 홍동백서(紅東白西), 좌포우혜(左脯右醢)로 벌여 놓고 축문을 읽을 적에, 심봉사가 본래부터 맹인이 아니라 이십 후의 실명이라 머리 속에는 들어 있는 학식이 많으므로, 원한이 사무치는 축문을 지어 몸소 읽는다.

"슬프다 부인이여! 이토록 요조한 숙녀를 맞아 좋은 때에 짝으로 삼고서 백년을 같이 늙자 하였거늘, 이제 갑자기 죽으니 부인의 혼백은 아주 갔노라. 젖먹이를 남겨 두고 영 이별하니 장차 내 무슨 수로 기를 수 있으리요? 돌아오지 못할 길을 부인이 떠나가니 어느 때고 다시는 오지 못하겠기로, 소나무와 가래나무가 무성한 언덕에 깊이 묻었으니 푸른 묏부리와 더불어 길이 쉴지어다. 생전에 듣던 음성과 모습이 아득히 멀어지니, 슬프다 이제는 보지도 듣지도 못하리라. 백양나무 가지 밖으로 달이 지니 산이 적적하고 밤은 깊은데, 어디서 귀신 우는 소리가 들리는 듯하니 무슨 말씀이든 하소! 한들 저승과 이승이 가로막히어 길이 다르니 그 뉘라서 위로할 수 있으리요? 후유! 주과와 포혜로 간략히 차려 놓았으니, 부인이여 부디 많이 먹고 돌아가 주소서. '
〔嗟乎夫人 邀此窈窕淑女兮여 治鳴兮之離離이라. 期百年之偕老兮여 念焉歿兮魂歸로다. 遺種子永逝兮여 以何術而養育하리. 歸不歸兮一去이니 無何時而更來로다. 絡松楸而爲家하여 興翠出而長臥로다. 想音客兮寂邈하니 嗟難而難聞이라. 白植之外月落하여 山兮寂寂 밤 깊은데 如啾啾而有聲하여 무슨 말을 하소연한들, 隔幽顯而路殊하여, 그 뉘라서 위로하리. 후유 酒果脯醢薄尊이나 많이 먹고 돌아가오.〕
축문을 다 읽더니 심봉사는 한숨지으며,
"여보 마누라, 나는 집으로 돌아가니 마누라는 여기서 살으시오, 으호호……."

달려들어 봉분(封墳)에 가 엎드려서 통곡하며 다시 탄식하는 말이,
"그대는 만사를 잊어버리고 깊은 골짜기에서 송백(松柏)을 울타리
로 삼고 두견새 벗을 삼아, 오동잎 너울거리는 밝은 달밤에 화답가
(和答歌)를 하려 하는가? 내 신세를 돌아보매 개밥에 도토리요 꿩
잃은 매가 되니, 장차 누구를 믿고 살 것이랴?"
봉분을 어루만지며 실성한 듯 통곡을 하니, 조상 온 동네 사람들이
누구인들 측은하게 여기지 않으리요!
그 중의 한 사람이 심봉사를 위로하며 타이르되,
"마오 마오 이러지를 마오! 죽은 아내 생각 말고 어린 자식 생각하
소!"
심봉사가 마지 못하여 *고분지통(叩盆之痛)을 겨우 진정하고, 돌아
나오는 길에 심봉사는 정신을 차려 동리에서 따라온 손들께 백배사례
로 하직하고 집으로 향하여 돌아가니라.

3

심봉사는 부인을 매장하여 공산야월(空山夜月) 쓸쓸한 곳에 혼자 두
고 허둥지둥 돌아오니, 부엌 안은 쓸쓸하고 방안은 텅 비었는데 분향
은 그저 피어 있더라. 휑뎅그렁한 빈 방안에 벗도 없이 혼자 앉아서
온갖 슬픔을 짓씹고 있을 즈음, 이웃집 귀덕어미가 사람 없는 동안에
아기를 데려다 돌보아 주었다가 건너와 아기를 주고 가는지라, 심봉
사는 이를 받아 품안에 안고서 '지리산(智異山) 갈가마귀 제발 물어다
던진 듯이' 혼자 우뚝 앉았으니 슬픔이 하늘에 사무치거늘, 품안의
어린 것은 죄어쳐 울어댄다.
심봉사는 기가 막혀 한숨 지으며 아기를 달래는데,
"아가 아가 울지 마라! 너의 어미 먼데 갔다. 낙양동촌 이화정(洛
陽東村梨花亭)에 숙낭자(淑娘子)를 보러 갔다. 황릉묘(黃陵廟) 이비
(二妃)한테 하소연을 하러 갔다. 너도 어미 잃었다고 설움 겨워 우

---

*고분지통(叩盆之痛)——아내가 죽은 설움.

느냐? 우지 마라! 네 팔자가 얼마나 좋겠기로 칠일만에 어미 잃고 강보 속에 고생하리! 우지 마라, 우지 마라! 해당화(海棠花)의 범나비야 꽃이 진다 설워 마라. 명년 삼월 돌아오면 그 꽃 다시 피나니라. 우리 아내 가신 데는 한번 가면 못 오신다. 어진 심덕 착한 행실 잊고 살 길 전혀 없다. 지는 해는 현산 가려 하니[洛日欲沒峴山西 : 이태백의 詩] 해가 져도 부인 생각, 파산의 밤비가 가을 못에 넘치니[巴山夜雨秋池 : 李商隱의 詩] 빗소리에 부인 생각, 보슬비 내리는 맑은 강물을 쌍쌍이 날아가던 짝 잃은 외기러기가 푸른 바다 모래밭을 바라보고 '뚜루룩 낄꾹!' 소리하며 북녘하늘로 날아가니, 이 내 마음 더욱 서럽다! 너도 또한 님 잃고 님 찾아가는 길인고? 너와 나와 비겨 본들 두 팔자가 똑같구나!"

그렁저렁 그날 밤을 넘기는데, 아기는 젖 못 먹어 기진하니 심봉사는 어두운 눈이 더욱 침침하여 어찌할 바를 모를새, 동녘이 밝아지매 우물가에 두레박소리가 귀에 얼른 들리기에 심봉사는 날이 새었음을 짐작한지라, 문을 펄떡 열어젖히며 단숨으로 우둥퉁 밖에 나가 애걸하기를,

"우물가에 오신 부인 뉘신 줄은 모르오나 칠일 만에 어미 잃고 젖 못 먹어 죽게 된 이 아기를 젖 좀 먹여 주옵소서."

그러나 그 부인이 대답하되,

"나는 젖이 없소마는, 젖 있는 여인네가 이 동네에 많으므로 아기 안고 젖 좀 먹여 달라 하면 누가 괄시하오리까?"

심봉사는 그 말을 듣자 품속에다 한 손으로 아기 안고, 한 손에는 지팡이를 걸쳐잡고 더듬더듬 걸어가서 젖먹이 있는 집을 찾아 사립문을 밀치고 안으로 들어서며 애걸복걸 비는 말이,

"이 댁이 뉘시온지 사뢸 말씀 있나이다."

그 집 주인 밥을 하다 말고 천방지축(天方地軸) 나오면서, 애절하게 대답한다.

"지난 일은 이루 말할 수 없사오나, 도대체 어찌 견뎌 나오시며 또한 어쩐 일로 오셨나이까?"

심봉사는 눈물지며 목메어 하는 말이,

"현철하던 우리 아내 인심을 생각하나, 눈먼 나를 보더라도 어미 잃은 우리 아기 이 아니 불쌍하오! 댁의 귀한 아기 먹고 남는 젖이 있거들랑 이 애 젖 좀 먹여 주오."

동서남북 두루 찾아다니면서 이렇듯 애걸하니, 젖 있는 여인네가 목석인들 아니 먹이며, 도척(盜跖)인들 괄시하랴! 칠월이라 유화절(流火節)에 지심매고 쉬는 아낙네한테 '이 애 젖 좀 먹여 주오'하면, 근방의 부인네들 심봉사의 사정을 아는 고로 한없이 측은히 여겨서, 아기 받아 젖을 먹이고는 돌려 주며 하는 말이,

"여보시오 봉사님, 어렵게 생각 말고 내일도 안고 오고 모레도 안고 오면 이 애를 설사 굶게 하오리까."

이 말에 심봉사는 눈물지며 대답하되,

"어질고 후덕하사 좋은 일을 하시니, 우리 동네 부인네들 세상에 드무오니, 비옵건대 여러 부인 수복강녕(壽福康寧)하옵소서."

백배(百拜)로 치하하고, 아기를 품에 안고 집으로 돌아와서는, 아기 배를 만져 보며 혼잣말로 지껄이되,

"허허 내 딸 배부르다! 일년 삼백육십 일에, 날마다 이만 하고지고. 이것이 다 뉘 덕이냐, 모두가 동네 부인네들 덕이로다. 어서어서 너도 커서 너의 모친같이 현철하고 효도하고, 아비 귀염 차지하라. 어려서 고생하면 부귀다남(富貴多男)하느니라."

요를 덮어 뉘어 놓고, 아기가 노는 사이에 심봉사는 동냥을 다니는데, 삼베 견대(肩袋)를 두 동으로 갈라 한쪽 어깨에 엇메고서, 지팡이를 둘러짚고 구붓이 더듬더듬 이집 저집 다니면서 사철 없이 구걸하여, 한편에는 쌀을 넣고 또 한편에는 벼를 얻어 주는 대로 거둬들여 저축하더라.

닷새마다 장이 서면 가게마다 두루 돌아 푼돈을 거두어서, 어린것의 암죽거리와 설탕·홍합 사서 들고 더듬더듬 오는 모습을 볼 양이면 뉘 아니 불쌍타 하리요.

이렇듯 구걸하여, 매월 초하루·보름의 삭망(朔望)과 소상(小祥)·

대상을 빠치지 아니하며 지나갈새, 이때 심청(沈淸)이는 크게 될 사람이라 천지신명이 도와 주어 잔병 없이 자라나니 세월은 흐르는 물 같은지라, 그의 나이 육칠 세가 되어 가니 소경아비의 손길을 잡고 앞에 서서 인도하더라.

다시 심청의 나이 십여 세가 되어 가니 얼굴은 일색이요 효행이 지극하더라. 소견도 능통하고 재주도 매우 빼어나 부친께 바치는 조석반과 모친의 기제사(忌祭祀)에 지극한 정성을 기울이므로 어른들을 압도할 지경이니 아니 칭찬하는 이 없더라.

세상에 덧없는 것은 세월이요 무정한 것은 가난이라 심청이 나이 열한 살이 되었을 무렵에는 가세는 군색하고 늙은 부친은 병으로 시달리니, 어리고 연약한 몸이 무엇을 의지하고 살리요.

4

하루는 심청이 부친께 여쭈기를,

"아버님 들으시오. 말 못하는 까마귀도 겨울 숲에 해가 지면 먹을 것을 물어다가 어미를 먹일 줄 알고, 곽거(郭巨)라 하는 사람은 부모께 효도하여 찬수(饌需) 대접 극진할 제, 세 살 난 어린것이 노모 밥상에 달린다 하여 양주가 의논하고 산 자식을 묻으려 하였으며, 또한 맹종(孟宗)은 효도가 지극하여 엄동설한(嚴冬雪寒)에 죽순(竹筍)을 얻어다가 부모봉양하였으니, 소녀 이미 십여 세라, 옛 효자들만은 못할망정 어찌 맛있는 음식을 드리지 못하오리까. 눈 어두우신 아버지가 험한 길 큰 길을 다니시면 다치기 쉬우며, 비바람을 무릅쓰고 나다니시면 병환 나실까 염려되오니, 오늘부터 아버지는 집에 앉아 계시오면 소녀 혼자 밥을 얻어 조석 걱정 덜으오리다."

심봉사가 크게 기뻐하여 이르는 말이,

"네 말이 정녕 효녀(孝女)로다! 인정은 그러하나, 어린 너를 내돌리고 앉아서 받아먹는 내 마음이 그 어찌 편켔느냐. 그러한 말 아예 다시 하지 마라."

"아버지는 그런 말씀 마시오. *자로(子路)는 현인(賢人)으로 꼽히오
나, 부모를 봉양코자 흉년에 백리 밖에 나아가 쌀을 져날랐다 일러
오고, 옛날에 제영(緹縈)이란 여자는 장안부(長安府)에 갇힌 아비를
살리고 몸을 팔아 속죄하였으니, 그런 일을 생각하오면 사람은 일
반이거늘 이만 일을 못하리까? 너무 말리지 마옵소서."

심봉사는 딸의 말을 옳게 여겨 허락하되,

"효녀로다 내 딸아! 네 말이 하도 기특하니 아무려나 하려무나."

심청이는 그날부터 밥을 빌리러 나서는데, 먼 산에 햇살이 비치고
앞마을에 연기 나니 가련하다 심청이, 베 중의(中衣)에 옷대님 매고,
깃만 남은 헌 저고리에 자락 없는 청색 무명 휘양을 볼품 없이 숙여
쓰고, 뒤축 없는 헌 신짝에 버선 없는 맨발이라. 헌 바가지 손에 쥐고
건넛마을 바라보니 많은 산에는 새도 날지 아니하고 허다한 길에는
사람의 자취가 없도다. 모진 된바람이 살 쏘듯 불어친다.

황혼에 돌아가는 심청이의 뒷모습은, 눈 날리는 수풀 속에 외로이
날아가는 어미 잃은 까마귀나 다름없더라. 옆걸음질로 손을 호호 불
며 웅크리고 건너간다. 건넛마을 다다라서 이집 저집 부엌으로 들어
서며 심청이가 가련하게 비는 말이,

"모친 가신 다음으로 앞 못 보는 우리 부친 공양할 길 없사오니, 댁
에서 잡수시는 대로 밥 한 술만 주옵소서."

이를 보고 듣는 사람들이 마음에 느끼는 바 있는지라, 그릇밥이며
김치와 장을 아낌없이 덜어 주면서,

"아가, 어서 불이나 좀 쬐고서 많이 먹고 가거라."

이와 같은 말은 가련한 정상에 심동하여 측은한 생각에서 하는 말
이려니와, 그러나 심청이는,

"추운 방에 늙은 부친 나 오기만 기다리니, 어찌 혼자 먹을 수 있사
오리까?"

하는 말은, 역시 부친을 염려하는 지성에서 나옴이더라.

이렇게 얻는 밥이 두세 그릇은 되는지라, 심청이는 다급한 마음으

---

*자로(子路)——공자(孔子)의 제자.

로 속속히 돌아와서 사립문 밖에 당도하면,

"아버지 춥지 않소? 몹시 시장하시지요? 여러 집을 다니자니 자
연 지체되었습니다."

심봉사는 딸을 내보내고 마음놓지 못하다가 목소리를 반겨 듣고 문
을 펄떡 열면서,

"애고 내 딸, 너 오느냐?"

팔 내밀어 딸의 두 손목 덥석 잡고 이르기를,

"손 시렵지 아니하냐? 어서 화로에 불쬐어라."

하고, 부모 마음에는 자식을 아끼는 것같이 간절한 것은 없는 터이라,
심봉사는 훌쩍 눈물지며 탄식하기를,

"애달프다 내 딸 팔자야. 앞 못 보고 구차하니 쓸모없는 이 목숨,
살면 무엇하겠기로 자식 고생시키는고."

효성이 장한 심청이는 부친을 위로하여 이르는 말이,

"아버지 설워 마오. 부모를 봉양하고 자식한테 효를 받음은, 이 천
지에 떳떳하며 사체(事體)에 당연하니 너무 심화를 일으키지 마옵
소서."

이렇듯이 봉양하여 춘하추동 사시절을 쉬는 날이 없이 밥을 빌어
왔고, 나이 점점 들수록 바느질과 길쌈으로 삯을 받아 부친 공경을 여
일하게 하였더라.

세월은 흐르는 물 같아서 심청이가 열다섯 살을 당하더니 얼굴이
나라에서 첫손 꼽는 국색(國色)이요, 효행이 극진한데 재질(才質)마저
비범하고 문필(文筆)도 넉넉하여 인의예지(仁義禮智)와 삼강행실(三綱
行實)에 있어, 무엇이든 못하는 일 없이 다 잘 하니 하늘이 낸 아름다
운 자질(資質)인지라, 여자 중에 군자(君子)요, 새 무리 중에 봉황(鳳
凰)이요, 꽃 중에서는 모란〔牡丹〕에 비기리라.

그리하여 아래 윗마을 사람들이 입을 모아 '심소저는 모친을 닮아
현철하다'고 칭찬이 자자한지라, 원근에 이 소문이 퍼지매 저 건넛마
을 무릉촌(武陵村)의 장승상(張丞相) 부인이 심소저(沈小姐)를 청하
니, 심청이가 그 말 듣고 부친께 아뢰기를,

"아버지, 천만 뜻밖에 장승상 부인께서 시비한테 분부하여 소녀를
부르시니, 시비와 함께 가 뵈오리까?"

"일부러 부르신다니 아니 가 뵈올 수야 있겠느냐? 여보아라, 그 부
인은 일국의 재상부인이시니 만사에 조심하여 다녀오너라."

"아버지, 소녀가 더디 다녀오게 되면, 그 동안 시장하시겠기로 진짓
상 보아서 탁자 위에 놓았은즉 시장커든 잡수시오. 쉬 다녀오리이
다."

하직하고 물러나서 시비를 따라갈새 태연하며 단정하게, 천천히 발
을 옮겨 승상댁에 당도하니 문 앞에 척척 늘어진 수양버들 봄빛을 자
랑하고, 담장 안의 기화요초(琪花瑤草)는 *중향성(衆香城)을 열어놓은
듯하며, 중문 안에 들어서니 건물이 웅장하고 장식 또한 화려하더라.

가운데 층계에 이르니, 오십이 넘은 부인은 상이 단정하고 몸매가
풍부하여 보기에도 복록(福祿)이 가득하게 여겨지더라. 심청이 찾아
옴을 반기며, 부인은 일어나 맞은 후, 심청의 손을 잡고 하는 말이,

"네가 틀림없는 심청이냐? 과연 듣던 말과 다름없이 아름답구나."

자리를 주어 앉힌 후에, 승상부인이 자세히 살펴보니 별로 단장한
바도 없거늘 타고난 자태가 아리따워 나라에 으뜸가는 미녀로다. 몸
가짐을 고치며 도사려 앉은 양은 마치 희맑은 냇가에서 목욕하고 앉
은 제비가 사람을 보고 날려는 듯, 또렷이 눈에 띄는 얼굴은 마치 중
천에 솟은 달이 물가에 비치는 듯, 고운 눈매를 살며시 치뜨니 새벽비
갠 하늘의 샛별 같고 팔자청산(八字靑山) 가는 눈썹은 초생달과 **흡사**
하고, 두 볼의 고운 빛은 부용화(芙蓉花)가 새로 핀 듯, *단순호치(丹
脣皓齒) 말하는 양은 마치 *농산(隴山)의 앵무로다.

"전생(前生)을 너는 모를망정 분명한 선녀로다. 도화동에 네가 **귀양**
살이를 왔으니, 월궁(月宮)에 놀던 선녀 벗 하나를 잃었도다. 무릉
촌에 내가 있고 도화동에 네가 나매, 무릉촌에 봄이 들면 도화동에

---

*중향성(衆香城)——내금강의 영랑봉 동남을 병풍처럼 둘러싸고 있는 하얀 바위성.

*단순호치(丹脣皓齒)——붉은 입술과 흰 이. 아름다운 여자의 비유.

*농산(隴山)——중국 섬서성에 있는 산.

꽃피도다. 천지간의 정기(精氣)를 타고나니 비범한 네로구나!"
승상부인이 다시 심청이에게 이르기를,
"심청아 내 말 듣거라. 승상은 이미 세상을 떠나시고, 아들은 삼형제나 모두 다 황성(皇城)에 가 객지에 벼슬살이요, 다른 자식과 손자는 없노라. 슬하에 말벗이 없으니, 자나깨나 적적한 빈 방에서 대하느니 촛불이요, 기나긴 겨울밤에 보는 것이 고서(古書)로다. 네 신세를 생각하니 양반의 후예로서 저렇듯 빈곤하니, 내 집의 수양딸 되면 여공(女工)도 손익히고 문자도 학습시켜, 친딸같이 출가시켜 말년 재미를 보고자 하는데 너의 뜻이 어떠하냐?"
심청이가 도사리며 여쭈기를,
"팔자가 기구하와 저 낳은 지 칠일 만에 모친이 세상을 뜨셨기로, 앞 못 보는 늙은 부친이 나를 싸안고 다니면서 동냥젖을 얻어먹여 겨우 길러 내어 이토록 컸사오나, 모친의 모습과 몸가짐을 전혀 몰라, 철천지한(徹天之恨)이 되어 그칠 날이 없삽기로 내 부모를 생각하여 남의 부모 공경하였거늘, 오늘날 승상부인 존귀하신 처지로서 미천함을 불고하사 이 몸을 딸로 삼자 하옵시니 어미를 다시 본 듯 반갑고 황송하옵니다. 부인 은혜 입으오면 이 몸은 부귀영화(富貴榮華) 누리려니와, 앞 못 보는 우리 부친 사철 의복 조석 공양 뉘 있어 하오리까? 길러 내신 부모 은덕 사람마다 있거니와, 이 몸은 더욱 부모 은혜 견줄 바 없사오니 잠시라도 슬하를 떠날 수는 없사옵니다."
심청이는 목이 메어 말을 잇지 못하고 눈물이 흘러내려 옥 같은 얼굴을 적시니, 봄바람 보슬비에 복사꽃 잠기었다 소리없이 떨어지듯 하는지라, 부인이 가상히 듣고 이르기를,
"네 말은 과연 출천지효녀(出天之孝女)로다! 망령된 이 늙은이 미처 그 일을 생각지 못하였노라."
그렁저렁하는 사이에 날 저무니 심청이가 일어서며 부인께 여쭈기를,
"부인의 덕분으로 종일토록 놀다 가니 영광이 무비(無比)하오나, 서

산에 해 넘으니 제 집으로 가겠나이다."

부인이 애틋이 여겨 비단과 패물이며 양식을 후히 주고 시비와 함께 보낼 적에,

"심청아, 내 말 듣거라. 너는 나를 잊지 말고, 모녀간의 굳은 의(義)를 지키어라."

"부인의 어지신 처분, 누누이 말씀하옵시니 가르침을 받사오리다."

이리하여 심청이는 하직하고 돌아오니라.

5

그 무렵 심봉사는 무릉촌에 딸을 보내고서 말벗 없이 홀로 앉아 딸 오기만 기다릴새, 배는 고파 등에 붙고 방은 추워 싸늘하고, 잘 새는 날아들며 먼 절에서 종을 치니 날 저무는 줄 짐작하고 혼잣말로 탄식하되,

"우리 딸 청(淸)이는 응당 빨리 오련마는 무슨 일에 골몰하였기로 날 저무는 줄 모르는고. 부인이 붙잡고 아니 놓는가. 눈비바람이 쌀쌀히 불어치매 몸이 추워 못 오는가. 우리 딸은 효성이 극진한지라 비바람을 가릴 리 없건마는."

새만 푸르륵 날아가도,

"청아, 너 오느냐?"

낙엽만 버석거려도,

"청아, 너 오느냐?"

심봉사는 아무리 기다려도 적막공산(寂寞空山)에 *일모도궁(日暮途窮)이요, 발자취는 전혀 없다. 심봉사는 갑갑하기에 지팡막대 걸터잡고 딸 마중 나가 본다.

더듬더듬 주춤주춤 사립문 밖에 나가다가 비탈에 발이 삐끗 밀려 내려 개천 물에 풍덩 하고 뚝 떨어지니, 면상에는 진흙이요 의복이 다 젖었다. 두 눈을 희번덕, 두 팔은 허위적, 나오려면 더 빠지고 사방

---

*일모도궁(日暮途窮)──날은 저물고 갈 길은 막힘.

물이 출렁출렁 물소리만 요란하니, 심봉사 겁을 먹고 외치기를,

"아무도 거기 없소? 사람 살리오!"

몸은 점점 깊이 빠져 허리 위로 물이 도니,

"아이고 나 죽는다!"

차츰 물이 올라와서 목덜미로 감도니,

"허푸 허푸 아이고 사람 죽소!"

아무리 소리를 친들, 오가는 사람이 그쳤으니 뉘 있어 건져 주랴!

그때 몽운사(夢雲寺)의 화주승(化主僧)이 절을 고쳐 이룩하고자 권선문(勸善文)을 둘러메고 시줏집에 내려왔다가 총총걸음 재촉하며 절로 다시 올라가는데, 얼굴은 *형산(荊山)의 백옥 같고 눈은 소상강(瀟湘江)의 물결 같더라. 두 귀는 축 처지고 늘어뜨린 손길은 무릎을 덮는데 *실굿갓 총감투를 뒤를 눌러 흠뻑 쓰고 당상관(堂上官)의 금관자를 귀 위에다 떡 붙이고 고운 삼베로 지어 입은 큰 장삼(長衫)에 홍대를 눌러띠고, 구리 백통 은장도를 옷고름에 늘추 차고 백팔염주 목에 걸고, 팔개단주(團珠) 팔에 걸고, 소상반죽(瀟湘斑竹) 열두 마디 쇠고리를 길게 달아 뚜벅뚜벅 짚으면서 거드렁거드렁 올라간다.

이 중으로 말하자면, 육관대사(六觀大師)의 분부를 받고 용궁에 문안갔다가 약주를 취토록 마시고 봄바람 나부끼는 돌다리 위에서 팔선녀(八仙女)를 희롱하던 성진(性眞)이도 아니요, 머리를 깎은 것은 속세를 벗어난 뜻이요, 수염을 남겨 두는 것은 장부임을 알리는 뜻이라 〔削髮逃塵世存鬚表丈夫〕하던 사명당(四溟堂)도 아니니라.

몽운사의 화주승이 시줏집에 들렀다가 청산은 어두컴컴하고 설월(雪月)이 솟아오르는데, 돌무더기 좁은 길로 흔들 거드렁 올라갈새, 바람결에 슬픈 부르짖음이 사람을 청하기에 걷던 발길 멈추면서,

"이 울음이 웬일일꼬? *마외역(馬嵬驛) 저문 날에 *양태진(楊太眞)

---

*형산(荊山)——중국 호북성(湖北省)에 있는 산.

*실굿갓——중이 쓰는 갓.

*마외역(馬嵬驛)——양귀비(楊貴妃)가 죽은 곳.

*양태진(楊太眞)——귀희(貴姬).

의 울음인가? 북녘 되땅 찬 바람에 아들을 이별하던 소중랑무(蘇中郞武)의 울음인가? 이 울음이 웬 소린고?"

화주승이 소리나는 곳을 찾아가니 어떤 사람이 개천물에 떨어져 거의 죽게 되었으므로 그 중은 깜짝 놀라 굴갓 장삼을 훨훨 벗어 되는 대로 버려두고 짚고 있던 구절죽장(九節竹杖)은 되는 대로 내던지고 행전, 대님, 버선을 다 벗고, 누비바지 아래를 똘똘 말아올려 자가미에 딱 붙이고는, 백로가 고기새끼 노리듯 징검징검 들어가서 심봉사의 가는 허리를 후리쳐 담쑥 안고 '어뚜름 이어차!' 끌어내어 밖에다 앉힌 후에 자세히 본즉 낯이 익은 심봉사였다.

"허허, 이게 웬일이오?"

심봉사가 정신을 차리며,

"나 살린 이 그 누구시오?"

중이 대답하되,

"소승은 몽운사 화주승이올시다."

"그렇지. 활인지불(活人之佛)이로군! 죽을 사람 살려 주니, 그 은혜는 백골난망(白骨難忘)이오."

그 중이 손을 잡고 심봉사를 인도하여 방안으로 들어가서 젖은 의복 벗겨 놓고 마른 옷을 입힌 후에 물에 빠진 내력을 물은즉, 심봉사가 신세를 자탄하며 전후사(前後事)를 말하니 중이 다시 일러 주기를,

"우리 절 부처님은 영험(靈驗)이 많은지라 빌어서 아니 되는 일 없고, 구하면 응하시니 부처님께 공양미(供養米) 삼백 석을 시주로 올리옵고 지성으로 빌으시면 살아 생전에 눈을 떠서 천지만물 두루 보고 성한 사람 되오리다."

심봉사는 그 말을 듣자 신세처지는 생각지 않고 눈 뜬다는 말이 반가워서,

"여보소 대사! 공양미 삼백 석을 권선문(勸善文)에 적어 가소."

그 중은 허허 웃고,

"적기는 적사오나, 댁의 가세를 둘러보니 삼백 석을 주선할 길 없을 듯하오이다."

심봉사가 화를 내며 말하기를,

"여보소, 대사가 사람을 몰라보네! 어느 실없는 사람이 영험하신 부처님께 빈 말을 할 터인가. 그러다 눈도 못 뜨고 앉은뱅이마저 되게? 대사는 사람을 너무 업신여기는고! 당장 적게. 그렇지 않으면 칼부림 날 터이니."

화주승이 다시 허허 웃으며 권선문에 올리되 제일층 홍지(紅紙)에다,

'심학규 미 삼백 석(沈鶴奎 米 三百石)'

이라 대서특필(大書特筆)하고는 하직하고 돌아가니라.

심봉사가 중을 보내 놓고 심화가 꺼진 뒤에 곰곰이 생각하니, 이는 '긁어 부스럼'이요 도리어 후환(後患)이라, 홀로 앉아 스스로 탄식하는 말이,

"내가 공을 드리려다 만약에 죄가 되면, 이를 장차 어찌 하잔 말일꼬?"

묵은 근심 새 걱정이 불같이 일어나니 신세를 탄식하며 통곡하는 말이,

"천지가 아주 공평하사 별로 치우침이 없건마는 이내 팔자 어찌하여 형세 없고 눈도 멀어, 해 달같이 밝은 것을 분별할 수 전혀 없고, 처자 같은 정든 사이도 마주 대하여 못 보는가? 우리 망처(亡妻) 살았으면 조석근심 없을 것을 다 커 가는 딸자식의 삼사 동리 품을 팔아 겨우 입에 풀칠하는 중에 공양미 삼백 석이 어디 있어 호기 있게 적어 놓고, 백 가지로 궁리한들 방책이 전혀 없으니 어찌할 것인고? 장독그릇 다 팔아도 한 되 곡식 못 살 것이며, 장농함을 방매한들 단돈 닷 냥에도 사지는 않으리라. 집이라도 팔자 하나 비바람을 못 가리니 내라도 아니 사리라. 내 몸이나 팔자 한들 눈 못 보는 이 잡것을 어느 누가 사 가리오? 누구는 팔자 좋아 이목구비(耳目口鼻) 완전하고 수족(手足)도 갖추고서 곡식은 진진(津津)하고 재물이 넉넉하여 써도 써도 없어지지 아니하고[用之不竭] 가져가도 드러나지 아니하여[取之無窮] 잘못된 일 없건마는, 나는 홀로 무슨 죄

입었기로 이 몰골이 되었는가? 애고 애고 서러워라 애고 서러워라 애고 애고 서러워라.”

한동안 이리 슬피 울고 있을 즈음에 심청이가 속속히 돌아와서 닫은 방문을 벌컥 열고서,

“아버님!”

하고 부르더니, 저의 부친의 모양을 보고 깜짝 놀라 달려들며,

“애고 이게 웬일이오? 나 오는가 마중코자 저 문밖에 나시다가 이런 욕을 보셨구나. 벗으신 의복가지 물에 흠씬 젖었으니, 물에 빠져 욕보셨소? 애고 아버지 춥긴들 오죽하며 분심인들 오죽하랴?”

승상댁 시비한테 방에 불을 때 달라고 부탁하고, 치마를 걷어 쥐고 눈물을 씻으면서 얼른 밥을 지어 부친 앞에 상을 놓고,

“아버지 진지 잡수시오.”

심봉사는 어찌 된 곡절인지,

“나 밥 안 먹으련다.”

“어디 아파서 그러시오? 소녀가 더디 돌아오니 괘씸하여 그러시오?”

“아니로다.”

“무슨 근심이라도 계시오니까?”

“네 알 일 아니로다.”

“아버지 그 무슨 말씀이오? 소녀는 아버지만 바라고 사옵고 아버님께서는 소녀만 믿어 대소사를 의논하시더니 오늘은 무슨 연고로 ‘네 알 일 아니로다’ 하시니 소녀 비록 불효인들 말씀을 속이시니 마음이 섧사이다.”

하고, 심청이가 훌쩍훌쩍 눈물지니 심봉사가 깜짝 놀라,

“아가 아가 울지 마라. 너 속일 리 없지마는, 네가 만일 보면 지극한 네 효성에 걱정이 되겠기로 진작 말을 못하였다. 아까 너 오는가 문 밖에 나가다가 개천물에 빠져들어 거의 죽게 되었는데, 몽운사 화주승이 나를 건져 살려 놓고 내 사정을 물어 보기로 내 신세가 서러워서 전후 말을 다 했더니, 그 중이 듣고 일러 주되 ‘몽운사 부처

님이 영험하기 또 없으니, 공양미 삼백 석을 부처님께 시주하면 생전에 눈을 떠서 성한 사람 된다'기로 형편은 생각지 아니하고, 홧김에 적었으니 이 어찌 될 말이냐? 도리어 후회로다."

심청이가 그 말 듣고 반기어 웃으면서 대답하기를,

"이제 새삼 후회를 하시오면 정성이 못 되오니, 아버님 어두우신 눈 정녕 밝혀 보실 양이면, 공양미 삼백 석을 아무쪼록 마련하여 보오리다."

"네 아무리 마련한다 한들 안빈낙도(安貧樂道)하는 우리 형편에 단 백 석을 할 수 있나."

"아버님 그 말일랑 하지 마오. 옛일을 돌이켜 보면 왕상(王祥)은 얼음을 깨고 얼음구멍에서 잉어를 얻고 맹종(孟宗)은 대숲에 울고서 눈 가운데 죽순 나니 그런 일을 생각하면, 출천대효(出天大孝) 사친지절(事親之節)이 옛 사람만 못하여도 지성이면 감천(感天)이라 말하오니 아무 걱정 마옵소서."

심청이는 부친의 소원을 들은 그날부터 뒤뜰을 정히하고 황토로 단을 모아 좌우로 금(禁)줄 매고 정화수(井華水) 한 동이를 소반 위에 받쳐 놓고 북두칠성호반(北斗七星號盤)에 향 피우고 재배한 다음에 공손히 두 무릎 꿇고 두 손 모아 비는 말이,

"상천(上天)의 일월성신이여, 하지(下地)의 후토(后土) 성황(城隍) 사방지신(四方之神), 제천제불(諸天諸佛) 석가여래, 팔금강보살(八金剛菩薩) 등등이시여! 소녀의 안타까운 마음을 굽어살피소서. 하느님이 일월(日月)을 두었음은 사람의 안목(眼目)과 같사이다. 땅 위에 일월이 없사오면 무슨 분별하오리까? 소녀 아비 무자생(戊子生) 이십 후에 눈 어두워 만물을 다 못 보오니, 소녀 아비 허물일랑 이 몸으로 대신하고 아비 눈을 밝게 하여 천생연분(天生緣分)짝을 만나 오복을 갖게 하시와 수(壽)와 부(富)와 많은 아들을 점지하여 주옵소서."

이렇듯이 밤낮으로 빌었더니 도화동 심소저(沈小姐)는 하늘이 아는지라 흠향(歆饗)하옵시고 앞 일을 인도하시니라.

하루는 유모인 귀덕어미가 오더니,

"아가씨 이상한 일 보았나이다."

"무슨 일이기로 이상하오?"

"어떠한 사람들이온지 십여 명씩 다니면서 값은 고하간에 십오 세 처녀를 사겠다 하고 다니니, 그런 미친 놈들이 어디 있소이까?"

심청이는 속마음에 이 말을 반겨 듣고는,

"여보, 그 말이 참말이오? 정말로 그러하다면 그 다니는 사람들 중에 나이 먹고 점잖은 사람을 불러 오되, 말이 밖에 나지 않게 조용히 데려오소."

귀덕어미가 대답하고 나가더니 오래지 않아 과연 남정네를 데려왔는지라 처음에는 유모를 시켜 사람을 사려 하는 연유를 물어 본즉, 그 사람의 대답이,

"우리는 본디 *황성(皇城) 사람으로서, 장사차로 배를 타고 만리길을 다니는데, 배 가는 길목에 항상 물살이 변화무쌍한 인당수(印塘水)라는 데가 있어 자칫하면 몰사(沒死)를 당하기 쉬운지라, 십오 세 된 처녀를 제수(祭需)로 물에 넣고 제사를 지내오면 수로만리(水路萬里)를 무사히 왕래할 뿐더러 장사도 흥왕하옵기로 생업이 원수로 사람 사러 다니오니 몸 팔겠다는 처녀 있사오면 값은 개의치 아니하고 주겠나이다."

심청이가 그제야 앞으로 나서면서,

"나는 이 마을 사람으로서 우리 부친이 앞을 못 보아 앞을 분별치 못하기로 평생의 한이 되어 하느님께 축수했더니, 화주승이 공양미 삼백 석을 부처님께 시주하면 눈을 뜨고 세상만물을 보리라 하는데 가세가 너무도 빈곤하여 이를 주선할 길 없으므로 내 몸을 팔아 발원(發願)하고자 하니 나를 사감이 어떠하오? 내 나이 마침 십오 세라 그 아니 적당하겠소?"

뱃사람이 그 말을 듣고 심소저(沈小姐)를 보더니 측은한 마음에 가슴이 막히는 듯하여 다시 볼 정신이 없는지라, 고개를 숙이고 묵묵히

---

*황성(皇城)—— 수도(首都).

서 있더니 이윽고 말을 하되,

"낭자(娘子)의 말씀을 듣자오니 갸륵하고 장한 효성 비할 데 없습니다."

이렇게 치하한 다음 저의 일이 긴한지라,

"그렇게 하오."

하고 허락하니, 심소저가 묻기를,

"배 떠나는 날이 언제오니까?"

"내달 보름날이 행선(行船)할 날이오니 그리 아옵소서."

피차에 굳은 약속을 하고 그날로 뱃사람들은 공양미 삼백 석을 몽운사에 보내더라.

심소저는 귀덕어미를 백번이나 단속하여 말을 못 내도록 다짐한 연후에 집으로 돌아와 부친께 아뢰기를,

"아버지!"

"왜 그러느냐?"

"공양미 삼백 석을 몽운사로 올렸나이다."

이 말을 듣자 심봉사는 깜짝 놀라 두 눈을 희번덕이며,

"그것이 어찌 된 말이냐? 삼백 석이 어디 있기로 몽운사로 보냈느냐?"

심청이가 그 같은 효성이라, 어찌 거짓말로 부친을 속일까마는 부득이한지라 잠시 말을 꾸며 부친께 여쭙는다.

"일전에 만나 뵈온 무릉촌 장승상댁 부인께서 소녀보고 하시는 말씀이 '수양딸 노릇을 하라' 하시나, 아버님이 홀몸으로 계시기로 승낙지 아니하고 몽운사에 발원한 일을 사뢰었더니, 부인께서 반겨 들으시고 쌀 삼백 석을 내어 주시기로, 몽운사로 보내 놓고 수양딸로 팔렸나이다."

심봉사는 그 사이의 경위도 모르고 소리내어 웃으며 즐거워하기를,

"어허 그 일 잘 되었다! 언제 너를 데려간다 하더냐?"

"내달 보름날에 데려간다 하옵니다."

"너 거기 가서 살더라도 나 살기는 무관하다. 어 그 일 참으로 잘

되었다!"

부녀간에 이같이 말을 주고받아 부친을 위로한 후 심청이는 그날부
터 뱃사람을 따라갈 것을 곰곰이 생각하니 눈물이 앞서더라.

사람이 세상에 태어나서 즐거운 한때를 못 보고 이팔 청춘에 죽어
야 할 일과 앞 못 보는 부친을 영영 이별하고 죽을 것을 생각하니, 정
신이 아득하여 일에도 뜻이 없어 식음(食飮)을 전폐하고 시름없이 지
내다가도 다시 돌이켜 생각하면 '엉클어진 그물이요, 쏘아 놓은 살'이
로다.

"이 몸이 죽고 보면 춘하추동 사시절에 부친 의복을 뉘 있어 거둬
줄까? 아직 내가 살아 있는 동안 아버지 사철 입을 의복이나 마지
막 내 손으로 지어 놓으리라."

하고는, 봄 가을 의복과 여름 겨울 의복을 꼭꼭 싸서 농에 넣고, 갓
망건도 새로 사서 걸어 두고, 행선날을 기다리더니 드디어 하룻밤이
남았더라.

밤은 점점 삼경(三更)인데 은하(銀河)는 기울어지고 촛불마저 희미
할 즈음, 심청이가 두 무릎을 쪼그리고 아무리 생각한들 마음을 진정
키 어려운지라 '부친의 벗은 버선 볼이나 마지막으로 감싸서 드리리
라'하며, 바늘에 실을 꿰어 손에 들었더니, 하염없는 눈물이 간장(肝
腸)에서 솟아올라 복받치는 서러움에 울음이 터지려 하나, 부친 귀에
들릴까 염려되어 속으로 느껴 울며 부친의 낯에다가 가만히 얼굴도
대어 보고 손발도 만지면서,

"오늘 밤 모시고 나면 다시는 못 볼 테지. 한번 죽어지면 손발을 끊
긴 듯할 우리 부친, 누구 믿고 살으실까? 애달프도다 우리 부친,
내가 철든 다음으로 밥 빌기를 하였거니와 이제 내 몸 죽게 되면 춘
하추동 사시절을 동네 걸인 되겠구나! 눈총인들 오죽하며 괄시인
들 오죽하랴! 부친 곁에 내가 모셔 백 세까지 공양타가 이별을 당
하여도 망극한 이 설움을 측량할 수 없겠거늘 하물며 생이별이니
고금(古今) 천지간에 또 이런 일 있었더냐? 우리 부친 곤한 신세에
맨손에 홀몸으로 살아가자 다짐한들 조석공양 누가 하며 고생하다

돌아간들 또 어느 자식이 머리 풀고 애통할꼬? 장례치레 소대상과 연년 오는 기제사에 밥 한 그릇 물 한 그릇을 뉘 있어 차려 놓을까? 이리 보나 저리 보나 몹쓸년의 팔자로다? 칠일 안에 모친 잃고 이제는 부친마저 이별하게 되었으니 이런 일이 또 있는가? '하양에 해저물고 갈 길은 수천리라〔河梁落日千里〕'는 소통국(蘇通國)의 모자이별이요, '수유를 머리에 꽂는 중구절(重九節)놀이에 한 식구가 적어짐〔遍揷茱萸少一〕'은 용산(龍山)의 형제이별이요, '나그네가 관산을 넘어가니 길이 얼마나 되는고〔征客關山路幾重〕'는 오희월녀(吳姬越女)의 부부이별이요, '서로 양관을 나서니 아는 사람이 없더라〔西出陽關無故人〕'는 *위성(渭城)의 붕우이별이니 그런 이별 많았어도 서로가 살아서 당한 이별이라 소식 들을 날이 있고 만나볼 때 있으나, 우리 부녀간의 이별은 영영 죽어 가니 어느 때에 소식 알며 어느 날에 만나볼까? 돌아가신 우리 모친 황천(黃泉)으로 돌아갔고, 나는 이제 죽게 되면 수궁(水宮)으로 갈 터이니 수중으로 들어가서 모녀상봉(母女相逢)을 하자 한들 황천과 수궁이라 육지와 물이 길이 아주 다르니 만나 볼 수 전혀 없네. 수궁에서 황천길이 몇천리나 떨어졌는지 묻고 물어 불원천리(不遠千里) 찾아간들, 모친이 나를 어찌 알아보며 나는 모친 어찌 알아볼 것이랴? 만일 알고 뵈옵는 날 부친 소식 묻사오면 무슨 말로 대답할꼬? 오늘날 이 밤을 함지(咸池)에 머무르게 하고, 내일 아침 돋는 해를 부상(扶桑)에 매어 두면 하늘 같은 우리 부친을 다시 한번 보련마는, 밤이 가고 해돋는 일을 누가 능히 막을까 보냐?"

6

천지도 무심하여 이윽고 닭이 우니, 심청이는 기가 막혀 혼잣말로, "닭아 닭아 우지 마라. '한밤중의 함곡관(函谷關)에 맹상군(孟嘗君)이 아니 온다' 네가 울면 날이 새고, 날이 새면 나 죽는다. 나 죽기

---

*위성(渭城)——중국의 장안(長安) 근방.

란 서럽지 않거니와 의지 없는 우리 부친 어찌 잊고 가잔 말고?"

밤새도록 섧게 울고 동녘이 밝아오니, 부친 진지 지으려고 문을 열고 나서 보니 벌써부터 뱃사람들 문 밖에서 주저하며,

"오늘이 행선 날이오니 수이 가게 하옵소서."

심청이는 그 말을 듣자 대번에 두 눈에서 눈물이 빙글빙글 돌아나며 목이 메어 어찌할 바 모르다가, 사립문 밖에 나아가서,

"여보시오 선인네들. 오늘 행선함은 내가 이미 알거니와 부친이 모르오니, 잠깐 지체하옵시면 불쌍하신 우리 부친 진지나 차려서 상을 올려 잡수신 후에 말씀을 여쭈옵고 떠나도록 하오리다."

선인들이 가긍하게 여기어,

"그리 하오."

허락하니, 심청이는 집으로 들어와서 눈물 섞어 밥을 지어 부친 앞에 상 올리고, 아무쪼록 진지 많이 잡숫도록 하느라고 상머리에 마주 앉아 자반도 뚝뚝 떼어 수저 위에 올려놓고 쌈도 싸서 입에 넣어주며,

"아버지 진지 많이 잡수시오."

딸의 마음을 전혀 모르는 심봉사는,

"오냐! 많이 먹으마. 오늘은 각별하게 반찬이 매우 좋구나. 뉘 집에서 제사라도 지냈더냐?"

심청이는 기가 막혀 속으로만 느껴 울다 훌쩍훌쩍 소리 나니, 심봉사는 물색 없이 귀밝은 체 말을 한다.

"아가, 네 몸이 아프냐? 감기가 들었나보구나, 오늘이 며칠이냐? 오늘이 바로 보름이지, 응?"

부녀의 천륜(天倫)이 중하니 몽조(夢兆)가 어찌 없을까 보냐? 봉사가 간밤의 꿈 얘기를 하는데,

"아가, 간밤에 꿈을 꾸니 네가 큰 수레를 타고 끝없이 갔었는데, 수레라 하는 것은 귀한 사람이 타는 것이라 오늘 아마 무릉촌 승상댁에서 너를 가마에 태워 가려나보다."

심청이가 들어 보니 분명히 자기 죽을 꿈이로다. 속으로 슬픈 생각이 가득하나 겉으로는 부친을 안심시키고자,

"그 꿈이 좋소이다."

대답하고 진짓상을 물려 내고 담배 피워 물려 드린 후에, 사당에 하직차로 세수를 정히 하고 눈물 자국 없애고 정한 의복 갈아 입고, 뒤뜰로 돌아가서 사당문을 열고 주과(酒果)를 차려 놓고 통곡하며 하직하는데,

"불효 여식 심청이는 부친 눈을 띄우려고 남경(南京) 장사 선인들께 삼백 석에 몸이 팔려 인당수(印塘水)로 돌아가오니, 소녀가 죽더라도 부친 눈을 뜨게 하사 어진 배필 고르셔서, 아들 낳고 딸을 보아 조상 향화(香火) 전케 하소서."

이렇게 축원하고 문 닫으며 우는 말이,

"소녀 한번 죽사오면 이 문을 뉘 여닫으며, 동지·한식·단오·추석 사명절(四名節)이 돌아온들, 주과포혜(酒果脯醯) 누가 다시 올리오며, 분향재배(焚香再拜) 누가 할꼬? 조상이 복이 없어 이 지경이 되옵는지, 불쌍한 우리 부친 강근지족(强近之族) 전혀 없고, 앞 못 보고 형세마저 군색하여 믿을 곳이 없이 되니 어찌 잊고 죽어갈까?"

우르르 뛰쳐나오더니 자기 부친이 앉은 앞에 섰다 철썩 주저앉더니,

"아버님!"

부르고는 말 못한 채 기절한다.

"아가 이게 웬일이냐? 눈먼 봉사 딸이라고 누가 너를 흠잡더냐? 창졸간에 횟배가 일어났나? 어찌 된 일이냐? 말 좀 하여 보아라."

심청이가 정신 차려,

"아버님……."

"오냐."

"제가 불효여식(不孝女息)이라 아버님을 속였구려! 공양미 삼백 석을 누가 나를 주오리까? 남경 장사 선인들께 삼백 석에 몸이 팔려 인당수 제수(祭需)로 가기로 하왔는데, 오늘이 바로 행선하는 날이

오니, 나를 마지막으로 보옵소서.”

사람의 슬픔이 극도에 다다르면 도리어 가슴이 막히는 법이렷다! 심봉사 하도 기가 막히고 보니, 울음도 아니 나오고 실성을 하는데, “애고 이게 웬일이냐? 응? 청아! 참말이냐, 농담이냐? 네가 살고 내 눈 뜨면 응당 그는 좋으려니와, 네가 죽고 내 눈 뜨면 그게 무슨 말이 되랴? 너의 모친 너를 낳은 지 칠일 만에 죽은 다음, 눈조차 어두운 놈이 품안에 너를 안고 이집 저집 다니면서 동냥젖을 얻어먹여 그만치나 자랐기로 한 시름을 잊었더니, 네 이것이 웬말이냐? 눈을 팔아 너를 살지언정, 너를 팔아 눈을 산들 그 눈 해서 무엇하랴? 어찌 되는 팔자기로 아내 죽고 자식 잃고 하필이면 사궁(四窮) 중에 으뜸이 된단 말인가? 네 이 뱃놈들! 하느님의 어지심과 귀신의 밝은 마음이 명명백백하거늘 너희에게 앙화(殃禍)가 어찌 없을까 보냐? 눈먼 놈의 무남독녀, 철모르는 어린 것을 나 모르게 유인하여 사간다니 웬말이냐? 쌀도 싫고 돈도 싫고 눈 뜨기 내 다 싫다! 네 이 인정 없는 상놈들아! 옛일을 모르느냐? 칠년대한(七年大旱) 가물 적에 사람 잡아 빌러 가니 탕왕(湯王)의 어지신 마음 ‘내가 지금 비는 바는 백성을 위함이라, 사람 죽여 빌 양이면 내 몸으로 대신하오리다.’ 임금께서 몸소 희생(犧牲)되어서 손발톱, 머리 깎고 몸에 띠를 두르고서, 상림(桑林) 땅 너른 들에 빌으시니 큰 비가 수천리에 내린 일도 있느니라. 차라리 내 몸으로 대신 가면 어떠하냐? 너희 놈들 나 죽여라…… 평생에 맺힌 설움 죽기가 원이로다. 나 죽는다…… 지금 내가 죽고 보면 네놈들이 무사하랴? 이 불학무식(不學無識) 무지한 도둑놈들아! 생사람 죽이면 *대전통편(大典通編) 율(律)에 걸리렷다!”

이렇듯이 심봉사는 홀로 대언장언(大言壯言)하더니, 이를 갈며 죽기로 기를 쓰는지라, 심청이가 허겁지겁 부친을 붙잡으며,

“아버지! 아버지 이 일은 남의 탓이 아니오니 그리 마옵소서.”

부녀가 서로 붙잡고 뒹굴며 통곡하니 도화동의 남녀노소 뉘 아니

---

*대전통편(大典通編)—— 조선 정조(正祖) 때 편찬된 법전.

슬퍼하리요. 뱃사람들도 모두가 눈물짓는다. 그 중의 한 사람이 발설하되,

"여보시오 *영좌(領座) 영감! 출천대효(出天大孝) 심소저는 말할 것도 없거니와 심봉사 저 영감이 참으로 불쌍하니 우리 선인 삼십 명이 십시일반(十匙一飯)하여 저 양반 남은 여생일랑 우리들이 굶지 않게 주선하여 주도록 하세."

하니, 모두들 고개를 끄덕이며,

"그 말 옳소!"

하고, 돈 삼백 냥, 백미 백 석, 무명·삼베 각 한 바리를 동중(洞中)으로 들여놓으며 이르는 말이,

"삼백 냥은 논을 사서 착실한 사람 주어 토지를 경작하고, 백미 열 닷섬은 당년 양식 하게 하고 나머지 팔십여 석은 해마다 풀어 장리(場利)로 추심하면 양미(糧米)가 풍족하니 그렇게 하옵시고, 무명 삼베 각 한 바리는 사철 의복 짓게 하소서."

동중에서 의논하여 그리 하고 그 연유를 통문(通文)내어 균일하게 한 가지로 구별하였더라.

그즈음 무릉촌의 장승상부인이, 심청이가 몸을 팔아 인당수로 간다는 말을 그제야 듣고는 시비를 급히 불러 이르되,

"소문을 들으매 도화동의 심청이가 죽으러 간다 하니 떠나기 전에 와서 나를 보고 가라 하고 급히 데려오도록 하여라."

시비가 분부를 받들어 심청이를 찾아보고 부인의 말씀을 전하기로, 심청이가 시비와 함께 무릉촌으로 건너가니, 승상부인이 밖에 나와 심청이의 손을 잡고 눈물지며 하는 말이,

"이 무정한 인간아. 내가 너를 안 후로는 자식으로 여겼는데 너는 나를 잊었느냐? 남의 말을 들어 보니 부친 눈을 띄우고자 선인들께 몸을 팔아 죽으러 간다 하니 너의 효심은 지극하나 네가 죽어 될 일이냐? 그토록 일이 되었거든 나한테 그 연유를 말했던들 이 지경을 당하지는 않았을 것을! 어찌 그리 철없이 굴었느냐?"

---

*영좌(領座)──수령, 곧 선장(船長).

손을 이끌고 방안으로 들어가서 심청이를 앉힌 다음 승상부인이 타이르되,

"쌀 삼백 석 내줄 터이니 선인 불러 도로 주고 망령된 생각일랑 다시는 품지 마라."

심청이는 이 말 듣고 한동안 생각더니 천연스레 여쭈기를,

"당초에 아뢰지 못한 일을 이제 와서 후회한들 어찌하며, 또 이 한 몸 어버이를 위하여 정성을 다하자면 어찌 명색 없는 남의 재물을 바라오리까?

이제 와서 백미 삼백 석을 돌려 내준다 한들, 선인들도 뜻하지 않은 낭패가 될 것이니 그도 또한 어렵삽고, 한편 사람이 남에게다 한 몸을 허락하여 값을 받고 팔렸다가 수삭이 지난 다음 차마 어찌 낯을 들고 무엇이라고 보오리까? 늙은 아비 두고 죽는 것이 도리어 불효됨〔以孝傷孝〕을 모르는 바 아니로되, 그것이 천명이니 할 수 없나이다. 부인의 높으신 은혜와 어질고 자별하신 말씀, 황천에 돌아가 결초보은(結草報恩)하오리다."

승상부인은 이 말을 듣고 적이 놀랍기에, 심청을 살펴본즉 기색이 엄숙하여 다시는 권치 못하고 애석한 마음에 차마 놓지 못하고 통곡하여 하는 말이,

"내가 너를 본 후로는 내가 낳은 자식같이 정을 두어 한 때만 못 보아도 한이 되고 속이 타서 억제치 못하였거늘, 눈앞에 있는 네가 죽으러 가는 것은 차마 보고는 살 수 없다. 그러므로 네가 잠깐 지체하면 화공(畵工)을 불러들여 네 얼굴 네 태도를 그대로 그려 두고 내 생전에 두고 두고 볼 것인즉 잠시 머물러 있거라."

시비를 급히 불러 일등화공 부르더니 승상부인이 분부하기를,

"화공 보아라! 정신 차려 심소저의 얼굴과 몸매, 상하 의복 입은 것과 수심 겨워 우는 형상을 조금치도 틀림없이 잘 그리면, 내 상을 후히 줄 터이니 정성들여 잘 그리라!"

족자(簇子)를 내놓으니, 화공이 분부를 명심하고 우선 족자를 볕에 쪼이더니 유탄을 손에 들고, 심소저를 눈여겨 바라본 후 이리 저리 그

리고서 오색 화필(五色畫筆)을 조르르 펼치고는 각색 물감 벌여 놓고 난초 같은 푸른 머리 광채가 찬란하고, 백옥같이 고운 얼굴 수심(愁心)에 젖은 자태 완연하며, 가는 머리 고운 수족이 어디 봐도 심소저라 훨훨 떨어 놓으니 심소저가 둘이로다! 승상부인 일어나서 바른손으로는 심청이의 목을 껴안고 왼손으로 화상을 어루만지며, 소리내어 슬피 우니 심청이도 따라 울며 여쭈기를,

"정녕 부인께서는 전생(前生)에 내 부모였으니, 오늘날 물러가면 언제 다시 모실 수 있으오리까? 소녀의 일점수심(一點愁心) 가실 길이 없는지라, 글 한 수 지어 내어 부인 앞에 바치오니, 걸어 두고 보시오면 증험(證驗)이 있으오리다."

부인이 매우 반겨 붓과 벼루 내놓으니, 화상 그린 족자 위에 화젯글〔畫題〕 모양으로 붓을 들고 글씨 쓸 제, 눈물이 피가 되어 점점이 떨어지며 송이송이 꽃이 되어 향내가 일 듯하다. 글에 읊었으되,

> 生居死歸一夢間　眷情何必淚潛潛
> 世間最有斷腸處　草綠江南人未還
> 살아 있고 죽어감이 한 토막 꿈이라
> 정이 그립다고 하필이면 눈물을 흘리는가?
> 세상에 가장 애를 끊는 것이라면
> 강남이 푸르러도 간 사람이 돌아오지 않음이다

부인이 놀라며 이르기를,

"네 글이 진실로 신선에 못지 않은 글귀이니, 이번 네가 가는 길인 즉 네 뜻이 아니라 아마도 천상(天上)에서 부름이렷다!"

부인이 또한 두루마리 한 축을 끌러 내어 글 한 수를 단숨에 내리쓰니 그 글에 읊었으되,

> 까닭 모를 비바람에 *양대의 넋은

---

*양대——무산(巫山) 신녀(神女)에서 인용함.

이름난 꽃(심청)을 불어 보내어 바다 어귀에 떨어뜨리더라
인간계로 귀양살이 온 것을 하늘도 보시겠거늘
죄없는 부녀가 사랑어린 은혜를 끊는도다.

심소저는 두 손으로 그 글을 받아 품속 깊이 간수하며 눈물로 이별하니, 무릉촌의 남녀노소 뉘 아니 통곡하랴?

심청이가 돌아오니 심봉사 달려들어 딸아이의 목을 껴안고 들뛰며 통곡한다.

"나도 가자, 나하고 가! 혼자 가지는 못하리라. 이제는 죽어도 같이 죽고 살아도 같이 살자! 나 버리곤 못 가리라. 고기밥이 되려거든 너와 나와 같이 되자!"

심청이도 울음을 못 그친 채 부친 손을 잡고서 간청하되,

"우리 부녀간에 천륜(天倫)을 끊고 싶어 끊사오며 죽고 싶어 죽나이까? 화액을 당함은 팔자 소관이고 생사가 한이 있사온즉, 사람의 자식된 도리로 생각하면 떠날 길이 없사오니 천명이라 할 수 없나이다. 불효 여식 청이는 생각지 마시옵고, 아버지 눈을 떠서 광명천지(光明天地) 다시 보고, 착한 사람 배필로 삼아 아들 낳고 딸을 낳아 후사(後嗣)를 전케 하옵소서."

심봉사 펄쩍 뛰며,

"애고 애고, 그 말 하지 마라! 처자 있을 팔자라면 이런 일을 당켔느냐? 나 버리곤 못 가리라."

심청이는 동네 사람을 시켜 부친을 붙들어 앉혀놓고 울며불며 하는 말이,

"동네 어른님들, 외로운 홀몸인 우리 부친을 내맡기고, 죽으러 가는 이 몸은 오로지 동중(洞中)만 믿사오니 굽어 살피옵소서."

이렇듯 하직하고 돌아서니, 도화동의 남녀노소 한결같이 발구르며 통곡하더라.

심청이도 눈물을 흩뿌리며 뱃사람을 따라가는데, 끌리는 치맛자락 거듬 거듬 움켜 안고, 헝클어진 머리채에 흩어진 머리카락이 귀 밑으

로 늘어졌고, 흐르는 피눈물은 옷깃을 다 적신다. 정신없이 걸어가며 건넛집 바라보고 이르기를,

"김동지댁 큰 아기야. 너와 나는 동갑으로 담장을 사이에 두고 서로 크며 자라나서, 형제같이 정을 두고 백년이 다하도록 인간고락 사는 재미를 함께 보자 하였는데 내가 먼저 이렇듯이 떠나가니 이도 역시 한이로다! 천명이 그뿐으로 나는 이제 죽거니와, 의지 없는 우리 부친 애통하여 상하실 것이로다. 나는 죽어 수궁원혼(水宮寃魂)되겠으니 네가 나를 생각거든 불쌍한 우리 부친 극진히 모셔 다오! 앞집 작은 아기야, 상침질과 수놓기를 누구와 더불어 하려느냐? 작년오월 단오 밤에 그네 뛰고 놀던 일을 네가 그저 생각느냐? 금년 칠월 칠석 밤에 걸교(乞巧)놀이 하잤더니 이제는 허사로다. 나는 이제 위친(爲親)하여 영이별로 가거니와, 네가 나를 생각하여 불쌍하신 우리 부친 나 부르고 애통커든 네가 와서 위로해라. 너와 나와 사귄 정은 네 부모가 내 부모요 내 부모가 네 부모라. 우리 생전 사귈 제 꺼릴 것이 없었으나 나 먼저 돌아가니, 우리 부친 별세 후에 저승으로 들어와서 상봉하는 날에 너의 정성 내 알렷다."

7

이렇듯이 하직할새 하느님이 아셨던지 백일은 어디 가고 검은 구름 자욱하다. 이따금 빗방울이 눈물같이 떨어지고 휘늘어져 곱던 꽃은 이울고자 빛이 없고 청산에 섰는 초목 수색을 띠어 있고, 녹수(綠水)에 드리운 버들 수심을 도웁는 듯, 우짖는 저 꾀꼬리 너 무슨 회포(懷抱)던가? 너의 깊은 한을 내가 알지는 못하여도 통곡하는 내 심사는 네가 혹시 짐작할까?

뜻밖의 저 두견이 '귀촉도 歸蜀道' '*불여귀(不如歸)'라 우짖거니와, 야월공산(夜月空山) 어디 두고 그토록 애끊는 소리를 어찌 살자 아뢰

---

*불여귀(不如歸)——두견새.

느냐? 네 아무리 가지 위에서 '불여귀'라 울건마는, 값을 받고 **팔린** 몸이 다시 어찌 돌아오랴?

바람에 날린 꽃이 낯에 와 부딪치니 꽃을 들고 바라보니 '만약에 봄 바람이 사람의 뜻을 모르겠다 한다면 무슨 까닭으로 지는 꽃을 **불어** 보내 오는고? 〔若道春風不解意何因吹送落花來〕'라는 왕유(王維)의 글을 생각하매, 산에 지는 꽃이 지고 싶어 지랴마는, 바람에 떨어지니 네 마음이 아닐지며 미인박명(美人薄命) 내 신세가 지는 꽃과 같으니라. 내가 어찌 죽고 싶어 죽으랴만 사세가 부득하니 *수원숙우(誰怨孰尤) 할 것 없다.

한 걸음에 눈물짓고 두 걸음에 돌아보며, 드디어 떠나가니 명도(命途)의 풍파가 이제부터 험난하다. 강가에 다다르니 뱃사람이 몰려들어 뱃머리에 좌판 놓고 심소저를 모셔 올려 빗장 안에 앉힌 다음, 닻 감고 돛을 달아 소리하며 북을 둥둥 울리면서 지향 없이 떠나간다. 배 타고 한가운데 떠서 흘러가니 망망한 창해(滄海) 중에 가없는 물결이라, 백빈주(白蘋洲)의 갈매기는 홍료안(紅蓼岸)으로 날아들고 상강(湘江)의 기러기는 평사(平沙)로 떨어진다. 멀리서 울려오는 풍악소리 어적(漁笛)인 듯하건마는, 곡조도 끝나고 사람이 안 보이며 버들 빛만 푸르렀다. '노 젓는 사공들 소리에 만고의 시름이 있더라〔欸乃聲中萬古愁〕'는 나를 두고 이름이라. *장사(長沙)를 지나니 가태부(賈太傅) 간 곳 없고, 멱라수(汨羅水) 바라보니 굴삼려(屈三閭)의 충성된 넋은 어디로 갔는고?

황학루에 다다르니 '날이 저물었거늘 고향이 어디메요? 연기에 잠긴 물 위에서 시름 겨워하노라〔日暮鄕關何處是烟波江上人使愁〕'는 최호(崔顥)의 유적이라.

봉황대에 다다르니 '세 멧부리는 절반이나 푸른 하늘 밖으로 떨어졌고, 두 물줄기는 중도에서 갈라지니 백로주더라〔三山半落靑天外二水中分百鷺洲〕'는 이태백이 노던 데요. 심양강에 다다르니 백낙천(白樂

---

*수원숙우(誰怨孰尤)──누구를 원망하고 탓할 수 없음.
*장사(長沙)──중국 호남성에 있음.

156

天)은 간데 없고 비파소리 멎어 있다. 적벽강을 그저 가랴? 소동파(蘇東坡)가 읊조린 풍경 그대로 있건마는 일세를 풍미하던 조조(曹操)는 지금 어디 있을꼬? 달 지고 새 우는 깊은 밤에 고소대(姑蘇臺)에 배를 멈추니 한산사(寒山寺)의 종소리는 그곳까지 들려 온다.

진회수를 건너가니 강건너의 술장수들 망국한(亡國恨)을 모르고서, 저녁 나무 가지에 비끼고 달빛이 모래톱을 비출 무렵이면 *후정화(後庭花)만 부르더라.

소상강에 들어서니 악양루(岳陽樓) 높은 집은 호수 위로 떠 있으며, 동남으로 바라보니 오나라 산이 첩첩이요 초나라 나무는 바로 눈앞에 보인다. 반죽(斑竹)에 젖은 눈물은 두 황비의 유한이 서려 있고, 무산(巫山)에서 돋는 달이 동정호를 비추니 상하천광(天光)이 거울 같은 물결 위로 푸르러 보인다. 창오산(蒼梧山)의 저 연기는 시름하듯 황릉묘(黃陵廟)에 잠기었고 산골짜기로 새끼를 찾아 슬피 울며 헤매는 저 원숭아, 너는 예서 *천객(遷客)과 시객(詩客)을 몇몇이나 보았느냐?

심청이는 배 안에서 소상팔경(瀟湘八景) 다 본 후에, 한 곳을 가노라니 향기로운 바람이 일어나며 옥패(玉佩)소리 들리더니 어렴풋한 주렴 사이로 낯모르는 두 부인이 선관을 높이 쓰고 자하상(紫霞裳)을 걷어 안고 뚜렷이 나타나더니,

"저기 가는 심소저야 나를 어이 모르느냐? 우리 성군 유우씨(有虞氏)가 남방순례하시다가 창호산 기슭에서 돌아가시니, 속절없는 이 두 몸이 소상강 대숲에서 피눈물을 뿌렸더니 가지마다 아롱지매 잎잎이 원한이라 창호산 무너져서 평지가 되고 소상강물 말라 들어 물이 된다면 대 위의 눈물자욱 가시리로다〔蒼梧山崩湘水絶　竹下之淚乃可滅〕'이겠기로 천추에 맺힌 한을 하소연 할 길 없더니 네 효성이 지극하매 너에게 이르노라. 순임금 죽은 지가 몇천년이 되었거늘 오현금의 남풍시(南風詩)가 아직도 전하더냐? 수로만리 몇며칠에 조심하여 다녀오라!"

---

*후정화(後庭花)——진(陳) 후주(後主)가 즐기던 곡(曲).
*천객(遷客)——귀양살이 가는 사람.

선녀 모습 두 부인이 홀연히 간데 없으매 심청이 생각하여 보니 소상강이 여기로다. 죽으러 가는 나를 '조심하여 다녀오라!'하니 진실로 괴이하다.

그곳을 지나서 회계산(會稽山)에 당도하니, 풍랑이 일어나며 찬 기운이 쌀쌀한데 한 사람이 두 눈을 꽉 감고 가죽으로 몸을 싸서 울며 나오더니,

"저기 가는 심소저야, 네가 나를 모르리라. 오나라 오자서(吳子胥)로다. 슬프다 우리 인군 백비(伯嚭)의 참소 듣고 촉루검(屬鏤劍) 나를 주어 목을 찔러 죽인 후에, 가죽으로 몸을 싸서 이 물에다 던졌구나. 원통함을 못 이기어 월병(越兵)이 멸오(滅吳)함을 역력히 보려 하고 내 두 눈을 진작 빼어 동문(東門) 위에 걸었으매 내 완연히 보았거늘, 몸에 싸인 이 가죽을 뉘 있어 벗겨 주며 눈 없음이 한이로다."

그도 또한 홀연히 간곳 없기에 심청이가 생각하니 그 넋은 오나라의 충신 오자서이겠더라.

한 곳에 다다르니 낯모를 두 사람이 못가에서 나오는데 앞선 분은 왕자의 기상이나 의복이 남루하니 곤경에 빠졌음이 분명하다. 그가 눈물지며 하는 말이,

"애달프고도 분한 것이 진나라 소왕(昭王)에게 속아 넘어가 무관(武關)에서 삼년 동안 갇혀 있어 고국을 바라만 보고 돌아가지 못하는 넋이 되고야 말았구나! 천추에 한이 남기로 *초혼조(招魂鳥)가 되었는데, *박랑사(博浪沙)의 철퇴소리를 반겨 듣고 속절 없는 동정호 달빛 아래 헛춤만 추었노라."

그 뒤의 한 사람은 안색이 파리하고 몸매가 여위었는데,

"나는 초나라의 굴원(屈原)이라. 회왕(懷王)을 섬기다가 자란(子蘭)의 참소를 당하여 서러운 마음 씻으려고 이 물에 와 빠졌노라. 불쌍하다 우리 임금 사후에나 모셔 볼까? 길이 한이 남기로 이같이 모

---

*초혼조(招魂鳥)──두견새.

*박랑사(博浪沙)──중국 하남성(河南省)에 있는 지명.

셨노라. 다시 이르거니와 '나는 제고양의 후예로서 나의 부친은 백용이라〔帝高陽之後裔 朕皇考曰伯庸〕'. '다못 초목이 메마르며 떨어지니 *미인이 늦어질까 염려로다〔唯草木之零落兮 恐美人之遲暮〕'세상에 문장재사가 몇 분이나 계시더냐? 심소저는 효성으로 이제 죽고 나는 충성으로 이미 죽었으니 충과 효는 일반이라, 위로코자 나왔노라. 푸른 바다 만리길을 평안히 가옵소서."

심청이가 생각하기를,

"죽은 지 수천년에 영혼이 남아 있어 내 눈에 뵈는 일이 그 아니 이상한가? 나 죽을 징조로다."

하며, 슬프게 탄식한다.

金風颯以冬起 玉字廊共峥嵘

落霞與孤鶩齊飛 秋水共長天一色

물에서 밤이 몇 밤이며 배에서 날이 몇 날이냐?

어느덧 수개월이 물결같이 흘러가니

가을 바람 쌀쌀히 저녁에 일고

온 하늘은 넓으며 아득하도다

저녁 노을이 외로운 갈매기와 함께 가지런히 떠도니

가을 물은 긴 하늘과 더불어 한 빛이더라

강언덕의 귤이 익으니 황금 죽이 널려 있는 듯하고 갈대꽃에 바람이 이니 백설이 흩날리는 듯하도다. *신포(新浦) 가는 버들잎이 지며 산들바람 불었거늘, 괴로움에 시달리는 어선들은 등불을 높이 걸고 뱃노래로 화답하니 치솟나니 설움이요, 바닷가의 청산들은 봉우리 마다 칼날이라.

'해는 장사에 지고 가을빛 아직도 머니, 어디서 *상군을 조상하리

─────────────────────

*미인──회왕(懷王)을 가리킴.

*신포(新浦)──중국 강소성(江蘇省)에 있음.

*상군──아황(蛾皇) 여영(女英)의 이비(二妃).

요?〔日落長沙秋色遠　不知何處吊湘君〕'라, 송옥(宋玉)의 비추가(悲秋歌)가 이에서 더 슬프겠느냐? 어린 처녀를 실었으니 진시황의 불로초를 캐러 가는 배인가. 방사(方士)는 없었으니 한무제(漢武帝)의 구선(求仙) 배인가? 내가 진작 죽자 하나 뱃사람들이 지켜 있고, 살아 실려 가자 하니 고국이 아득하다.

8

한 곳에 당도하여 닻을 주고 돛을 내리니 이곳이 인당수라. 고기와 용이 싸우는 듯, 큰 바다 한가운데 돛도 잃고 닻도 끊기며, 노도 잃고 키도 빠지며, 바람 불고 물결치고 안개마저 자욱한 날에, 아직도 갈 길은 천만리가 넘고, 사면이 검게 어둑 저물어 천지와 지척이 한 가지로 막막한데, 산 같은 파도가 뱃전을 땅땅 치니 당장에 위태로운지라, 도사공 이하가 크게 겁을 먹고 어쩔 바를 몰라 하며 혼비백산하여 고사 절차를 차리더라.

섬쌀로 밥을 짓고 큰 돼지를 잡아 큰 칼 꽂아서 정하게 받쳐 놓고, 삼색실과 오색 당속(糖屬)에, 큰 소 잡고 동이술을 곁들이어 방향을 가리어 갈라 놓고서, 심청이를 목욕시켜 의복을 정히 입히고 뱃머리에 앉힌 다음 도사공이 고사를 올리는데, 북채를 갈라쥐고 북을 둥둥 둥둥 두리둥둥 울리면서,

"*헌원씨(軒轅氏)가 배를 만들어 가지 못하던 길을 통하게 한 후로 뒷사람들이 본받아 저마다 이로써 업을 삼으니 막대한 공이 아니오니까? *하우씨(夏禹氏)는 구년치수(九年治水)에 배를 타고 다스리고 *오복(五服)을 구제하고 다시 구주(九洲)로 돌아들새 배를 타고 기다렸으며, 제갈공명의 높은 조화는 동남풍을 불러 일으켜 조조의 백만수군을 주유(周瑜)를 시켜 불을 질러 적벽대전(赤壁大戰)할 적

＊헌원씨(軒轅氏)──중국 최초의 황제(黃帝).

＊하우씨(夏禹氏)──중국 고대 하나라의 우왕(禹王).

＊오복(五服)──도읍을 중심으로 한 5개의 지방.

에, 배 아니면 어찌하였으리요? 주요요이경양(舟搖搖而輕颺)하니 도연명의 귀거래요, 해활 고범지(海闊孤帆遲)는 장한(張翰)의 강동거(江東去)요, 임술년 추칠월에 작은 배를 타고서 소동파가 놀았으며 *지국총어사화로 빈배에 달빛만 싣고 돌아옴은 어부의 즐김이요, 계수나무 돛대와 나초로되 노가 물가로 흘러감은 오희월녀(吳姬越女)의 연꽃 따는 배요, 차군발선하양성(嗟君發船下陽城)은 상고선(商賈船)이 그 아닌가? 우리 동무 스물네 명 상고로 업을 삼아 십오 세에 배를 타서 여러 해를 거듭하며 서남방을 떠돌다가 오늘날 인당수에 제물을 바치오니 동해신 아명(阿明)이며, 남해신 축융(祝融)이며, 서해신 거승(巨勝)이며 북해신 우강(禹彊)이며 모두 강물의 신과 모두 냇물의 신이 이 제물을 드시옵고 여러 신령님께서 한가지로 굽어 살피사 비렴(飛簾)으로 하여금 바람 주시고 해약(海若)으로 하여금 인도케 하여 황금 더미로 우리의 소망을 이루어 주옵소서. 고시레! 둥둥.”

빌기를 마치고서 심청이더러,

“물에 들라!”

하며 뱃사공들이 재촉하니, 심청이는 뱃머리에 우뚝 서서 두 손을 합장하고 하느님께 비는 말이,

“비나이다. 비나이다. 심청이 죽는 것은 추호도 서럽지 않으오나, 앞 못 보는 우리 부친 천지에 사무치는 원한을 살아 생전에 풀고자 죽음을 당하오니 하느님이 굽어 살피사 우리 부친 어두운 눈을 불원간 밝게 하사 광명천지를 보게 하소서.”

뒤로 펄쩍 주저앉아 도화동을 향하더니,

“아버지 나 죽소, 어서 눈을 뜨옵소서.”

손을 짚고 일어서서 사공들께 이르기를,

“여러 선인 상고(船人商賈)님네들, 평안히 가옵시고, 억만금의 이를 얻어 이 물가를 지날 때면 나의 혼백 넋을 불러 떠돌이 귀신을 면케 하여 주오.”

---

*지국총어사화——어부가(漁夫歌)의 후렴구.

빛나는 눈을 감고 치마폭을 뒤집어 쓰고, 이리 저리 저리 이리 뱃머리로 와락 나가 푸른 물에 풍덩 빠지니, 물은 인당수(印塘水)요, 사람은 심봉사의 딸 심청이라. 인당수 깊은 물에 힘없이 떨어진 꽃 헛되이 고기 뱃속에 장사를 지냈단 말가?

그 배의 영좌(領座)는 한숨지며,

"아차차, 불쌍하다!"

영좌는 통곡하고 삿대잡이는 엎드려 울며,

"출천대효(出天大孝) 심소저는 아깝고 불쌍하다! 부모 형제가 죽은들 이에서 더할까 보냐?"

이 무렵, 한편 무릉촌의 장승상부인은 심소저를 이별하고, 애석한 마음을 이기지 못하여 심소저의 화상 족자를 벽 위에 걸어 두고 날마다 살펴보는데, 하루는 족자 빛이 검어지며 화상에서 물이 흐르므로, 부인이 놀라며 하는 말이,

"이제는 죽었구나!"

슬픔을 못 이기어 애간장이 끊어지는 듯, 가슴이 터지는 듯, 기막혀 슬피 우는데 이윽고 족자 빛이 완연히 새로워지니 괴이쩍게 여기며,

"누가 건져 내어 목숨을 부지하였는가? 푸른 바다 만리 밖 소식을 어찌 알리?"

그날 밤 삼경초(三更初)에 제물을 갖추어 시비에게 들리우고, 강 가에 나아가 백사장 정한 곳에 주과포(酒果脯)를 벌여놓고, 승상부인은 몸소 크게 읽어 심소저의 넋을 불러 위로하며 제사를 지내니라. 강촌에 밤이 깊어 사면이 고요한데,

"심소저야 심소저야! 아깝도다 심소저야! 앞 못 보는 부친 눈을 뜨게 하려 평생 한이 되는지라, 네 효성이 죽기로써 갚으려고 실낱 같은 목숨을 스스로 내던지어 고기 뱃속 넋이 되니 가련하고 불쌍쿠나! 하느님은 어찌하여 너를 내고 죽게 하며 귀신은 어찌하여 죽는 너를 못 살리나? 네가 나지 말았거나 내가 너를 몰랐거나 할 것이지 생리사별(生離死別)이 웬말인고? 그믐이 되기 전에 달이 먼저 기울었고, 모춘(暮春)이 되기 전에 꽃이 먼저 떨어지니 오동에

걸린 달은 뚜렷한 네 얼굴이 다시 온 듯, 이슬에 젖은 꽃은 천연한 네 몸가짐 눈앞에 내리는 듯, 대들보에 앉은 제비 아름다운 네 소리로 무슨 말을 하소연할 듯, 두 귀밑의 머리털은 일로 좇아 희어지고 인간계에 남은 세월 너로 인해 재촉되니, 무궁한 나의 수심을 너는 죽어 모르거니와 나는 살아 고생이렸다. 한 잔 술로 위로하니 꽃다운 넋이여 오호라 슬프구나! 상향(尚饗)."

제문을 다 읽고서 분향할 즈음 하늘이 나직하니 제문을 드시는 듯, 강물 위의 짙은 안개는 꽃구름이 어리는 듯, 물결이 잔잔하니 어룡(魚龍)이 느끼는 듯, 청산이 적적하니 금수(禽獸)도 설워하는 듯, 가까운 곳 백사장에 잠든 갈매기는 놀라 깨어 머리 들고, 놀라 깬 어선들은 가던 길 머무른다.

부인이 눈을 씻고 제물을 조금씩 뜯어 물에 띄울제 술잔이 뒹구니 심소저의 혼이 온 듯하여 부인이 그지없이 서러워하며 집으로 돌아가니라.

그 이튿날 부인은 재물을 많이 들여, 물가에다 높이 쌓아 망녀대(望女臺)를 지어 놓고 매월 초하루와 보름에 삭망(朔望)으로 삼년까지 제를 지내는데, 때없이 부인께서 망녀대에 올라앉아 심소저를 그리며 생각에 잠기더라.

그 무렵 심봉사는 무남독녀 외딸을 잃고도 모진 목숨을 근근이 부지하는데, 도화동 사람들이 심소저가 지극한 효성으로 물에 빠져 죽은 일을 불쌍히 여겨 망녀대를 지어 놓은 옆에다, 따로 비석을 세우고 새기되,

心爲其親雙眼瞎　殺身成孝死龍宮
烟波萬里深深碧　江草年年恨不窮
마음으로 제 어버이의 두 눈 먼 것을 위하여
몸을 바쳐 효성을 이루고자 용궁에서 죽으니
연파는 만리에 걸쳐 깊이 깊이 푸르르며
강초는 해마다 무성해도 원한은 끝내 가시지 않도다

이렇게 쓴 비석을 강가에 세워놓으니 오가는 행인들이 그 비문의 글을 보고 눈물을 아니 짓는 사람이 없더라.

대저 이 세상같이 억울하고 고르지 못한 세상이 없는지라. 가난하고 약한 사람은, 그 부모가 낳은 몸과 하늘이 주신 귀중한 목숨도 보전치 못하고 심청이 같은 출천대효(出天大孝)가 필경에는 인당수 물에 가련한 몸이 잠기게 되었느니라. 그러나 그가 잠긴 곳은 물속이 아니라, 이 인간계를 영 이별하고 간 하늘의 상계(上界)이니, 하느님의 능력이 한없이 큰 세상이니라. 이욕에 눈이 어두운 인간계의 사람들과 말 못하는 부처는 심청이를 돕지 못하였거니와 인당수의 물귀신이야 어찌 심청이를 알아보지 못하리요?

그때 옥황상제께서는 사해 용왕(四海龍王)에게 분부하기를,

"명일 오시(午時) 초각에 인당수 바다 속으로 출천대효 심청이가 떨어질 터이니, 그대들은 등대하였다가 *수정궁(水晶宮)에 영접하고, 다시 영을 기다려 도로 그를 인간계로 보내되 만일에 시각을 어기는 날에는 사해(四海)의 수궁제신(水宮諸神)들이 죄를 면치는 못하렷다!"

이렇듯 분부가 지엄한지라 사해 용왕들이 황겁하여 *원참군(鼋參軍) · *별주부(鼈主簿)와 백만의 철갑제장(鐵甲諸將)이며 무수한 시녀들로 하여금 백옥교자를 차비하고 그 시각을 기다릴새, 과연 오시 초각이 되자 백옥 같은 한 소저가 바다 위로 떨어지니, 여러 선녀들이 이를 옹위하여 심소저를 고이 모셔 교자에 앉히니 심소저는 정신을 가다듬고 사양하여 이르는 말이,

"나는 속세의 천한 몸이오니, 어찌 황송하여 용궁의 교자를 탈 수 있겠나이까?"

여러 시녀가 여쭈기를,

"옥황상제께서 분부가 계셨사오니, 만일 지체하옵시면 사해 수궁에

---

*수정궁(水晶宮)——용왕이 거처하는 궁전.

*원참군(鼋參軍)——큰 자라.

*별주부(鼈主簿)——자라.

탈이 나오니 지체 마시고 타옵소서."

심청이는 사양하다 못하여 교자에 앉으니, 여러 선녀(仙女)들이 옹위하여 수정궁으로 들새 위의(威儀)가 굉장터라. 천상의 선관선녀들이 심소저를 보고자 좌우로 벌려 섰는데, 태을진군(太乙眞君)은 학을 타고, 안기생(安期生)은 난조를 타고, 적송자(赤松子)는 구름을 타고, 갈선옹(葛仙翁)은 사자를 타고, 청의동자(靑衣童子)·홍의동자가 쌍쌍이 벌렸으며, 월궁항아(月宮姮娥)·서왕모(西王母)·마고선녀(麻姑仙女)·낙포선녀(洛浦仙女)·남악부인(南嶽夫人)·팔선녀(八仙女)며, 모두들 모여들었는데, 고운 물색 좋은 패물에 향기 그윽하며 풍악이 낭자하다.

왕자진(王子晉)의 봉피리 곽처사(郭處士)의 죽장고, 농옥(弄玉)의 퉁소, 완적(阮籍)의 휘파람, 금고(琴高)의 거문고가 한 자리에 어울리니, 낭자한 풍악소리에 수궁이 진동한다.

수정궁에 들어서니 집치레가 황홀하다. 천여 간의 수정궁은 호박(琥珀) 기둥, 백옥주초, 대모(玳瑁) 난간, 산호 주렴으로 광채가 찬란하고 서기가 공중에 서리었더라. 주궁패궐(珠宮貝闕)의 화려한 궁궐은 하늘의 세 빛과 같이 빛나며 인간의 오복(五福)을 갖추었더라. 동녘을 바라보니 삼백 자의 부상(扶桑) 뽕나무 가지에는 붉은 해가 되어 있고, 남녘을 바라보니 대붕(大鵬)의 나래 끝 닿은 아득한 곳에 물빛이 쪽 같고, 밤이 깊어 서왕모가 요지(瑤池)로부터 내려오니 한 쌍의 파랑새가 날아들고, 북녘으로 바라보니 아무리 눈여겨보아도 일만봉 청산이 푸르러 있을 따름이요, 어느 곳이 중원(中原)인지 모르겠더라. 위로 바라보니, 소매 속의 봉서(封書)를 꺼내어 아뢰고 나매 모든 백성들의 재앙과 장애를 다 제하고, 아래로 바라보니, 희맑은 새벽녘에 찬배(贊拜)하는 소리 자주 들리며 강신(江神)과 하백(河伯)들이 조회하더라.

음식상이 들어오는데 세상에 비길 수가 없더라. 유리상 화류반(樺榴盤)에 산호잔·호박대(琥珀臺)며, 자하주(紫霞酒)·역엽주(逆葉酒)를 기린포로 안주하고, 호리병에 담은 제호탕(醍醐湯)에 감로주를 곁들여서, 금강석을 박은 쟁반에 *안기증조(蒸棗) 담아 놓고, 좌우에 선녀들이 심소저를 위로하며 수정궁에 머무를새, 옥황상제의 명이거늘 어찌 거행이 범연하랴. 사해 용왕께서 선녀들을 보내어 조석으로 문안하고 체번(替番)하여 시위(侍衛)할새 삼일에 소연이요, 오일에 대연으로 극진히 위로하더라.

심소저가 이렇듯이 수정궁에 머무를새 하루는 하늘에서 옥진부인(玉眞夫人)이 오신다 하나, 심소저는 누구인지 모르고 일어서 바라보니 오색 구름이 푸른 하늘에 서리며 요란한 풍악이 궁중에 낭자하더니, 멀리 바른쪽에는 단계화(丹桂花)요 왼쪽에는 벽도화로, 청학과 백학이 옹위하고, 공작새는 춤을 추고 안비는 인도하여 천상선녀 앞을 서고 용궁선녀 뒤를 서서 엄숙하게 내려오니 보던 중 처음이라. 이윽고 다다르자 교자에서 옥진부인이 내려 안으로 들어오더니,

"청아, 너의 어미 내가 왔다."

심소저는 모친이 왔다는 말에 반가워 펄쩍 뛰어 내달으며,

"애고! 어머니!"

우루루 달려들어 모친 목을 덥석 잡고 웃다 울다 하면서 하는 말이,

"변변치 못한 소녀 몸이 부친 덕에 아니 죽고, 십오 세를 당하도록 모녀간이 중하거늘 이날 이때 얼굴을 모르기로 평생에 한이 되어 잊을 날이 없삽더니, 오늘에야 모녀가 상봉하와 나는 한이 없사오나 외로우신 아버지는 누구 보고 반기실까?"

새롭고 반가운 정과 감격으로 다급한 마음에 어쩔 바를 모르더니, 심소저 모친을 모시고 누(樓)에 올라 모친 품에 싸여 앉아, 얼굴도 대어 보고 손발도 만지면서, 젖도 이젠 먹어 보자 반기며 어리광이 한창이라.

이같이 즐겨하며 소리내어 우니 부인도 슬퍼하고 딸의 등을 툭툭 치며 이르기를,

"우지 마라, 내 딸 청아! 내가 너를 낳은 다음 상제(上帝)의 분부 급하기에 세상을 등졌건만, 앞 못 보는 너의 부친 고생하고 살으신

---

*안기증조(蒸棗)── 안기왕이 먹던 찐 대추.

일 생각할수록 가슴 아파 하였거늘, 버섯 같고 이슬 같은 십생구사(十生九死)로 쓰러질 네 목숨을 더욱 어찌 믿었으랴? 하늘이 도우사 네 이제 살았구나! 안아 볼까, 업어 볼까? 귀엽도다 내 딸 청아! 얼굴 모습 웃는 모양이 너의 부친 흡사하며, 손길 발길 고운 것이 어찌 그리도 나 같으냐! 어려서 자라던 일을 네가 어찌 알랴마는, 이집 저집 여러 사람 동냥젖을 먹고 크니 그 동안 너의 부친 겪은 고생 너도 가히 알리로다. 너의 부친 고생이 막심하니 응당 많이 늙으셨지? 그리고 뒷동네 귀덕어미네, 매우 인정이 극진하였는데 지금까지 살았느냐?"

심청이 여쭈기를,

"아버지한테 듣사와도 고생하고 지낸 일을 어찌 감히 잊으리까?"

부친이 고생하던 이야기며 일곱 살에 제가 나서서 밥을 얻어 봉양하던 일, 바느질로 살던 일과, 승상부인이 저를 불러 모녀의(義)를 맺은 후에 태산 같은 은혜를 입게 된 일과, 뱃사람을 따라 오려 할 제 화상 족자(簇子) 만든 말과 귀덕어미께 신세진 이야기를 낱낱이 하고 나니, 모친은 그 말을 듣고는 승상부인을 칭찬해 마지않더라.

이러구러 모녀가 여러 날을 수정궁에 머물러 있더니, 하루는 옥진부인(玉眞夫人)이 심청이한테,

"모녀간에 반가운 마음이야 한량없건마는, 옥황상제의 처분으로 맡은 직분이 허다하므로 오래 지체를 못하겠구나. 오늘은 너와 이별하고, 네가 장차 부친을 만나게 될 줄을 네 어찌 알랴마는, 후일에 서로 반길 때가 있으리라!"

작별하고 홀홀히 일어서니, 심청이는 기가 막혀,

"아이고 어머니, 소녀는 마음 먹기를 오래오래 모시게 될 줄로만 알았더니 이별 말이 웬말이오?"

아무리 애걸한들 임의로는 못하렷다. 옥진부인 일어서서 손을 잡고 작별하더니, 공중을 향하여 홀연 삽시간에 사라지니 심청이는 할 수 없이 눈물로 하직하고 계속 수정궁에 머물러 있더라.

이럴 즈음 옥황상제께서는 심낭자의 출천대효를 가상히 여기시고,

수정궁에 오래 둘 도리가 없는지라 사해 용왕에게 다시 전교(傳敎)를 내리시되,

　"대효(大孝) 심낭자를 옥정연화(玉井蓮花) 꽃봉 속에 아무쪼록 고이
　모셔 오던 길인 인당수로 도로 내보내라."

하시니, 용왕이 영을 받들어 옥정연화 봉오리 속에 심낭자를 고이 모시고 인당수로 돌려보낼새 사해의 용왕들과 각 궁의 시녀들과 팔선녀(八仙女)를 각각 차례로 하직하는데,

　"심낭자 장한 효성, 세상에 나가셔서 부귀영화(富貴榮華)로 만세를
　누리소서."

하니, 심청이는 대답하되,

　"죽은 몸이 다시 살아서 여러 왕의 은혜 입어 세상에 다시 가니 수
　궁에 귀하신 몸 내내 무양(無恙)하옵소서."

　한두 마디 주고받는 사이에 홀연히 사라지며 자취가 보이지 않으니라.

9

　꽃봉 속의 심낭자는 가는 바를 모르는데 수정문(水晶門) 밖 떠날 적에, 하늘에는 사나운 비바람이 없이 맑게 개었으며 바다 또한 잔잔하여 파도가 일지 않더라. 때는 봄이라 해당화는 바닷물에 피어 있고, 동풍에 푸른 버들은 바닷가에 가지를 드리웠는데 고기 낚는 저 어옹은 시름없이 앉았구나. 한 곳에 다다르니 날씨가 명랑하고 사면이 광활하다. 심청이가 정신을 가다듬고 둘러보니 용궁 가던 인당수라. 슬프다, 이 역시 꿈을 꿈이 아니랴?

　바로 그 무렵에, 남경(南京)으로 장사하러 갔던 선인들이 심낭자를 제수로 바친 덕에 그 행비에 이를 남겨, 돛대 끝에 큰 기 꽂고 웃음으로 지껄이며 춤추고 돌아오다 인당수에 다다르니, 큰 소를 잡고 각종 과실 차려놓고 북을 치며 제를 지내던 참이다.

　두리 둥둥둥, 북을 그치더니 도사공(都沙工)이 심낭자의 이름을 받

들어 큰 소리로 부른다.

"출천대효 심낭자 수중고혼(水中孤魂) 되었으니, 애달프고 불쌍한 말 어찌 다 이르오리까? 우리네 여러 선인들은 소저로 인연하여 억만 냥의 이를 남겨 고국으로 돌아가려니와 낭자의 꽃다운 넋은 어느 때나 오시려 하오? 가다가 도화동에 들러 소저 부친 평안하신가 안부를 하오리다."

사공도 울고 여러 선인들이 모두 울음을 그치지 못하는데, 해상을 바라보니 난데없는 꽃 한 송이 물 위로 덩실덩실 떠내려오기에, 선원들이 내달으며 하는 말이,

"이애야, 저 꽃이 웬 꽃이냐? 천상의 월계화냐, 요지의 벽도화냐? 천상꽃도 아니요 세상 꽃도 아닌데 해상에 홀로 있을진대 아마도 심낭자의 넋인가 보다."

이같이 공론이 분분할 때 백운이 자욱한 가운데 산뜻하게 푸른 옷을 떨쳐 입은 선관(仙官)이 공중에 학을 타고 그에게 외쳐 이르는 말이,

"해상에 떠 있는 선인들아, 꽃 보고 떠들지 말지어다. 그 꽃은 천상의 귀한 꽃이기로 타인은 일절 접근치 말 것이며 각별 조심하여 고이 모셔다가 천자께 진상토록 하라. 만일 그리 아니할진대 뇌성보화천존(雷聲普化天尊)으로 하여금 생벼락을 내리렷다!"

뱃사람들은 그 말 듣고 황겁하여 벌벌 떨면서, 그 꽃을 고이 건져 빈칸에 모신 후에 청포장을 둘러치니 내외 체례(體禮)가 분명하니라. 닻을 감고 돛을 다니 순풍이 절로 일어 서울 남경을 순식간에 당도하여 해안에 배를 대니라.

때는 바로 경진년(庚辰年) 삼월이라. 당시 송천자(宋天子)는 황후의 상사를 당한지라, 천자는 마음이 어지러워 슬픔을 가라앉히고자 각색 화초를 고루 고루 구하여서 상림원(上林苑)에 채우고, 황극전(皇極殿) 앞뜰에 골고루 심었으니 기화요초(琪花瑤草)가 이 아니랴!

경보능파 답명경(輕步凌波踏明鏡)에 만당추수 홍련화(滿堂秋水紅蓮花)라 암향부동 월황혼(暗香浮動月黃昏)에 소식을 전하던 한매화(寒梅

化)라, 공자왕손 방수중(公子王孫芳樹中)에 부귀롭다 모란화여, 이화만지 불개문(梨花滿枝不開門)이라. 장신궁(長信宮) 안 배꽃이요, 촉(蜀)나라의 유한을 못 이겨서 소리마다 피가 맺힌 두견화로다. 황국화·홍국화며, 백일홍·연산·홍난초·파초에 석류·유자며, 머루·다래·철쭉·진달래·맨드라미·봉선화 등등 온갖 꽃이 가득하다.

이렇듯 여러 화초가 만발한데 꽃 사이로 쌍쌍이 범나비는 꽃을 보고 반기며 너울너울 춤을 출새, 천자는 슬픔을 잠시 잊고 마음에 기꺼워 꽃을 보고 즐거워하시더라.

마침 이때 남경장사 선인(船人)들이 희귀한 꽃 한 송이를 진상하니, 천자는 이를 보고 매우 기꺼워하시며 옥쟁반에 받쳐 놓고 진종일 그 꽃을 사랑하시니, 구름 같은 황극전에 날이 가고 밤이 들어도 들리는 것은 시각을 알리는 경점(更點) 소리뿐이더라.

천자가 잠자리에 드시니 비몽사몽간에 봉래산(蓬萊山) 선관이 학을 타고 분명히 내려와서 천자 앞에 이르러 거수장읍(擧手長揖)하고 흔연히 이르기를,

"황후가 돌아가심을 상제께서 아옵시고 인연을 보내셨사오니, 폐하께서는 어서 바삐 살피소서."

말을 마치지 못하여 천자가 깨어나시니 남가일몽(南柯一夢)이라. 자리를 일어나 서서히 거닐다가 궁녀를 급히 불러 옥쟁반의 꽃송이를 살피시니, 보던 꽃이 없고 한 낭자가 앉아 있으매 천자는 매우 기꺼워하사,

"어젯밤 요화가 잠자리에서 기약하더니 오늘 아침 선아가 하늘로서 왔도다![昨日瑤花伴上期 今日仙娥下天來] 꿈인 줄 알았더니 꿈이 또한 실상이라."

이튿날 아침에 이 뜻을 기록하여 묘당(廟堂)에 내리시니, 삼대육경(三台六卿)을 비롯하여 만조백관 문무제신이 일제히 들어와 뵙기에 천자께서 이르시되,

"짐이 간밤에 득몽한 후 심히 기이하기로, 어제 선인들이 진상한 꽃을 살펴보매, 그 꽃송이는 간 곳이 없고 다못 한 낭자가 앉았거늘

황후의 기상인지라, 짐은 이를 천정연분(天定緣分)으로 가상히 여기거니와 경들의 뜻은 어떠하뇨?"

문무제신이 일시에 아뢰되,

"황후께서 승하하심을 상천(上天)이 아옵시고 인연을 보내시니 국운이 무궁하와 하늘이 보호하심이니 국가의 경사 이에 더함이 없을 줄로 아뢰오."

천자께서 크게 기꺼워하사 따로이 흠천감(欽天監)으로 하여금 택일하고 따로이 예부(禮部)에 분부하여 가례범절(嘉禮凡節)을 마련케 하니라.

칠보화관, 십장생(十長生)에 수복을 곁들여 수를 놓고 진주옥패(珍珠玉珮)·상학봉미선(扇)에 월궁항아 내려온 듯, 전후 좌우로 상궁과 시녀들이 옹위하니 초록저고리에 다홍치마가 황홀히 빛이 난다.

낭자머리 화관족두리며, 봉차와 죽절로 쌍비녀 꽂아, 밀화불수(佛手)·산호가지·명월패·울금향(香)을 이리저리 비껴 차고, 당의와 원삼(圓衫)을 떨쳐 입고 상품으로 가리어 새로이 단장하니, 황후의 위의(威儀) 화려하며 장엄하더라.

층층이 모시는 시녀들은 *광한전(廣寒殿)에 시위한 듯 청홍백 비단 차일을 하늘 닿게 높이 치고, 금자로 수복 놓은 용문석을 펼쳐 깔고, 휘휘 두른 공단휘장·금병풍에 백자천손(百子千孫)이 가득하다.

금촛대에 홍촉 꽂고, 유리·산호 좋은 옥병(玉瓶)은 굽이굽이 진주로다. 난봉(鸞鳳)과 공작, 포효하는 사자, 청학은 쌍쌍이요, 앵무 같은 궁녀들이 기를 잡고 늘어섰다. 삼대육경(三台六卿)·만조백관은 동과 서로 갈라서서 읍양진퇴(揖讓進退)가 엄숙한데, 이부상서(吏部尚書) 함을 지고 와서 납채를 드리었다.

천자의 위의가 또한 볼 만하다. 콧마루가 높고 용의 눈이니 틀림없는 임금의 상에다 긴 수염, 눈썹은 강산(江山)의 정기를 띠었고 배는 불룩하여 천지조화(天地造化)하는 슬기를 간직하였으니, 옛말대로 황하수(黃河水) 다시 맑아 성인이 나셨도다. 면류관·곤룡포에 두 어깨

---

*광한전(廣寒殿)——월궁(月宮)의 전각(殿閣).

에 해와 달을 붙였으니 천상의 *삼광(三光)에 응함이요, 인간의 오복
(五福)을 고루 갖추었더라.

대례(大禮)를 마친 다음 심낭자를 *금덩에 고이 모셔 황극전에 들게
하니 위의와 예절이 거룩하고 화사하다.

이로부터 심황후(沈皇后)의 어진 덕이 천하에 고루 퍼지니, 조정의
문무백관과 각성자사(各省刺史)와 열읍태수(列邑太守)와 억조창생 만
백성이 엎드려 축원하되,

"우리 황후 어진 성덕 만수무강(萬壽無疆)하옵소서."

10

이 즈음 심봉사는 딸을 잃고 실성하여 날마다 탄식할새 봄이 가고
여름 되니 녹음방초도 원망스럽고, 자연을 노래하는 새도 심봉사를
비웃는 듯, 산천은 막막하고 물소리 처량하다. 도화봉 안팎 동리 남녀
노소 모두 안부를 물어 보며 다정한 말 주고받고, 딸과 같이 노던 처
녀 가끔 와서 인사하나 슬픈 마음 겹겹 싸여, 이제라도 딸아이 아장아
장 들어오는 듯, 앞에 앉아 말하는 듯 무리무리 착한 일과 공경하던
말소리를 한때라도 못 견디고 반때라도 못 견디겠거늘, 출천대효 딸
을 잃고 목석같이 살았으니 이런 팔자 또 있을까? 이렇듯이 눈물지
으며 허송세월 하더라.

인간에 있어 가장 절실한 정은 천륜(天倫)이라. 심황후는 귀한 몸이
되었으나, 앞 못 보는 부친 생각이 무시로 솟아올라 홀로 앉아 근심과
탄식하는 날이 많았더라.

"불쌍하신 우리 부친, 살았을까? 돌아가셨을까? 몽운사 부처님이
영험하니 그 동안에 눈을 떠서 정처없이 다니실까?"

이럴 즈음 천자께서 내전(內殿)에 들어와 황후를 보시니, 두 눈에
눈물이 어려 있고 얼굴에 수심이 가득하기에 천자께서 물으시되,

---

*삼광(三光)——해·달·별을 일컫는 말.
*금덩——귀부인이 타던 가마.

"황후는 무슨 근심이 있기로 미간에 수심이 가득하니 어인 일이오?"

황후가 꿇어앉으며 나직이 여쭈기를,

"신첩(臣妾)은 본디 용궁인(龍宮人)이 아니오라, 황주 도화동에 사옵는 심학규의 딸이온데, 첩의 부친이 앞을 보지 못하는지라 철천지한(徹天之恨)되옵더니, 몽운사 부처님께 공양미 삼백 석을 향안(香案)에 시주하면 감은 눈을 뜬다 하옵기로, 워낙 가세 빈궁하여 판출할 길 전혀 없기로, 부득이 남경장사 선인들께 이 몸이 제물로 팔려 인당수에 빠졌나이다. 하늘이 굽어 살피사 용왕의 덕을 입고 인간계로 생환하여 몸은 귀히 됐사오나, 천지인간 병신 중에 소경이 제일 불쌍하니 각별히 통촉하옵시와 온 천하에 신칙(申飭)하사 맹인 불러 사찬(賜饌)하옵시면 첩의 천륜을 찾을 수 있을까 하오며, 또한 이는 국가의 태평함을 기리는 경사가 아니겠나이까?"

황제가 크게 감동하여 칭찬하시되,

"황후는 과연 여중대효(女中大孝)로다!"

황제는 즉시 근신을 불러들여 연유를 하교하시며 '금월 말일 황성에서 맹인연(盲人宴)을 베풀지라'는 칙지를 선포하니, 각 도와 각 현(縣)에서는 다시 곳곳마다 거리마다 이를 게시하여 널리 알리며 일변 모든 맹인들로 하여금 상경토록 주선하더라.

그 중에 병든 소경은 약을 먹여 조리시킨 연후에야 황성으로 올려보내고, 그 중에도 부유한 자, 빠지려고 이리 저리 청을 넣다 영문으로 들어가면 볼기 맞고 올라가고, 젊은 맹인 늙은 소경 일시에 상경한다.

그러나 심봉사는 어디 갔기로, 이 경사를 모르던고? 이 무렵에 심학규는, 몽운사(夢雲寺) 부처님의 영험(靈驗)이 없었는 듯, 딸 잃고 눈도 뜨지 못한지라, 아직도 심봉사는 소경 신세 그대로다. 눈만 못 떴을 뿐 아니라, 출천대효 딸자식을 잃었으니 살림살이 말 아니며 세월 따라 고생만 짙어 간다.

도화동 사람들은 당초의 남경장사 부탁도 있었기에, 죽은 곽씨부인

올 생각하든지 심청이의 간곡한 정성을 생각하여서라도 심봉사를 위해서는 마음을 극진하게 써 가며 돕는 터이라, 성인들이 맡긴 전곡(錢穀)을 착실히 보살펴서 이식(利息)을 늘려 주니 심봉사는 의식 걱정 별로 없이 형세가 차츰 늘어 가더라.

이때 마침 이 동네에 뺑덕어미라는 계집이 있어 행실이 괴악하거늘, 심봉사의 가세가 넉넉함을 알고 자원하여 시집 오니, 심봉사 좋아라고 같이 살며 즐기는데, 이 계집의 버릇은 말 못할 인중지말(人中之末)이었다.

그렇듯 어두운 중에서도 심봉사를 더욱 고생되게 가세를 결딴내는데, 쌀을 주고 엿 사먹기, 벼를 주고 고기 사기, 잡곡 팔아 돈을 받고, 술집에서 술 먹기와, 이웃집에 밥 붙이기, 빈 담뱃대 손에 들고 보는 대로 담배 청키, 이웃집을 욕 잘하고, 동무들과 쌈 잘 하고, 정자 밑에 낮잠 자기, 술 취하면 오밤중에 긴 목 놓고 울어대기, 동네 남자 유인하기, 일년 삼백육십 일을 입 잠시 안 놀리면 병이 나고, 가장집물(家藏什物)은 골고루 돌아가며 홍시연시 빨아먹듯 홀딱 없이 하였으되, 심봉사는 여러 해를 홀아비로 지낸 터라, 그래도 실가지락(室家之樂)을 보는지라 삯 받고 관가일 하듯 하니, 뺑덕어미 마음먹기를 형세를 털어먹다 이삼 일 양식만 남겨 놓고 도망갈 작정으로 '유월 가마귀 곯은 수박 파먹듯' 불쌍한 심봉사의 재물을 주야로 퍽퍽 푹푹 마구 파던 참이었다.

하루는 심봉사가 뺑덕어미를 불러 놓고,

"여보오 뺑덕이네, 우리 형세가 매우 착실하였거늘 이제 남은 살림이 얼마 아니 된다 하니, 자칫하면 내가 도로 빌어먹기 십상팔구라. 차라리 그럴진대 타관에 가 빌어먹세. 여기서는 부끄럽고 남의 책망 어려우니, 이사하면 어떠한가?"

"매사를 가장(家長)이 하라는 대로 하오리다."

"당연한 말이로세. 동리 사람 남에게 빚이나 없나?"

"내가 줄 것 조금 있소."

"얼마나 되나?"

174

"뒷동네 높은 주막에 해장술값이 마흔 냥."
심봉사는 어이없어 하는 말이,
"잘 먹었다, 또 어디?"
"저 건너 불똥이 조카님에게 엿값으로 서른 냥."
"잘 먹었다, 또?"
"안 촌 가서 담뱃값이 쉰 냥."
"허허 참 잘 먹었네!"
"기름장사한테 스무 냥."
"기름은 무엇했나?"
"머리 기름 했지."
심봉사가 기가 막히고 하도 어이없기에,
"실상 얼마 아니 되네."
"고까짓 것 무엇이 많소?"
한동안을 이렇듯이 주고받더니, 심봉사는 그 재물로 말미암아 불현듯 죽은 딸의 생각이 뼈가 녹듯이 간절한지라, 미친 듯, 취한 듯이 홀로 밖에 뛰쳐나와 딸이 가던 길을 찾아 강변에 다다르매, 외로이 둑에 앉아 딸을 불러 우는 말이,
"내 딸 청아! 너는 어찌 못 오느냐? 인당수 깊은 물에 죽은 네가 황천 가서 모친을 뵈옵거든 모녀간의 넋이라도 나를 어서 잡아 가라!"
이렇듯이 눈물을 하염없이 흘릴 적에 관가에서 나온 차사 '심봉사가 강가에서 울고 있다'는 말을 듣자 득달같이 달려가서,
"여보 봉사! 관가에서 원님이 부르시니 어서 바삐 가봅시다."
심봉사는 관가라는 말에 펄쩍 뛰며,
"나는 아무 죄도 없소!"
"황성에서 맹인님네 불러 올려 벼슬 주고, 집에 돈을 많이 준다 하니 어서 급히 관가님께 가봅시다."
심봉사는 관차(官差)를 따라 관가로 들어가니, 관가에서 분부하기를,

"황성에서 맹인잔치 한다 하니 어서 급히 상경하렷다."

심봉사 대답하되,

"옷 없고 노자 없어 황성 천리 못 가겠소."

관가에서도 이미 심봉사의 형세를 알고 있는지라, 노자를 내어 주고 옷도 한 벌 내어 주며 어서 바삐 올라가라 하니, 심봉사 별수 없이 돌아가서 마누라를 찾는다.

"뺑덕이네."

뺑덕어미 지레짐작으로, 심봉사가 홧김에 물귀신이 된 줄 알고,

"흥! 남은 살림 내 차지라."

이렇듯 은근히 좋아하며 이것 저것 속셈으로 꼽아 보다 득달같이 나타나는 심봉사에 질겁하며 대답하되,

"네? 네!"

"여보 마누라, 오늘 관가에 갔더니 황성서 맹인잔치를 한다고 날더러 가라 하기로 내 갔다 올 터이니, 집안 잘 살피고 나 오기를 기다리소."

"여필종부(女必從夫)라니 가군 가는 데를 내 아니 가리까? 나도 따라가겠소."

"자네 말이 하도 고마우니, 우리 같이 떠나 볼까? 건넛마을 김장자한테 돈 삼백 냥 맡겼으니, 그 돈 중에 오십 냥을 찾아 가지고 가세."

"에그 봉사님, 딴 소리 하네! 그 돈 삼백 냥 벌써 찾아, 이 달의 살구값으로 다 없앴소."

심봉사는 기가 막혀 눈을 희번덕이며,

"삼백 냥 찾아 온 지 며칠 아니 되어 살구값으로 다 없앴단 말이야?"

"고까짓 돈 삼백 냥을 썼다고 그같이 노여워하나?"

"네 말하는 꼴 들어 본즉 귀덕이네 집에 맡긴 돈을 또 썼겠구나."

뺑덕어미 또한 대답하기를,

"옳지, 그 돈 백 냥 찾아서는 떡값에 팥죽값으로 벌써 다 썼소."

심봉사 더욱 기가 막힌지라, 언성을 높이면서,

"애고 이 몹쓸년아! 출천대효 내 딸 청이가 인당수로 마지막길 떠나갈 제, 사후의 신세라도 의탁하라 주고 간 돈 네 년이 무엇이기로 막중한 그 돈을 떡값에 살구값에 팥죽값으로 다 녹였단 말이냐?"

"그러면 어찌하오? 먹고 싶은 것 아니 먹을 수 있소?"

뺑덕어미 살망을 피우더니, 다시 하는 말이,

"어쩐 일인지 지난 달에 몸구실〔月經〕을 거르더니 신 것만 구미에 당기고 밥은 아주 먹기 싫구려."

그래도 어리석은 사나이라, 심봉사는 이 말 듣고 반기면서 하는 말이,

"여보게, 그러면 태기가 있나 보군! 그러하나 신 것을 그렇게 많이 먹고 애를 낳으면 그놈의 자식 시큰둥하여 쓰겠나? 핫핫하…….남녀간에 하나만 낳으소, 그건 그러려니와 서울구경도 할 겸 황성잔치 같이 가세."

11

이렇듯이 지껄이며 행장을 차리는데, 심봉사의 차림새가 또한 볼만하였다. 제주산(濟州産) 갓양태, 굵은 베로 중처막에 무명전대 둘러띠고, 노수 돈보에 싸서 어깨 너머 둘러메고 소상반죽(瀟湘斑竹) 지팡이를 왼손에다 거머쥐고 뺑덕어미 앞세우고 심봉사 뒤를 따라 황성으로 올라간다.

한 곳에 다다라서 주막에서 자노라니 그 근방의 황봉사라 부르는 소경이, 뺑덕어미 잡것이라 하는 소문 인근읍에 자자하기에 한 번 만나기를 원한지라, 뺑덕이네 으레 그곳을 지나갈 줄 미리 알고, 그 주인과 의논하여 뺑덕어미를 꾀어내니, 뺑덕어미 생각하되,

"심봉사를 따라나서 황성잔치 간다 해도 눈 뜬 계집이야 참례도 못할 테요, 집으로 가자 한들 외상값에 졸릴 테니 집에 가도 살 수 없은즉, 황봉사를 따라가면 일신도 편안하고 살구는 잘 먹을 것이니

　　황봉사를 따라 가리라."
하고, 심봉사의 노자행장까지 훔쳐내어 오밤중에 도망을 하였더라.
　　불쌍한 심봉사는 아무 기미 모르고서 식전에 일어나며 이르기를,
　　"여보소 뺑덕어미, 어서 가세! 무슨 잠을 그리 자나."
하며 재촉한들, 수십리나 달아난 계집이 대답이 있을 리 만무하다.
　　"여보오 마누라?"
　　아무리 불러대도 대답이 없는지라, 심봉사 마음에 괴이쩍어 머리맡
을 더듬은즉, 행장노자 넣어 둔 전대 온데 간데 없어졌다. 그제야 달
아난 줄 깨달으며,
　　"애고 이 계집이 도망갔나?"
　　심봉사 정신이 아득하여 탄식한다.
　　"여보게 뺑덕이네, 나를 두고 어디 갔나? 나하고 같이 가세, 마누
　　라! 나를 두고 어디 갔나? 황성 천리 먼 길을 누구하고 동행하며
　　누굴 믿고 갈 것인가? 뺑덕이네, 나를 두고 어디 갔소? 애고 애고
　　내 일이야!"
　　이렇듯이 한동안을 탄식하다 다시 고쳐 마음먹되,
　　"아서라! 그 잡년을 믿는다면 내가 잡놈이 될 터이다. 현철하던 곽
　　씨부인 죽는 양도 보았으며, 출천대효 내 딸 청과 생이별도 하였거
　　늘, 그 망할년 다시 생각하면 내가 또한 잡놈이 된다! 다시는 그년
　　일을 입밖에도 아니 내게 하리라."
하더니만, 그래도 정들었다고 그 잡년을 못 잊으며,
　　"애고, 뺑덕어미."
　　소리 질러 부르면서 그 주막을 떠나더라.
　　외로운 나그네로 그렁저렁 가노라니, 때는 바로 오뉴월 더운 때라
무더위는 불 같은데, 비지땀 흘리면서 한 곳에 당도하니 희맑은 시냇
가에 멱감는 아이들이 저희끼리 재담(才談)하며 물소리를 내는지라,
심봉사 하는 말이,
　　"애라, 나도 목욕이나 하겠노라."
　　고의 적삼 활활 벗고 시냇물에 들어앉아 목욕을 한참 하고, 물가로

나오면서 옷을 찾아 더듬은즉 심봉사보다 더 궁한 도둑놈이 집어 들고 달아났다.

심봉사 하도 기가 막힌지라,

"애고, 이 몹쓸 도둑놈아! 하필이면 눈먼 사람 옷을 가져간단 말이냐? 천지인간 병신 중에 나 같은 이 또 있으랴? 일월이 밝았어도 동서를 내 모르니, 더 살아서 무엇하랴? 어서 죽어 황천에 가, 내 딸 청이 고운 얼굴 어루만져 보리로다!"

벌거벗은 심봉사가 불같이 따가운 볕에 땀을 뻘뻘 흘리면서 홀로 앉아 탄식한들 그 뉘라 옷을 주랴?

그럴 즈음 무릉태수(武陵太守) 황성 갔다 오는 길에 벽제소리 요란하다. 심봉사가 벽제소리 반겨 듣고 무릎을 탁 치면서,

"옳다! 저 관원께 생억지나 써 보리라."

벌거벗은 심봉사가 불두덩만 감싸 쥐고,

"아뢰어라! 아뢰어라! *급창(及唱)아 아뢰어라! 황성 가는 봉사로서 *백괄(白恬)차로 아뢰어라."

행차가 머무르더니,

"어디 사는 소경이며, 어찌 옷은 벗었으며, 무슨 말을 하려느뇨?"

심봉사가 여쭈기를,

"네, 소맹(小盲)이 아뢰리다. 소맹은 황주 도화동에 사옵는데, 황성 맹인잔치에 가옵다가 하도 덥기로 이 물가에서 목욕하던 사이에 의복과 행장 일체를 잃었사오니, 세세히 두루 찾아 주사이다."

관장(官長)이 놀랍게 듣고,

"그러하면 네 무엇을 잃었느냐?"

심봉사가 일일이 아뢰니 관장이 분부하기를,

"네 사정은 원통하나 졸지에 찾아내기 어렵기로 옷 한 벌을 줄 터이니 어서 입고 상경하라."

관장이 급창을 부르더니 분부하되,

---

*급창(及唱)──관가(官家)의 종.

*백괄(白恬)──진정(陳情), 즉 실정을 진술함.

"너는 벙거지 써도 탈 없으니, 옷을 벗어 소경 주라. 교군꾼은 수건 쓰고 망건 벗어 소경 주라."

심봉사가 입고 보니 잃은 것보다 나은지라, 백배 사례하고 황성으로 올라갈새 신세자탄하며 올라간다.

"어찌 가노, 어찌 가노? 내 홀로 어찌 가노? 오늘 가다 어디 자며, 내일 가다 어디 잘까? 조자룡(趙子龍)이 강 건너던 청총마(靑聰馬)나 탔으며는 오늘 안에 황성에 가겠거늘, 바싹 마른 내 다리로 몇 날 걸려 황성 갈꼬? 어찌 가노, 어찌 가노? 내 홀로 어찌 가노? 정객관산 노기중(征客關山路幾重)에 관산이 멀다 한들 날랜 군사 가는 길이라, 눈 어둡고 약한 몸이 황성천리 어찌 가리? 어찌 가노, 어찌 가노? 황성을 가건마는 그곳이 무슨 곳인고? 용궁이 거기 아니거늘 우리 딸을 만나 보며, 황천 거기 아니거늘 곽씨부인 만나 보랴, 궁하고 병든 몸이 그곳인들 어찌 갈꼬?"

이렇듯이 자탄하며 물건너고 산넘으며 녹수진경(綠水秦京)이라더니 황성에 다 왔었다.

"거기 가는 이가 심봉사가 아니오? 나 좀 보오!"

심봉사는 고개를 기웃하며 생각기를,

"이 땅에서 나 알 사람 없겠거늘 괴이쩍은 일이로다."

즉시로 대답하고 그 여인을 따라가니 집이 또한 굉장하다. 저녁상을 들이는데 찬수(饌需) 또한 성찬이라. 저녁밥을 먹은 후에 그 여인이 이르기를,

"봉사님 나를 따라 저 방으로 건너갑세다."

"여보 무슨 우환 있소? 나는 눈만 멀었을 뿐 점도 못 치고 경도 못 읽소."

그 여인이 대답하되,

"잔말 말고 내 방으로 갑시다."

심봉사 생각하되,

"애고, 암만 해도 보쌈에 들었나 보다?"

하고, 마지 못하여 안으로 들어가니 어떠한 부인인지 은근히 하는 말

이,

"당신이 심봉사요?"

"그러하오. 어찌 나를 아시오?"

"아는 도리가 있소이다. 내 성은 안씨이며, 십세 전에 안맹하여 여러 해 복술을 익히면서 이십오 세 다 되도록 배필을 아니 얻었음은, 이는 역시 증험하는 바 있기로 출가치 않았더니, 어젯밤에 꿈을 꾼즉 해와 달이 떨어져 보이거늘, 곰곰 생각건대 일월은 사람의 안목(眼目)이라, 내 배필이 나와 같은 소경인 줄 생각하고 또한 일월이 물에 잠기기에 심씨(沈氏)인 줄 알았기로 이토록 모시오니 나와 당신 인연인가 하나이다."

심봉사는 속마음에 흡족하여,

"그 말이 참 좋거니와, 어찌 감히 그렇기를 바라겠소?"

그날 밤에 여맹인과 동침하며 하룻밤을 즐겼더니 몽사가 적이 해괴하다. 이튿날 일어앉자 심봉사가 큰 소리로 걱정하니 여맹인이 묻는 말이,

"우리가 백년을 같이 늙자 하였거늘, 무슨 걱정이 그리 많소?"

"내가 간밤 꿈에, 내 가죽을 벗겨 내어 북을 매어 쳐보이고, 다시 또한 나뭇잎이 떨어지며 뿌리를 다 덮으매 화염이 충천하여 벌떼가 날아드니 이는 필시 죽을 수라!"

여맹인이 한참 동안 생각더니 해몽하여 이르기를,

"그 꿈인즉 대몽이오! 가죽 벗겨 북을 매니, 북소리는 궁성(宮聲)이라 궁성(宮城) 안에 들 것이요, 낙엽져서 귀근(歸根)하니 부자상봉(父子相逢) 있을지니 자식 만나 볼 것이오. 화염이 충천한데 벌떼가 오고감은 몸을 놀려 펄펄 윙윙 뛰었으니 기쁨 보고 춤출 일이 또한 있겠소!"

심봉사 어이없어 탄식만 한다.

"출천대효 내 딸 청이 인당수에 죽었거늘 이제 새삼 어느 자식 상봉할꼬?"

이렇듯이 자탄한 후 안씨맹녀 만류하매 수삼일을 지체하다 기약 없

는 작별하고 심봉사는 다시 홀로 황성길을 떠나니라.

12

심봉사가 겨우 겨우 황성에 당도하니 각 도, 각 읍 각 소경들이 들거니 나거니로 객사마다 들끓느니 소경이란 소경들은 장안에 그득하니, 눈이 상한 사람마저 병신으로 보이렷다. 분부받은 군사들이 푸른 영기(令旗) 둘러메고 골목 골목 두루 돌며 큰 소리로 외치기를,

"각 도, 각 읍 소경님네 맹인잔치 끝막이니 바삐 가서 참례하오."

고성으로 알리며 지나가매, 객사에서 한숨 쉬던 심봉사는 바삐 떠나 대궐로 찾아드니, 수문장이 좌기하고 나날이 오는 소경 점고하여 들이더라.

이때에 심황후는 잇따라 오는 소경들의 거주 성명을 받아 보되, 목을 늘여 고대하는 부친 성명 없는지라 눈물지으며 탄식한다. 삼천 궁녀 시위하니 크게 울지 못하건만 옥난간에 나앉아서 문설주에 옥면(玉面)을 대고 혼잣말로 이르기를,

"불쌍하신 우리 부친 세상에 살으셨나, 죽으셨나? 부처님이 영험하여 그동안에 눈을 떠서 맹인잔치 빠지셨나? 당년 노환(老患)으로 병이 들어 못 오시나? 오시다가 멀고 먼길 노중에서 무슨 낭패 보셨는가? 이 몸이 살아나서 귀히 됨을 아실 리 만무하니 안타깝고 원통토다!"

이렇듯 탄식하는데, 이윽고 모든 소경들이 궁중으로 들어와서 벌여 앉거늘, 말석에 앉은 소경을 유심히 바라보니 머리는 백발이나 귀 밑에 검은 때가 부친이 분명하다.

심황후는 시녀를 불러 분부하되,

"저기 앉은 늙은 소경, 이리로 데려와서 거주 성명을 아뢰게 하라."

심봉사는 더듬더듬 일어나서 시녀를 좇아 조심조심 탑전(榻前)으로 들어가서 원통한 신세 사연을 낱낱이 아뢰는데,

"소맹(小盲)은 본디 황주 도화동에 거주하는 심학규라 하옵는데, 이

십에 안맹하고 사십에 상처하여 강보에 싸인 딸을 동냥젖을 얻어 근근이 키워 내어 십오 세가 되었는데 이름은 심청이요, 효성이 지극하였나이다. 그것이 밥을 빌어 연명하여 살아갈새 몽운사 부처님께 공양미 삼백 석을 지성으로 시주하면 감은 눈을 뜬다기로, 남경 장사 선인들께 공양미를 얻으려고 아주 영영 팔려 가서 인당수에 죽었거늘, 딸만 죽고 눈 못 뜨니 몹쓸놈의 팔자소관 진작 죽자 하옵다가 탑전에서 세세한 연유를 낱낱이 사뢰옵고 죽어 갈 양으로 불원 천리 왔나이다."

하며, *백수풍진(白首風塵) 고루 겪은 두 눈에서 피눈물이 흐르더니,

"애고, 내 딸 청아!"

하고, 심봉사는 엎드려 땅을 치고 통곡함을 마지 않더라.

심황후는 말을 들으시매, 말을 다 마치지도 아니하여 눈에서는 피가 돌고 뼈는 녹는 듯하기에, 부친을 부축하여 일으키며,

"애고, 불쌍한 아버지! 어서 눈을 떠서 나를 보소서."

이 말을 들은 심봉사가 어찌나 반갑던지 두 눈이 번쩍 뜨여, 두 손으로 뜨인 눈을 썩썩 비비며,

"으흐흐! 이게 웬일일꼬? 출천대효 내 딸 청이 살아 있단 말이냐? 내 딸 청이 살았다니 그게 웬말이냐? 내 딸이면 어디 보자!"

하는데, 흰 구름이 자욱하며 청학·백학·난봉(鸞鳳)·공작, 운무 중에 오고 가며 심봉사의 머리 위로 안개마저 서리며, 심봉사의 두 눈이 활짝 뜨이매 천지일월(天地日月) 밝아진다.

심봉사 마음에 흐뭇하나 어찌할 바 모르면서 큰 소리를 지르겠다.

"애고머니! 애고, 어쩐 일로 양쪽 눈이 환하더니 온 세상이 허전코나! 감았던 눈 번쩍 뜨니 천지 일월 반갑도다!"

심봉사는 그제야 눈 뜬 줄을 알아차려 사방으로 둘러보니 형형색색(形形色色) 반갑도다.

어찌나 기쁘던지 심봉사는 와락 달려들어,

"이분이 누구이뇨? 갑자 사월 초파일날 꿈에 보던 얼굴일세. 음성

---

*백수풍진(白首風塵)——늙바탕에 겪는 세상의 어지러움.

은 같다마는 얼굴은 초면일세. 허허 세상 사람들아, *고진감래(苦盡甘來)·*흥진비래(興盡悲來)는 나를 두고 한 말일세! 얼씨구 좋을씨고, 지화자 좋을씨고! 얼씨구 좋을씨고, 지화자 좋을씨고! 어둑컴컴 빈 방안에 불 켠 듯이 반가우며 산양수(山陽藪) 큰 싸움에 조자룡(趙子龍) 본 듯 반갑도다! 어둡던 두 눈 뜨니 황성 대궐이 웬말이며, 궁중을 살펴보매 내 딸 청이 황후라니 이는 천만 뜻밖일세! 창해만리 먼길 떠나 인당수에 죽은 몸이 한 세상에 황후되고, 사십여 년 긴긴 세월 앞 못 보던 내 두 눈을 홀연히 다시 뜨니, 이는 모두 옛글에도 없는 일. 허허 세상 사람들아 이런 말을 들었는가? 얼씨구 좋을씨고, 지화자 좋을씨고! 이런 경사 어디 있나? 칠십 평생 처음일세!"

심황후도 진심으로 기뻐하며 부친 손을 이끄시고 삼천궁녀 옹위하여 내전으로 들어가니 황제 또한 기꺼움을 못 이기며, 소경 아닌 심학규를 부원군(府院君)에 봉하시고 저택이며 전답이며 남녀종을 내리시니라.

뺑덕어미 황봉사는 일시에 잡아 올려 범한 죄 엄벌하고, 도화동 백성들은 호잡역(戶雜役) 제감(除減)하고, 심황후 자라날 때, 젖 먹여 준 부인들께 새집을 지어 주며 상금을 후히 주고, 함께 자란 동무들은 궁중으로 불러들여 황후께서 보옵시고, 승상댁 대부인을 예로써 모셔 품안에서 족자를 내어 황후 앞에 펼쳐 놓으니, 그 족자에 쓰인 글은 심황후의 친필이라, 서로 잡고 일희일비(一喜一悲)하는 마음 족자의 옛얼굴도 눈물지어 보이더라.

심부원군이 선영(先塋)과 곽씨부인 산소에 영분(榮墳)을 한 연후에, 중로에서 인연 맺은 안씨 맹인을 맞아들여, 그에게서 칠십에 생남하고, 심황후의 어진 성덕 천하에 가득하니 만백성들 천세만세를 부르니라. 그리하여 심황후를 본받으니, 효자열녀 곳곳에서 나오더라.

---

*고진감래(苦盡甘來)——고생 끝에 즐거움이 옴.

*흥진비래(興盡悲來)——즐거운 일이 다하면 슬픈 일이 닥침.

薔花紅蓮傳

해동(海東) 조선국 세종대왕 시절에 평안도 철산군(鐵山郡)에 한 사람이 있었으니, 성은 배(裵)요 이름은 무룡(武龍)인데, 본디 향반으로 좌수(座首)를 지냈으며 성품은 순후하고 가산이 유여하여 부러울 것이 없으되, 다만 슬하에 일점 혈육이 없으므로 부부는 매양 슬퍼하더니, 하루는 부인 장씨의 몸이 곤하여 침석을 의지하고 조는 동안 문득 한 선관(仙官)이 하늘에서 내려와 꽃 한 송이를 주기에, 부인이 받으려 할 때 홀연 회오리바람이 일며 그 꽃이 변하여 한 선녀가 되어 **완연히** 부인의 품속으로 들어오는지라, 부인이 놀라 깨어보니 남가일몽(南柯一夢)이라, 부인이 좌수를 청하여 몽사를 이야기하고 괴이쩍게 여기는데, 좌수 이 말을 듣고 가로되,

"우리의 무자함을 하늘이 불쌍히 여기사, 귀자를 점지하심이라."
하며, 서로 기뻐하더라.

과연 그 달부터 태기가 있어 십삭이 차매, 하루는 방에 향기 진동하더니 순산하여 옥녀(玉女)를 낳으니라. 용모와 기질이 특이하여 좌수 부부는 크게 사랑하며, 이름을 장화(薔花)라 하고 장중보옥(掌中宝玉) 같이 여기더라.

장화가 두어 살이 되매 장씨는 또한 태기가 있어 십삭이 되어 가니, 좌수 부부는 주야로 아들 낳기를 바라다가 역시 딸을 낳으니, 마음에는 서운하나 할 수 없이 이름를 홍련(紅蓮)이라 하니라. 장화·홍련의 형제 점점 자라매 얼굴이 화려하고 기질이 기묘할 뿐더러 효행이 **뛰어나니**, 좌수 부처는 형제의 자라감을 보고 사랑함이 비길 데 없던 **중** 너무 숙성함을 매우 염려하더라.

그러던 가운데 한편 시운이 불행하여 장씨는 홀연히 병을 얻어 **자리에** 누우니, 좌수와 장화가 정성을 다하여 주야로 약을 쓰되 증세 **날로** 위중할 뿐이요, 조금도 효험이 없는지라, 장화는 초조하여 하늘에 **축수하여** 모친이 회춘(回春)하기를 바라 마지아니하더라. 이때 **장씨**는 자기의 병이 회춘치 못할 줄을 짐작하고, 딸아이 형제의 손을 잡고 **좌수를** 청하여 슬퍼하며 이르기를,

"**첩이 전생에 죄가 많아 이 세상이 오래지 못하리니 죽기는 섭지 아**

니하나, 장화 형제를 기를 사람이 없사오니 지하에 갈지라도 눈을 감지 못할지라, 슬프다 이제 골수에 맺힌 한을 가슴에 품고 돌아가거니와, 외로운 혼백이라도 바라는 바는 다름이 아니라, 첩이 죽은 후 다시 취처(娶妻)하시면 낭군의 마음이 자연 변하기 쉬울 것이니, 그를 두려워하는지라, 낭군은 첩의 유언을 저버리지 말고 전일의 정의를 생각하시고, 이 두 딸을 불쌍히 여겨 장성한 후 같은 가문에 배필을 얻어 봉황(鳳凰) 짝을 지어 주신다면 첩이 비록 어두운 저승 속에서라도 낭군의 은택을 감축하여, 결초보은(結草報恩)하리이다."

하고, 길이 탄식한 후 인하여 명이 진하매 장화는 동생을 안고 하늘을 우러러 통곡하니, 그 가련한 정경은 철석 같은 간장이라도 서러워하겠더라.

그럭저럭 장일이 다다라 선산에 안장하고 장화는 효심을 다하여 조석으로 상식을 받들며 주야로 과상하더니, 세월이 여류하여 어느덧 삼상이 지나가니, 장화 형제의 망극함은 더욱 새롭더라.

이때 좌수는 비록 망처의 유언을 생각하나, 후사(後嗣)를 아니 돌아볼 수 없는지라, 이에 혼처를 두루 구하되 원하는 자 없으매, 부득이 허씨(許氏)에게로 장가를 드니 그 용모를 말할진대, 두 볼은 한 자가 넘고 눈은 통방울 같고 코는 질병 같고 입은 메기 같고 머리털은 돼지털같고 키는 장승만하고 소리는 이리 소리 같고 허리는 두 아름이나 되는 것이, 게다가 곰배팔이요 수종다리에 쌍언청이를 겸하였고, 그 주둥이를 썰어내면 열 사발은 되겠고 얽기는 콩멍석 같으니, 그 생김새는 차마 바로 보기가 어려운 중에 그 심사가 더욱 불량하여 남의 못 할 노릇은 골라 가며 행하니, 집에 두기 일시가 난감하더라.

그래도 그것이 계집이라고 그 달부터 태기가 있어 연하여 아들 삼형제를 낳으니, 좌수 그로 말미암아 적이 부지하나 매양 딸아이와 더불어 죽은 장부인을 생각하며, 한때라도 두 딸을 못 보면 삼추(三秋) 같이 여기고, 들어오면 먼저 딸의 방으로 들어가 손을 잡고 눈물을 흘리며 말하기를,

"너희들 형제 깊이 규중에 있으면서, 어미 그리워함을 이 늙은 아비
도 매양 슬퍼하노라. "
하며 애연히 여기는지라, 허씨는 그럴수록 시기하는 마음이 대발하여
장화·홍련을 모해하고자 꾀를 생각하더라.

좌수는 또한 허씨가 시기함을 짐작하고 허씨를 불러 크게 꾸짖어
나무라되,

"우리는 본디 빈곤하게 지내왔으나 전처의 재물이 많으므로 지금
넉넉하게 사는 것이니, 그대의 먹는 것이 다 전처의 재물이라. 그
은혜를 생각하면 크게 감동할 바이거늘, 저 여아들을 심히 괴롭게
하니 그 무슨 도리뇨? 다시는 그렇게 하지 말라. "
하고 조용히 타이르나, *시랑 같은 그 마음이 어찌 회과함이 있으리
요.

그후로는 더욱 불측하여 장화 형제를 죽일 뜻을 주야로 생각하더
라.

하루는 좌수가 내당으로 들어와 딸의 방에 앉으며 두 딸을 살펴보
니, 딸 형제가 서로 손을 잡고 슬픔을 머금고 눈물이 옷깃을 적시기
에, 좌수가 이것을 보고 매우 측은히 여겨 탄식하여 이르기를,

"이는 반드시 너희 죽은 모친을 생각하고 슬퍼함이로다. "
하고, 역시 한가지로 눈물을 흘리며 위로하기를,

"너희들이 이렇듯 장성하였으니, 너희 모친이 있었던들 오죽이나
기쁘겠느냐마는 팔자 기구하여 허씨를 만나 구박이 자심하니, 너희
들의 슬퍼함을 짐작하겠노라. 이후에 또 이런 연고가 있으면 내 조
치하여 너희의 마음을 편케 하리라. "
하고 나오니라.

이때에 흉녀가 창틈으로 이 광경을 엿보고 더욱 분노하여 흉계를
생각하다가 문득 깨닫고, 하루는 제 자식 장쇠를 시켜 큰 쥐를 한 마
리 잡아 오라 하여 가만히 튀기어 피를 바르고, 낙태한 핏덩이 모양으
로 만들어 장화가 자는 방에 들어가 이불 밑에 넣고 나와 좌수가 들어

---

*시랑(豺狼)──승냥이와 이리.

오기를 기다려 이것을 보이려 하더라. 잠시 후에 좌수가 외당에서 들어오므로 허씨 좌수를 보고 정색하며 혀를 차는지라, 좌수는 괴이쩍게 여겨 그 연고를 물은즉, 허씨가 하는 말이,

"가중에 불측한 변이 있으나 낭군이 반드시 첩의 모해라 하실 듯하기에 처음에는 발설치 못하였거니와, 낭군은 친어버이라 나면 이르고 들면 반기는 정을 자식들은 전혀 모르고 부정한 일이 많으매, 내 또한 친어미 아닌 고로 짐작만 하고 잠잠하였더니, 오늘은 늦도록 기동치 아니하기에 몸이 불편한가 하여 들어가 보니, 과연 낙태를 하고 누웠다가 첩을 보고 미처 수습지 못하여 황망하기로 첩의 마음에 놀라움이 크나, 저와 나만 알고 있거니와 우리는 대대로 양반이라 이런 일이 누설되면 무슨 면목으로 세상을 살리요?"

하고, 매우 말이 많더라.

좌수는 크게 놀라 이에 부인의 손을 이끌고 딸 아이의 방으로 들어가 이불을 들치고 보니, 이때 장화 형제는 잠이 깊이 들었는지라, 허씨가 그 피묻은 쥐를 가지고 여러 가지로 날뛰거늘 용렬한 좌수는 그 흉계를 모르고 매우 놀라며 이르기를,

"이 일을 장차 어찌하리요?"

하고 애를 쓰니, 이때 흉녀가 하는 말이,

"이 일이 매우 중난하니 이 일을 남이 모르게 죽여 흔적을 없이 하면, 남은 이런 줄은 모르고 첩이 심하여 애매한 전실 자식을 모해하여 죽였다고 할 것이요, 남이 이 일을 알면 부끄러움을 면치 못하리니, 차라리 첩이 먼저 죽어 모르는 것이 나을까 하나이다."

하고 거짓 자결하는 체하니, 저 미련한 좌수는 그 흉계를 모르고 급히 달려들어 붙들고 빌며,

"그대의 진중한 덕은 내 이미 아는 바이니, 빨리 방법을 가르치면 저 아이를 처치하리라."

하며 울거늘, 흉녀는 이 말을 듣고,

'이제는 원을 이룰 때가 왔다.'

하고, 마음에 기꺼워하면서도 겉으로 탄식하여 하는 말이,

“내 죽어 모르고자 하였는데, 낭군이 이토록 과념하시니 부득이 **참**
거니와, 저 아이를 죽이지 아니하면 장차로 문호에 화를 면치 못하
리니, 기세양난(其勢兩難)이나 빨리 처치하여 이 일이 탄로치 않게
하소서.”
하더라.

좌수는 망처(亡妻)의 유언을 생각하고 망극하나, 일변 분노하여 처
치할 묘책을 의논하니, 흉녀가 기뻐하여 말하기를,
“장화를 불러 거짓말로 속여 저희 외삼촌댁에 다녀오라 하고, 장쇠
를 시켜 같이 가다가 뒤 연못에 밀쳐 넣어 죽이는 것이 상책일까 하
나이다.”

좌수는 이 말을 듣고 옳게 여겨, 장쇠를 불러 이리이리 하라는 계교
를 가르치더라.

이때 두 소저는 죽은 어머니를 생각하고 슬픔을 이기지 못하다가,
잠이 깊이 들었으니 어찌 흉녀의 이런 불측함을 알았으리요? 장화는
잠을 깨어 심신이 우울하므로 다소 이상하게 여기며 다시 잠을 이루
지 못하고 일어나 앉았더니, 부친이 부르시기에 장화가 놀라며 즉시
나아가니, 좌수 이르되,
“너희 외삼촌 집이 여기서 멀지 아니하니, 잠깐 다녀오너라.”
하거늘, 장화는 너무도 의외의 영을 들으매, 일변 놀라우며 일변 슬퍼
눈물을 머금고 대답하기를,
“소녀 어미를 여읜 후로 지게문을 나가 보지 아니하여, 외인을 대한
일이 없사온데, 부친은 어찌하여 이 심야에 아지 못하는 길을 가라
하시나이까?”

좌수는 대로하여 꾸짖기를,
“네 오라비 장쇠를 데리고 가라 하였거늘, 무슨 잔말을 하여 아비의
영을 거역하느냐?”
하니, 장화가 이 말을 듣고 방성대곡하여 여쭈기를,
“부친께서 죽으라 하신들 어찌 분부를 거역하겠나이까마는, 야심하
였삽기로 어린 생각에 사정을 아뢸 따름이옵고, 분부 이러하시니

황송하오나 다만 바라옵기는 밤이나 새거든 가게 하옵소서."
하였더니, 좌수 비록 용렬하나 자식의 정을 생각하고 망설이므로 흉녀 이렇듯 수작함을 듣고 갑자기 문을 발길로 박차며 꾸짖어 하는 말이,
"너는 아비의 영을 순순히 따라야 되거늘, 무슨 말을 하여 부명을 어기느냐?"
하고 호령하니, 장화는 이를 보자 더욱 서러우나 할 수 없이 울며 이르기를,
"아버님 분부 이러하시니 다시 여쭐 말씀이 없사오며 분부대로 거행하겠나이다."
하고, 침방으로 들어가 홍련을 불러 손을 잡고 울며 하는 말이,
"부친의 의향을 알지 못하겠으나 무슨 연고가 있는지 이 심야에 외가에 다녀오라 하시니, 마지못하여 가거니와 이 길이 아무리 하여도 불길하다. 시급하여 사정을 못다 하거니와 가장 망극한지라. 다만 슬픈 마음은 우리 형제가 모친을 여의고 서로 의지하여 세월을 보내되 일각이라도 떠남이 없이 지내더니, 천만 의외에 이 길을 당하여 너를 적적한 빈 방에 혼자 두고 갈 일을 생각하면 가슴이 터지고 간장이 타는 이 심사는 청천일장지(靑天一場地)로도 다 기록하지 못할지라 아무쪼록 잘 있거라. 내 길이 좋지 못할 듯하나 만일 순하면 속히 돌아오리니, 그 사이 그리운 생각이 있을지라도 참고 기다리거라. 옷이나 갈아 입고 가리라."
하고, 옷을 갈아 입은 후, 형제는 다시 손을 잡고 울며 아우를 경계하여 일러 두되,
"너는 부친과 계모를 극진히 섬겨 잘못함이 없게 하고 내가 오기를 기다리면, 내가 가서 오랫동안 있지 않고 수삼일에 곧 오려니와, 그 동안 그리워 어찌하며 너를 두고 가는 형의 마음 측량할 길 없으니 너는 슬퍼 말고 부디 잘 있거라."
말을 마치고 대성통곡하며 손을 붙잡고 서로 나누지 못하니, 슬프다! 생시에 그지없이 사랑하던 모친은 어찌 때를 당하여 저 형제의

형상을 굽어 살피지 못하는가? 홍련이 뜻밖의 형의 일장설화(一場說話)를 들으니 간담이 미어지는 듯하여 서로 붙잡고 통곡하니, 그 가련한 정상은 *일필난기(一筆難記)이겠더라.

이에 흉녀가 밖에서 장화의 말을 듣고 들어와, 시랑 같은 소리를 지르며 꾸짖기를,

"네 어찌 이렇듯 요란히 구느냐?"

하고, 장쇠를 불러 이르되,

"네 누이를 데리고 속히 외가에 다녀오라."

하매, 개돼지 같은 장쇠는 바로 염라대왕의 분부나 받은 듯이 소리를 벽력같이 질러 어깨춤을 추며 삼간마루를 떼구루며 하는 말이,

"누님은 바삐 나오소서. 부명을 거역하여 공연히 나를 꾸중듣게 하니 이 아니 원통하오?"

하며, 재촉이 성화 같더라.

장화는 할 수 없이 홍련의 손을 뿌리치고 나오려 한즉, 홍련이 형의 옷자락을 잡고 울부짖기를,

"우리 형제는 일시도 떨어지지 아니하였거늘, 갑자기 오늘은 나를 버리고 어디로 가려 하시느뇨?"

하며 쫓아 나오니, 장화, 홍련의 잔인한 형상을 보매 간장이 마디마디 끊어지는 듯하나, 할 수 없이 홍련을 달래며 이르되,

"내 잠깐 다녀오겠으니 울지 말고 잘 있으라."

하는 소리가 설움에 잠겨 말끝을 맺지 못하니, 노복들도 이 정상을 보고 눈물을 머금더라.

홍련이 형의 치마를 굳이 붙잡고 놓지 아니하거늘, 흉녀가 달려들어 손을 뿌리치며 나무라기를,

"네 형이 외가에 가거늘 네 어찌 이처럼 요사스럽게 구느냐?"

하며 꾸짖으니, 홍련이 할 수 없이 물러서니 흉녀 장쇠에게 넌지시 눈짓하며 장쇠의 재촉이 성화 같으니, 장화는 마지못해 홍련을 이별하고 부친께 하직하고 말에 올라 통곡하며 가더라.

---

*일필난기(一筆難記)── 한 붓으로 이루 기록할 수 없음.

장쇠 말을 급히 몰고 산골짜기로 들어가 한 곳에 다다르니, 산은 첩첩 천봉(千峯)이요 물은 잔잔 백곡(百曲)이라, 초목이 무성하고 송백(松栢)이 자욱하여, 인적이 적막한데 달빛만 휘영창 밝고 구슬픈 두견 소리 일촌간장을 다 끊어 놓는다. 장화가 굽어보니 송림 속에 한 못이 있으되 크기가 사십여 리요, 그 깊이는 알지 못하겠더라. 한번 보니 정신이 아득하고 물소리만 처량한데, 장쇠 말을 잡고 내리라 하니 장화는 크게 놀라며 큰 소리로 나무라되,

"이곳에 내리라 함은 어쩐 말이냐?"

하니, 장쇠 대답하되,

"누이가 죄를 알 것이니 어찌 물으오? 그대를 외가에 가라 함은 정말이 아니라 그대 실행이 많되, 계모가 착하신 고로 모른 체하시더니 이미 낙태한 일이 나타난 고로, 나로 하여금 남이 모르게 이 못에 넣고 오라 하기로 이에 왔으니 속히 물에 들어가오."

하며 잡아 내리는지라, 장화가 이 말을 들으니 청천벽력이 내리는 듯 넋을 잃고 소리를 지르기를,

"하늘도 야속하오. 이 일이 웬일이오? 무슨 죄로 장화를 내시고, 또 천고에 없는 누명을 씌워 이 깊은 못에 빠져 죽어 속절없이 원혼이 되게 하시는고? 하늘이여 굽어 살피소서. 장화는 세상에 난 후로 문 밖을 모르거늘, 오늘날 애매한 누명을 쓰오니 전생에 죄악이 그렇게 중하느뇨? 우리 모친은 어찌 세상을 버리시고 슬픈 인생을 남겼다가 간악한 사람의 모해를 입어 단번에 나비 죽듯 죽는 것은 섧지 않거니와, 원통한 이 누명은 어느 때나 설원하며 외로운 저 동생은 어찌하느뇨?"

하며 통곡하여 기절하니, 그 정상은 목석간장이라도 서러워하련마는, 저 불측하고 무정한 장쇠놈은 서서 다만 재촉하여 말하기를,

"이 적막한 산중에 밤이 이미 깊었는데, 아무래도 죽을 인생 발악한들 무익하니 바삐 물에 들라."

하매, 장화 정신을 진정하고 일러주되,

"나의 망극한 정지를 들으라. 너와 나는 비록 이복(異腹)이나 아비

골육(骨肉)은 한가지라, 전에 우리를 우애하던 정을 생각하여 **영영 황천**으로 돌아가는 인명을 가련히 여겨 잠깐 말미를 주면, **삼촌집**에도 가고 망모(亡母)의 묘에 가서 하직이나 하고 외로운 홍련을 **부탁**하여 위로하고자 하니, 이는 결단코 내 보존코자 함이 아니라 **밝혀본즉** 계모의 시기 있을 것이요, 살고자 한즉 부명의 거역함이니, 일정한 명대로 하려니와, 바라건대 잠깐 말미를 얻어 다녀와 죽음을 청하노라.”

하며, 비는 소리 애원 측은하건마는, 목석 같은 장쇠놈은 조금도 **측은한** 빛이 없어 마침내 듣지 않고 재촉이 성화 같으니, 장화 더욱 **망극**하여 하늘을 우러러 통곡하여 하는 말이,

“명천(明天)은 이 억울한 사정을 살피소서. 장화의 팔자 기박**하여** 칠 세에 모친을 여의고, 형제 서로 의지하여 서산에 지는 해와 **동녘**에 돋는 달을 대할 때면 간장이 슬퍼지고 후원에 피는 꽃과 섬돌에 나는 풀을 볼 적이면 비감하여 눈물이 비오듯 지내옵는데, 십 년 **후** 계모를 얻으니 성품이 불측하여 구박이 자심하온지라 서러운 간장 슬픈 마음을 이기지 못하오나, 낮이면 부친을 바라고 밤이면 망모를 생각하며 형제 서로 손을 잡고 장장하일(長長夏日)과 긴긴 **추야**(秋夜)를 *장우단탄(長吁短歎)으로 보내옵더니, 궁흉극악한 **계모의** 독수를 벗어나지 못하옵고 오늘날 물에 빠져 죽사오니, 이 장화의 천만애매함을 천지·일월·성신은 바로잡아 주소서. 홍련의 잔인한 인생을 불쌍히 여기사 나 같은 인생을 본받게 마옵소서.”

하고, 장쇠를 돌아보며 이르되,

“나는 이미 누명을 쓰고 죽거니와 저 외로운 홍련을 불쌍히 **여겨 잘** 인도하여, 부모에게 잘못됨이 없게 하고 부모를 모셔 백세 무양(無恙)하기를 바라노라.”

하며, 왼손으로 치마를 걷어잡고 오른손으로 월귀탄을 벗어 들고 신발을 못가에 놓고, 발을 구르며 눈물을 비오듯 흘리고 오던 길을 **향하**여 실성(失性) 통곡하는 말이,

---

*장우단탄(長吁短歎)——긴 한숨과 짧은 탄식.

"불쌍토다, 홍련아! 적막한 깊은 규중에 너 홀로 남았으니 잔인한 네 인생이 누구를 의지하고 살아간단 말이냐. 너를 두고 죽는 나는 쓰라린 이 간장이 굽이굽이 다 녹는다."

말을 마치고 만경창파(萬頃滄波)에 나는 듯이 뛰어드니 진실로 애달프도다. 갑자기 물결이 하늘에 닿으며 찬바람이 일어나고 월광이 무색한데, 산중으로부터 큰 범이 내달아 꾸짖기를,

"네 어미 무도하여 애매한 자식을 모해하여 죽이니 어찌 하늘이 무심하시랴!"

이에 달려들어 장쇠놈의 두 귀와 한 팔 한 다리를 떼어먹고 간데없으니, 장쇠 기절하여 땅에 거꾸러지니, 장화의 탔던 말이 크게 놀라 집으로 돌아가더라.

흉녀는 장쇠를 보내고 밤이 깊도록 아니 오매 매우 이상히 여기는데, 갑자기 장화가 타고 간 말이 소리를 지르고 달려오기에, 흉녀 생각하기를 장화를 죽게 한 줄 알고 내다본즉, 그 말이 온 몸에 땀을 흘리고 들어오되 사람은 없는지라, 흉녀는 크게 놀라 이에 노복을 불러 불을 밝히고 말 오던 자취를 더듬어 찾아가게 하니라.

이윽고 한 곳에 다다라 보니 장쇠가 거꾸러졌기에 놀라 자세히 보니 한 팔 한 다리와 두 귀가 없고, 피를 흘리고 불성인사(不省人事) 되었으니 모두 놀라 어찌할 줄 모르더라.

그러더니 문득 향내가 진동하며 냉풍이 소슬하매 괴이하게 여겨 두루 살피니 향내가 못 가운데서 나더라.

노복이 장쇠를 구하여 오니 그 어미 놀라 즉시 약을 먹이고 상한 곳을 동여 주니, 장쇠 비로소 정신을 차리는지라 흉녀는 크게 기꺼워하며 그 연고를 물은즉, 장쇠가 전후사연을 낱낱이 다 말하매 흉녀는 더욱 원망하여 홍련을 마저 죽이고자 주야로 생각하더라.

이때 좌수는 장쇠의 변을 보아 장화가 애매하게 죽은 줄을 깨닫고 한탄하여 슬퍼하더라.

홍련이 또한 가증사(可憎事)를 전연 모르다가 집안이 소란함을 보고 매우 괴이하게 여겨 계모에게 그 연고를 물으니 흉녀가 말하기를,

 "장쇠는 요괴로운 네 형을 데리고 가다가 길에서 범을 만나 **물려서
병이 중하다.**"
하기에 홍련이 다시 사연을 물은즉, 흉녀는 눈을 흘기며,
 "네 무슨 괴로운 말을 이토록 하느냐?"
하고, 자리를 떨치고 일어나더라.

 홍련이 이렇듯 박대함을 보고 가슴이 터지는 듯하여, 일신이 **떨려
제** 방으로 돌아와 형을 부르며 통곡하다가 어느새 잠이 드니, 비몽사
몽간(非夢似夢間)에 물속에서 장화가 황룡(黃龍)을 타고 북해(北海)로
향하매 홍련이 내달아 물으려 하는데, 장화는 본 체도 아니하는지라
홍련이 울며 묻기를,
 "형님은 어찌 나를 본 체도 아니하시고 혼자 어디로 가시나이까?"
하니, 장화 눈물을 뿌리며 대답하되,
 "이제는 내 몸이 길이 다른지라, 내 옥황(玉皇)께 명을 받아 삼신산
 (三神山)으로 약을 캐러 가니 길이 바쁘기로 정회를 풀지 못하나,
 네 나로 무정하다고 여기지 마라. 내 장차 너를 데려가리라."
하며 수작할 즈음에, 홀연 **장화가** 탄 용이 소리를 지르므로 홍련이 놀
라 깨니, 침상(寢床)의 **한낱 꿈이더라.**

 기운이 서늘하고 **땀이 나서 정신이** 아득한지라, 홍련은 이에 부친
께 이 사연을 말씀하며 **통곡하여** 하는 말이,
 "오늘을 당하여 소녀의 마음이 무엇을 잃은 듯하여 자연히 슬프오
 니 형이 이번에 가서 필경 연고가 있어 사람의 해를 입었나 보옵니
 다."
하고, 실성통곡하니라.

 좌수는 딸아이의 말을 듣고 흉격이 막혀 한 마디 말도 이루지 못하
고 다만 눈물만 흘리므로, 흉녀가 곁에 있다가 갑자기 낯빛을 변하며
나무라되,
 "어린아이가 무슨 군말을 하여 어른의 마음을 무단히 슬프게 하여,
 이렇듯 상심케 하느냐?"
하며 등을 밀어 내치매, 홍련이 울며 **나와** 생각하되,

'내 몽사를 여쭈니 부친은 슬퍼하시며 아무 말도 못하시고, 계모는 낯빛을 바꾸며 이렇듯 구박을 하니, 이는 반드시 이 가운데 무슨 연고가 있도다.'

하며, 그 허실(虛實)을 알고자 하더라.

하루는 흉녀가 나가고 없기에 장쇠를 불러 달래며 장화의 행방을 탐문하니, 장쇠는 감히 속이지 못하여 장화의 전후 사연을 토파하는지라 그제야 홍련이 제 형이 애매하게 죽은 사실을 알고 깜짝 놀라 기절하였다가 겨우 정신을 차려 형을 부르며 외치기를,

"가련할사 형님이여! 불측할사 흉녀로다! 잔인한 우리 형님이여, 이팔 청춘 꽃다운 시절에 망측한 누명을 몸에 싣고 창파에 몸을 던져 천추(千秋) 원혼되었으니, 뼈에 새긴 이 원한을 어찌하여 풀어볼꼬? 참혹할사 우리 형님, 가련한 이 동생을 적막한 공방에 외로이 남겨 두고 어디 가서 아니 오시는가? *구천(九泉)에 돌아가 동생이 그리워서 피눈물 지으실 제 구곡간장(九曲肝腸)이 다 녹았으리로다. 예로부터 오늘에 이르도록 이런 억울하고 원통한 일이 또 어디 있으리요? 밝고 밝은 하늘은 살피소서! 소녀 삼 세에 어미를 잃고 형을 의지하여 지내오는데 이 몸의 죄가 지중하여 모진 목숨이 외로이 남았다가 이런 변을 또 당하니, 형과 같이 더러운 욕을 보지 말고, 차라리 이 내 몸이 일찍 죽어 외로운 혼백이라도 형을 따라 지하에 놀고자 하나이다."

말을 마치니 눈물이 비오듯 하며 정신이 아득한지라, 아무리 형의 죽은 곳을 찾아가고자 하나 규중의 처녀의 몸이라 문 밖 길을 모르니, 어찌 그곳을 능히 찾아가리요? 침식을 모두 끊고 주야로 한탄할 뿐이더라.

하루는 청조 한 마리 날아와서, 온갖 꽃이 만발한 사이로 오락가락 하기에 홍련이 심중에 헤아리되,

"내 형님 죽은 곳을 몰라 주야로 궁금하여 한이 되는데, 저 청조 비록 미물이나 저렇듯 왕래하니 필경 나를 데려가려 온 것이렷다."

---

*구천(九泉)──── 저승.

하며, 슬퍼 정회를 진정치 못하여 좌불안석(坐不安席)하더니, 청조는 간데 없으매 마음이 서운하나 할 수 없더라.

날이 다시 밝으매 홍련이 또 청조가 오기를 기다리나 종시 오지 아니하므로 슬픔을 이기지 못하여 종일 통곡하다가 드디어 날이 저무니, 창을 의지하고 혼자 생각하되,

"이제는 청조가 아니 와도 내 형의 죽은 곳을 찾아가려니와, 이 일을 부친께 말씀하면 못 가게 하실 터이니 이 사연을 기록하여 두고 가리라."

하고, 인하여 지필(紙筆)을 내어 유서를 쓰니 그 글에 아뢰기를,

'슬프다 일찍이 모친을 이별하고 형제가 서로 의지하여 세월을 보내옵더니, 천만 의외에 형이 사람의 불측한 모해를 입어 죄없이 몹쓸 누명을 쓰고 마침내 원혼이 되오니 어찌 슬프며 억울치 않사오리까? 불초녀(不肖女) 홍련은 부친 슬하에 이미 십여 년을 모셨다가 오늘날 가련한 형을 따라가오니 자금 이후로는 부친의 용모를 다시 뵙지 못하며 성음조차 들을 길이 없사오매 이런 일을 생각하니, 눈물이 앞을 가려 흉격이 막히옵는지라, 바라건대 부친은 불초녀를 생각하지 마시고 만수무강하옵소서.'

하였다.

이때는 오경이라 달빛이 뜨락에 가득하고 청풍이 솔솔 불더니, 문득 청조가 날아와 나무에 앉으며 홍련을 보고 반기듯이 지저귀므로 홍련이 이르되,

"네 비록 날짐승이나 우리 형님의 있는 곳을 가르쳐 주고자 왔느냐?"

그 청조가 듣고 응하는 듯한지라 홍련이 다시 이르기를,

"네 만일 나를 가르쳐 주려 왔거든 길을 인도하면 너를 따라 가리라."

하니, 청조는 고개를 조아리며 응하는 듯하기에 홍련이 이르기를,

"그러하면 네 잠깐 머물러 있으라. 함께 가자."

하더니, 유서를 벽에 붙이고 방문을 나오며 일장 통곡하여 하는 말이,

"가련하다. 내 신세여! 이제 이 집을 나가면 언제 다시 이 문전을
　보리요."
하고 청조를 따라 나서니라.
　홍련이 집을 빠져나와 수리를 못 가서 동방이 밝는데, 점점 나아가
니 청산은 중중하고 장송은 울울한데, 백조는 슬피 울어 사람의 심회
를 돋우더라. 청조가 한 못가에서 주저하기에 홍련이 좌우를 살펴보
니, 물 위에 오색 구름이 자욱한 속에서 슬픈 울음 소리가 나며 홍련
을 불러 이르는 말이,
　"너 무슨 죄로 천금같이 귀중한 목숨을 속절없이 이곳에 버리고자
　하느냐? 사람이 한번 죽으면 다시 살지 못하나니, 가련하다. 홍련
　아! 세상 일은 헤아리기 어렵노라. 이런 일 다시 생각지 말고 속히
　돌아가 부모봉양을 극진히 하고, 성현군자(聖賢君子)를 만나 아들
　딸 고루 낳아 기르며 돌아가신 어머님 혼령을 위로하라."
하므로, 홍련이 형의 소리임을 알아듣고 급히 소리를 질러 외치기를,
　"형님은 전생에 무슨 죄로 나를 두고 이곳에 와 외로이 있나이까?
　내 형님을 버리고 혼자 살 길이 없사오니, 한가지로 돌아다니고자
　하나이다."
하고, 또 들으니 공중에서 울음소리가 그치지 아니하고 슬피 울기에,
홍련이 더욱 서러워 정신을 차리지 못하다가 겨우 진정하여 하늘에
절하며 축수하여 하는 말이,
　"비나이다 비나이다! 빙옥(氷玉)같이 맑은 우리 형님 천추에 몹쓸
　누명 설원(雪寃)하여 주옵소서. *황천후토(皇天后土) 이 홍련의 억
　울하고 원통한 한을 밝게 굽어 살피옵소서."
하고, 방성대곡 슬피 우니라.
　이럴 즈음 공중에서 홍련을 부르는 소리에 더욱 비감하여 오른 손
으로 비단치마를 움켜잡고, 나는 듯이 물 속에 뛰어드니 슬프고 애달
프도다. 일광이 무색하고, 그후로는 물 위에 안개 자욱한 속으로 슬피
우는 소리 주야로 연속하여 계모의 모해로 애매하게 죽음을 자세히

---

*황천후토(皇天后土)── 하늘의 신과 땅의 신.

뇌이니, 이는 원근 사람들이 다 알게 함이라.

장화 형제의 애원한 한이 구천(九泉)에 사무쳐 매양 설원코자 하매, 철산부사(鐵山府使)의 *아문(衙門)에 들어가 지원극통한 원정을 아뢰려 하면, 부사가 매양 놀라 기절하여 죽는지라, 철산부사로 오는 사람은 도임한 이튿날이면 죽으므로, 그후로는 부사로 오는 사람이 없어 철산군은 자연히 폐읍이 되었으며, 연년 흉년이 들어 사람이 아사지경에 이르니 백성들이 사방으로 흩어져 한 고을이 텅 비게 되었더라. 이러한 사연으로 여러 번 *장계(狀啓)를 올리니 상이 크게 근심하사 조정에서 논의가 분분한데, 하루는 정동호(鄭東鎬)라 하는 사람이 부사로 가기로 자원하니, 이는 성품이 강직하고 체모(體貌)가 정중한 사람이라 상이 들으시고 인견하여 분부를 내리시되,

"철산읍에 이상한 변이 있어 폐읍이 되었다 하여 매우 염려하던 중, 경이 이제 자원하니 심히 다행하고 아름다우나, 또한 근심이 되니 십분 조심하여 인민을 잘 안돈(安頓)하라."

하시고 철산부사를 제수하시니, 부사 사은하고 물러나와 즉일로 발행하여 고을에 도임하고 이방(吏房)을 불러 물어본 뒤,

"내 들으니 이 고을에 관장(官長)이 도임한 후면 즉시 죽는다고 하니 과연 옳으냐?"

이방이 대답하여 여쭈기를,

"아뢰옵기 황송하오나, 오륙 년 이래로 등내(等內)마다 밤이면 비몽사몽간에 꿈을 깨닫지 못하옵고 죽사오니 그 연고를 알지 못하겠나이다."

하므로, 부사는 듣기를 다하고 분부하되,

"너희들은 밤에 불을 끄되, 잠을 자지 말고 고요히 동정을 살피라."

하니, 이방이 청령(聽令)하고 나아가더라.

이리하여 부사는 객사에 가서 등촉을 밝히고 주역(周易)을 읽는데, 밤이 깊은 후에 홀연히 찬바람이 일며 정신이 아득하여 어찌할 줄을

---

*아문(衙門)——상급 관청(上級官廳), 즉 감영(監營).
*장계(狀啓)——국왕에게 바치는 진정서(陳情書).

모르는데 난데없는 한 미인이 녹의홍상(綠衣紅裳)으로 완연히 들어와 절을 하므로, 부사는 정신을 가다듬어 물어보되,

"너는 어떠한 여자이기로 이 깊은 밤에 무슨 사정을 말하려 하는가?"

그 미인이 고개를 숙이고 몸을 일으켜 다시 절하며 아뢰기를,

"소녀는 이 고을에 사는 배좌수의 딸 홍련이온데, 소녀의 형 장화는 칠 세가 되고, 소녀가 삼 세가 되던 해에 어미를 여의옵고 아비를 의지하여 세상을 보내오던 중, 아비 후처를 얻으니 후처의 성품이 사납고 시기심이 극심하온 중, 공교히 연하여 삼자를 낳으니, 아비 혹하여 계모의 참소를 신청하고 소녀의 형제를 박대함이 자심하였나이다. 소녀 형제는 그래도 어미라 계모 섬기기를 극진히 하였으되 박대와 시기는 날로 심하오니, 이는 다름 아니라 본디 소녀의 죽은 어미 재물이 많으므로 노비가 수백 인이요, 전답이 천여 석이며 보화는 *거재두량(車載斗量)이요, 소녀 형제가 출가하면 재물을 다 가질까 하여 시기심을 품고 소녀 형제를 죽여 재물을 빼앗아 제 자식을 주고자 하며, 주야로 모해할 뜻을 두었나이다. 그리하여 몸소 흉계를 내어 큰 쥐를 튀기어 피를 많이 바르고 낙태한 형상을 만들어 형의 이불 밑에 넣고 아비를 속여 죄를 씌운 후에, 거짓으로 외삼촌 집으로 보낸다 하고 불시에 말을 태워 그 아들 장쇠놈으로 하여금 데려다가 못 가운데 넣어 죽였삽기에, 소녀 이 일을 알고 억울하고 원통하여 스스로 생각하온즉, 소녀 구차히 사옵다가 또 흉계에 빠질까 두려워 마침내 형이 빠져 죽은 못에 빠져 죽었사오니, 죽음은 섧지 않으나 이 불측한 누명을 씻을 길이 없삽기로 더욱 원통하여 등내(等內)마다 원통한 사정을 아뢰고자 하온즉 모두 놀라 죽사와, 뼈에 맺힌 원한을 이루지 못하옵더니, 이제 천행으로 밝으신 사또를 맞아 감히 원통한 원정을 아뢰오니, 사또는 소녀의 슬픈 혼백을 불쌍히 여기사 천추의 원한을 풀어 주시옵고 아울러 형의 누명을 벗겨 주시옵소서."

---

*거재두량(車載斗量)──물건을 수레에 싣고 말로 된다는 뜻으로, 아주 흔함을 비유함.

　말을 맺고 일어나 하직하고 나가기에 부사는 괴이쩍게 여겨 속으로 헤아리되,
　"당초에 이런 일이 있기로 폐읍이 되었도다."
하고, 이튿날 날이 샘을 기다려 동헌(東軒)에 나아가 좌기하고 이방을 불러 물어보기를,
　"이 고을에 배좌수라는 사람이 있느냐?"
　"과연 배좌수 있사외다."
　"좌수 전후취(前後娶)에 자식이 몇이나 있느냐?"
　"두 딸이 일찍이 죽삽고 세 아들이 살아 있나이다."
　"두 딸은 어찌하여 죽었다 하더냐?"
　"남의 일이옵기에 자세히 알지 못하오나, 대강 듣사온즉 장녀는 무슨 죄가 있어 연못에 빠져 죽은 후, 그 동생이 있어 서로 우애(友愛)하므로 주야 통곡하다가 필경 제 형을 좇아 역시 연못에 빠져 죽어 한가지로 원혼이 되어 날마다 못가에 나와 앉아 울며 이르되 '계모의 모해를 입어 죽었다' 하고, 허다한 이야기 늘어놓으므로 행인들이 듣고 눈물을 아니 흘리는 사람이 없다 하더이다."
하기에, 부사 듣기를 다하고 즉시 *관차(官差)를 보고 분부하되,
　"배좌수 부부를 잡아들이라."
하니, 관차는 영을 듣고 삽시간에 잡아들이는지라, 부사는 이에 좌수에게 묻기를,
　"내 들으니 두 딸과 후처의 세 아들이 있다 하니 그러하냐?"
　"그러하외다."
　"다 살아 있는가?"
　"두 딸은 병들어 죽고, 다만 세 아들만 살았나이다."
　"두 딸이 무슨 병으로 죽었는고? 네 바른 대로 아뢰면 죽기를 면하려니와, 그렇지 아니할진대 장하(杖下)에 죽으리라."
　좌수 얼굴이 흙빛이 되어 아무 말도 못하나, 흉녀는 이 말을 듣고 크게 놀라며 아뢰되,

---

*관차(官差)──관아(官衙)에 보내는 아전.

"안전에서 이미 아옵시고 묻삽는 바에, 어찌 일호라도 기망하옴이 있사오리까? 전실에 두 딸이 있어 장성하옵더니, 장녀 실행(失行)하여 잉태하온지라, 장차 누설케 되었삽기에 노복들도 모르게 약을 먹여 낙태하였사오나, 남은 실로 이러한 줄 모르고 계모의 모해인 줄 알 듯하옵기로, 저를 불러 경계하되 '네 죄는 죽어 아깝지 아니하나 너를 죽이면 남이 나의 모해라 알겠기로 짐작하여 죄를 사하나니 차후는 다시 이러한 실행을 말고 마음을 닦도록 하라. 만일 남이 알면 우리 집을 경멸히 여길 것이니, 그러하면 무슨 면목으로 사람을 대하리요?' 하고 경계하여 꾸짖었삽더니, 저도 죄로 알고 스스로 부모 보기를 부끄러워하여 밤에 나가 못에 빠져 죽었삽고, 그 아우 홍련이 또한 제 형의 행실을 본받아 밤을 타서 도주한 지 격년(隔年)이 되었사오나, 그 종적을 모를 뿐 아니오라, 양반의 자식이 실행하여 나갔다고 어찌 찾을 길이 있사오리까? 이러하므로 나타나지 못하였나이다."

부사 듣기를 다하고 물어보되,

"네 말이 그러할진대 낙태한 것을 가져오면 가히 알리라."

흉녀 대답하여 가로되,

"소녀의 골육이 아닌 고로 이런 일을 당할 줄을 알고 그 낙태한 것을 깊이 감추었다가 이에 가져왔나이다."

하고, 즉시 품속에서 내어 바치매, 부사가 본즉 낙태한 것이 분명한지라 이에 분부하되,

"말과 사실이 어긋남이 없으나 죽은 지 오래 되어 분명히 징험이 없으매, 내 다시 생각하여 처치할 것이니 아직 물러가 있으라."

하고 놓아 주었더니, 이날 밤에 홍련의 형제 완연히 부사 앞에 나타나 절하고 여쭈거늘,

"소녀들이 천만 의외에 밝으신 사또를 만나 소녀 형제의 누명을 씻어볼까 하였삽더니, 사또 흉녀의 간특(奸慝)한 꾀에 빠지실 줄 어찌 알았사오리까?"

하며 슬피 울다가, 다시 여쭈거늘,

"일월 같이 밝으신 사또는 깊이 통촉하옵소서. 옛날에 순(舜)임금도 계모의 화를 입었다 하옵거니와, 소녀의 뼈에 사무친 원한은 삼척 동자라도 다 아옵는 바이거늘, 이제 사또 잔악한 계집의 말을 곧이 들으사 깨닫지 못하옵시니 어찌 애달프지 않사오리까? 바라건대 사또는 흉녀를 다시 부르사, 낙태한 것을 올리라 하여 배를 가르고 보시면 반드시 통촉할 바 있사오리니 소녀의 형제를 천만긍측히 여기사 계모의 죄를 밝혀 주옵시고, 소녀의 아비는 본성이 착하여 어두운 탓으로 흉녀 간계에 빠져 흑백을 분별치 못함이오니 십분 용서하여 주시옵기 바라나이다."

말을 마치고 홍련의 형제 일어나 절하고 청학을 타고 반공에 솟아 가므로, 부사는 그들 형제의 말이 신기하고도 분명하매, 자기가 흉녀에게 속은 것을 알고 더욱 분노하여 날이 밝기를 기다려 해가 뜨자 좌기(坐起)를 베풀고, 좌수 부처를 성화같이 잡아들여 다른 말은 묻지 아니하고 그 낙태한 것을 드리라 하여 살펴본즉, 낙태가 아님을 분명히 알겠기에 좌우에 명하여,

"그 낙태한 것을 배를 갈라보라!"

호령이 서릿발 같은지라 좌우 명을 받잡고 칼을 들어 배를 가르니 그 속에 쥐똥이 가득하더라. 허다한 관속(官屬)들이 이를 보고 모두 흉녀의 간교로 알고 저마다 침을 뱉어 꾸짖으며 홍련 형제의 애매한 죽음을 불쌍히 여겨 눈물을 흘리는지라, 부사 이를 보고 대로하여 큰 칼을 씌우고 소리를 높이 꾸짖어 이르되,

"이 간특한 년아, 네 천고의 불측한 죄를 짓고도 방자스럽게 공교한 말로 속이므로 내 생각하는 바 있어 놓아 주었거니와, 이제 또한 무슨 말을 꾸며 변명코자 하느냐? 네 국법을 가볍게 생각하고 못할 짓을 행하여 무죄한 전실 자식을 죽였으니, 그 연고를 바른 대로 아뢰어 형벌의 괴로움을 받지 않도록 하라."

좌수가 이 광경을 보고 애매한 자식의 원통한 죽음을 뉘우치고 뉘우치며 눈물을 흘려 아뢰기를,

"소생의 무지한 죄는 성주(城主)의 처분에 달렸거니와, 비록 *하방

(遐方)의 용렬한 *우맹(愚氓)인들 어찌 사세와 체면을 모를 수 있겠나이까? 전실 장씨는 가장 현숙하더니 불쌍히 죽고 두 딸이 있사오매, 부녀 서로 의지하여 위로하며 세월을 보내오던 중 후사(後嗣)를 아니 보지 못하와 부득이 후처를 얻어 삼자를 낳았기로 가장 기꺼워하였나이다. 하루는 소생이 내당에 들어간즉 흉녀가 문득 발연변색하여 이르기를 '상공이 매양 장화를 세상에 없이 귀엽게 여기더니, 제 행실이 불측하여 낙태하였으니 들어가 보라' 하고, 이불을 들치기에 소생이 놀라 어두운 눈에 본즉 과연 낙태한 것이 적실(適實)하오매, 미련한 소견에 전혀 깨닫지 못하던 중 더욱 전처의 유언을 잊고 흉계에 빠져 죽인 것이 분명하오니, 그 죄 만번 죽어도 아깝지 아니하나이다."

말을 마치고 배좌수가 통곡하니, 부사는 곡성을 그치게 하고, 이어 흉녀를 형틀에 올려 매고 문초를 받으니, 흉녀 매를 이기지 못하여 하는 말이,

"소첩의 친정은 대대로 거족(巨族)이오나 근래에 문중이 쇠잔하고 가세(家勢) 탕진하던 차, 좌수 간청하므로 소첩이 그 후처가 되오니, 전실의 두 딸이 있으되 그 행동거지(行動擧止) 심히 아름답기로 내 자식같이 양육하여 이십에 이르렀나이다. 그러나 차차 제행사 점점 불측하여 백 말에 한 말도 듣지 아니하고 성실치 못한 일이 많으며 원망이 자심하옵기로, 때때로 저희들을 경계하고 개유하여 아무쪼록 사람이 되도록 하였삽더니, 하루는 저희들 형제의 비밀히 하는 말을 우연히 엿듣고 보니, 그 말이 과연 소첩이 매양 염려하던 바와 같이 불측한 일이온지라, 마음에 매우 놀랍고 분하오나, 가부(家父)에게 이른즉 반드시 모해하는 줄로 알겠기로 부득이 가부를 속이고 쥐를 잡아 피를 묻혀 장화의 이불 밑에 넣고 낙태하였다고 하여, 소첩의 자식 장쇠에게 계교를 가르쳐 장화를 유인하여 연못에 넣어 죽였삽더니, 그 아우 홍련이 또한 화를 만날까 두려워 밤을

---

*하방(遐方)──서울에서 먼 시골.

*우맹(愚氓)──어리석은 백성.

타서 도주하였사오니, 법대로 처분을 기다리려니와, 첩의 아들 장쇠는 이 일로 천벌을 입어 이미 병신이 되었사오니 죄를 사하시옵소서."

장쇠 등 삼형제 한가지로 여쭈되,

"소인 등은 다시 아뢸 말씀이 없사오나, 다만 늙은 부모를 대신하여 죽고자 바라옵나이다."

하므로, 부사는 좌수의 처와 장쇠 등의 초사(招辭)를 듣고 일변 **흉녀**의 본뜻을 깨닫고 일변 장화의 형제 원통한 죽음을 불쌍히 여겨 이르기를

"이죄인은 여타자별(與他自別)하니 내 임의로 처치 못하겠노라."

하고 감영에 보장(報狀)하니, 감사(監使) 이 말을 듣고 크게 놀라 이르되,

"이런 일은 고금에 없는 일이라."

하며, 즉시 이 뜻으로 조정에 장계(狀啓)하였더니, 상이 보시고 홍련의 형제를 불쌍히 여기사 하교(下敎)하시기를,

"흉녀의 죄상은 만만불측하니 흉녀는 *능지처참(陵遲處斬)하여 후일을 징계하며, 그 아들 장쇠는 교(絞)하여 죽이고, 장화 형제의 **혼백**을 신원(伸寃)하여 비를 세워 표하여 주고 제 아비는 방송(放送)하라."

하시니, 감사 하교를 받자 그대로 철산부에 관자하니 부사는 즉시 **좌**기를 베풀고 흉녀는 능지처참하여 회시(回示)하고, 아들 장쇠는 교살(絞殺)하고, 좌수는 뜰아래 꿇어앉히고 꾸짖어 이르되,

"네 아무리 현명치 못한들, 그 흉녀의 간계를 깨닫지 못하고 애매**한** 자식을 죽였으니 마땅히 네 죄를 다스릴 것이로되, 홍련 형제의 소원이 있고 또 하교(下敎)도 그러하시기에 네 죄를 특별히 **사하노**라."

좌수 천은(天恩)을 사례하고 두 아들을 거느리고 나가니라.

부사는 몸소 관속을 거느리고 장화 형제 죽은 못에 나아가 물을 치

---

*능지처참(陵遲處斬)——몸을 토막쳐 죽이는 극형(極刑).

고 본즉, 두 소저의 시체가 옥령상에 자는 듯이 누웠으되 얼굴이 조금도 변치 아니하여 산 사람 같은지라, 부사가 보고 괴이쩍게 여겨 관곽(棺槨)을 갖추어 명산을 가려 안장하고 무덤 앞에 석자 길이의 비석을 세웠으니, 그 비석에 새겼으되 '해동 조선국(海東朝鮮國) 평안도 철산군 배무룡의 딸 장화·홍련의 불망비(不忘碑)'라 하였더라.

부사 장사를 마치고 돌아와 정사를 다스리는데, 하루는 부사 몸이 곤하여 침석을 의지하여 졸고 있을 즈음, 문득 장화 형제가 들어와 절을 하고 사례하여 가로되,

"소녀 등은 일월같이 밝으신 사또를 만나 뼈에 사무친 한을 풀고 또 해골까지 거두어 주옵시며 아비의 죄를 용서하여 주옵시니, 그 은혜는 태산이 낮삽고 하해(河海)가 얕으온지라, 어두운 저승길에서라도 결초보은(結草報恩)하오리다. 미구에 관작이 돋아오르리니 두고 보옵소서."

하고 홀연 간데 없기로, 부사가 놀라 깨어보니 침상일몽이라. 몽사를 기록하여 그후 징험하여 보더니 과연 그 달부터 차차 승직하여 통제사(統制使)에 이르니라.

배좌수, 나라의 처분으로 흉녀를 능지하여 두 딸의 원혼을 위로하였으나, 오히려 마음에 쾌함이 없고 오직 두 딸의 애매한 죽음을 슬퍼하여 그 형용이 보이는 듯, 음성이 들리는 듯, 거의 미칠 듯하여지니라. 다시 이 세상에서 부녀지의(父女之義)를 맺어 남은 한을 풀고자 매양 축원하던 중, 더욱 집안에 조석 공양(供養)할 사람조차 없어 마음을 둘 곳이 없으므로 부득이 혼처를 구할새, 향속 윤광호(尹光浩)의 딸에게 장가드니 나이 십팔 세요 용모와 재질(才質)이 비장하고, 성정(性情)이 또한 온순하여 자못 숙녀의 풍도(風度)가 있는지라, 좌수는 크게 기꺼워 금실이 자별하더니, 하루는 좌수 외당에 있어 두 딸의 생각이 간절하며 능히 잠을 이루지 못하고 전전반측(轉轉反側)할 제 장화 형제가 단장을 황홀히 차리고 완연히 들어와 절하며 여쭈기를,

"소녀 팔자 기구하여 모친을 일찍이 여의옵고, 전생업원(前生業冤)으로 모진 계모를 만나 마침내 애매한 누명을 쓰고 부친 슬하를 이

별하니 억울하고 원통함을 이기지 못하여, 이 원정을 옥황상제께
아뢰었더니 상제께서 통촉하시와 이르시기를 '너희 정상이 가긍하
나 이 역시 너희 팔자라, 뉘를 원망하리요? 그러나 너의 아비와 세
상 인연이 미진하였으니, 다시 세상에 나아가 부녀지의를 맺어 서
로 원한을 풀라' 하시고 물러가라 하시니, 그 의향을 알지 못하나
이다."

하기에, 좌수 붙잡고 반길 즈음에 닭소리에 놀라 깨어보니 무엇을 잃
은 듯 여취여광(如醉如狂)하여 심신을 능히 진정치 못하는 듯하더라.

후취 윤씨 또한 일몽을 얻으니, 선녀가 구름으로 내려와 연꽃 두 송
이를 주며 하는 말이,

"이는 장화와 홍련이니 그 애매하게 죽음에 옥제(玉帝)께서 불쌍히
여기사, 부인께 점지하나니 귀히 길러 영화를 보라."

하고 간데 없기에, 윤씨가 깨어보니 꽃송이는 손에 쥐어 있고 향기가
방 안에 가득하므로 매우 괴이하게 여겨 좌수를 청하여 몽사를 전하
며,

"장화·홍련이 어찌 된 사람이나이까?"

하고 물으니, 좌수는 이 말을 듣고 꽃을 본즉 꽃이 넘놀며 반기는 듯
하는지라. 두 딸을 다시 만난 듯하여 눈물을 흘리고 딸의 전후 사연을
말한 후에,

"내 전일에 그러한 몽사가 있더니, 오늘 부인이 또 그런 몽사를 얻
으니 이는 반드시 두 딸이 부인께 태어날 징조인가 보오,"

하고, 서로 기꺼워하며 꽃을 옥병에 꽂아 장 속에 넣어 두고 시시로
대하여 사랑하니, 슬픈 마음이 자연 사라지더라.

윤씨는 그 달부터 태기가 있어 십삭이 되어감에 배가 너무도 드러
나니 쌍태가 분명하니라. 달이 차매 몸이 피곤하여 침상에 의지하였
더니, 이윽고 순산하여 쌍태에 두 딸을 낳는지라, 좌수가 밖에 있다가
급히 들어와 부인을 위로하며 산아를 본즉, 용모와 기질이 옥으로 새
긴 듯 꽃으로 모은 듯, 짝이 없이 아름다워 연꽃과 같은지라, 좌수 부
부는 기꺼워하여 그 꽃을 돌아보니 이미 간데 없더라. 너무도 괴이하

게 여겨 '꽃이 반드시 화하여 여아가 되었도다' 하며 이름을 다시 장화(薔花)·홍련(紅蓮)이라 하고 장중보옥(掌中宝玉)같이 기르더라.

세월이 여류하여 사오 세에 이르니 두 소저 골격이 비상하고 부모를 효성으로 받들더니, 점점 자라서 십오 세에 이르매 덕을 구비하고 재질이 또한 출중하므로, 좌수 부부는 사랑함이 비할 데 없어, 그와 같은 배필(配匹)을 구하고자 매파를 널리 놓았으되 합당한 곳이 없어 매우 근심하더라.

이때 평양에 이연호(李蓮浩)라는 사람이 있어 가산이 누거만(累巨萬) 있으나 다만 슬하에 일점 혈육이 없어 슬퍼하다가, 늦게야 신령(神靈)의 현몽을 얻어 쌍태에 아들 형제를 두었으니, 이름은 윤필(潤弼)·윤석(潤碩)이니라. 이제 나이 십육 세요, 용모가 화려하고 문필이 출중하여 도내(道內)에 딸 둔 사람들이 모두 탐내며 매파를 보내어 청혼함에, 그 부모가 또한 자부를 선택하는데 심상치 않던 차에, 배좌수의 딸 쌍동 형제가 아주 특이함을 듣고 크게 기꺼워 혼인을 청하였더니, 양가가 서로 합의하여 즉시 허락하고 택일하니 때는 추구월 보름께더라.

이때 천하가 태평하고 나라에 경사가 있어 과거를 보일새, 윤필의 형제 과거에 참여하여 장원급제를 한지라. 상이 그 인재를 기특하게 여기사 즉시 한림학사(翰林學士)를 제수하시고, 한림 형제 사은하고 인하여 말미를 청하니 상이 허락하시매, 한림 형제 바로 떠나 집으로 내려오니라. 이공(李公)이 잔치를 베풀고 친척과 *고구(故舊)들을 청하여 즐기니, 본 고을 수령(守令)이 각각 풍악(風樂)과 포진(舖陳)을 보내고 감사와 서윤(庶尹)이 *신래(新來)를 기리며 잔을 나누어 치하하니, 가문의 영화는 고금에 드물겠더라.

이러구러 혼일을 당하여 한림 형제 위의(威儀)를 갖추고 풍악을 울리며 혼가(婚家)에 이르러, 예를 마치고 신부를 맞아 돌아와 시부모께 보이니, 그 아름다운 태도는 가위 한쌍의 명주(明珠)요 두 낱의 박옥

---

*고구(故舊)──사귄 지 오래된 친구.
*신래(新來)──과거(科擧)에 급제하여 새로 임관(任官)된 사람.

(璞玉)이라, 부모들은 기꺼움을 측량치 못하더라.

이리하여 신부 형제는 구고를 효성으로 받들고 군자를 승순하며, 장화는 이남 일녀를 낳으니, 장자는 문관으로 공경재상(公卿宰相)이 되고, 차자는 무관으로 대장을 하여 모두 귀히 되고, 홍련은 역시 두 아들을 두어 장자는 벼슬이 정남에 이르고, 차자는 학행(學行)이 높아 산속에 숨어 풍월로 벗을 삼고 거문고와 서책을 즐기더라. 이러하므로 배좌수는 구십이 되어 나라에서 특별히 좌찬성(左贊成)을 제수하시니 이것으로 여년을 마치고, 윤씨 또한 세상을 버리니 장화 형제 친모나 다름없이 슬퍼하더라.

한림 형제도 부모가 돌아가시고 형제가 한 집에 동거하여 자손을 거느리고 지내더니, 장화 형제는 칠십삼 세에 죽고, 한림 형제는 칠십오 세에 죽으니, 그 자손들이 아들딸을 갖춰 낳고 복록을 누리더라.

玉娘子傳

　명나라 *만력황제(萬曆皇帝)가 등극하였을 무렵에 조선국 함경도 고원(高原) 땅에 한 사람이 있었으니 성은 이씨요, 이름은 춘발(春發)이라 일컫더라. 대대로 가산이 넉넉하고 빛났으나 다만 슬하에 자녀가 없는지라 매양 슬퍼하더라.

　하루는 그의 부인이 꿈을 꾸었는데 금강산의 부처님이 나타나 이르기를,

　"그대에게 자식 없음을 불쌍히 여겨 내 자식 하나를 점지할 터인즉 귀히 키워서 장차 문호를 빛내도록 하라."

하기에, 부인이 백배사례하다가 놀라 깨니 남가일몽(南柯一夢)이라.

　부인은 즉시 가군(家君)을 불러들여 꿈 이야기를 자세히 아뢰고는 서로 기뻐함을 마지아니하더니, 과연 그 달부터 태기가 있어 열 달이 차매 옥동자를 낳게 되었더라.

　춘발이 매우 기뻐 서두르며 시비를 재촉하여 향탕에 씻겨 뉘고, 자세히 들여다본즉 몸집이 매우 크고 얼굴은 관옥 같은데 벌써 사람을 알아보는 듯하더라. 이어서 이름을 시업(時業)이라 하고 자를 몽석(夢石)이라 지어 부르니라.

　시업은 차차 자라남에 따라 골격이 비범할 뿐더러 기운이 장사인지라. 불과 팔 세에 능히 백 근 무게를 움직이어 그 힘이 비길 데 없으매, 부모들은 아들의 사람됨이 다름을 짐작하여 깊은 산으로 보내어 글을 배우게 할새, 경계하여 일러주기를,

　"옛날 성인께서 말씀하시되, '나무를 잘 자라게 함은 장인(匠人)에게 달려 있고, 사람이 잘 되기는 시서(詩書)에 달려 있다' 하셨으니, 네 정성을 다하여 공부를 하여라. 그리고 우리 생전에 네가 벼슬에 올라 입신양명(立身揚名)하여 더욱더 가문을 빛내고 영화를 누리도록 하라."

　시업이 부모의 말씀을 명심하고, 산중으로 들어가 학식이 높은 스승을 찾아서 글을 배울새, 한 자를 배우면 능히 열 자를 깨달아 총명하기 이를 데 없는지라, 스승이 극히 사랑하여 많은 것을 가르쳐주더

＊만력황제(萬曆皇帝)——신종(神宗).

라. 이리하여 수학한 지 수년 만에 시업이 집으로 돌아오니, 그의 부모는 사랑하는 외아들을 여러 해 그리던 차에 이제 학업을 마치고 돌아온지라 그 반가워함은 이루 형언키 어렵더라.

이 때 시업의 나이 십육 세에 이른지라, 부인이 가군께 아뢰기를,

"시업의 나이 이미 장성하였으니 저와 같은 배필을 구하여 원앙의 노님을 보심이 마땅하오니, 가군께서는 바삐 요조한 숙녀를 널리 구하소서."

춘발이 대답하되,

"나의 뜻이 또한 그와 같으나, 시업의 짝이 될 만한 규수를 구하기가 쉽지 못할까 염려되오."

그로부터 춘발 내외는 매파를 각처로 보내어 현숙한 처자를 구하더라.

이 무렵 영흥(永興) 땅에 김좌수(金座首)라 하는 사람이 있었으니, 가세가 부요하고 이름이 원근에까지 유명하나 일찍부터 슬하에 자식이 없어 평생을 서러워하더니, 하루는 그의 부인이 한 꿈을 얻되, 한 선녀가 하늘에서 내려와 절하고 하는 말이,

"소첩은 천상 옥녀궁의 시녀옵는데 옥황상제(玉皇上帝)께 죄를 입어 인간계로 내치시기로 장차 이 몸을 부인께 의탁코자 하오니, 바라옵건대 부인께서는 불쌍히 여기소서."

하고, 품 안으로 들기에, 놀라 깬즉 한낱 꿈이더라.

즉시 좌수를 깨워 꿈 이야기를 말하니, 좌수가 이를 듣고 해몽하기를,

"하늘이 도우사 우리에게 자식 없음을 불쌍히 여겨 귀한 자식을 점지하시려 함이오."

하매 부부가 서로 기뻐하더니 과연 잉태하여 십삭이 되매, 아들 낳기를 조석으로 축수하여 마지않더라.

하루는 오색 구름이 집을 감싸고 향기가 진동하더니, 드디어 부인이 순산하여 옥녀를 낳으니라. 좌수와 부인이 사내 자식이 아니므로 적이 섭섭히 여기나, 아이 낳는 것이 처음인지라 역시 신기하게 여기

며 자세히 보니, 인물이 빼어나고 재덕(才德)이 외모에 나타나기로,
좌수 매우 기꺼워하며 이름을 옥랑(玉娘)이라 지어주니라.

옥랑이 자라 나이 십육세에 이르매 엄전한 몸가짐과 고운 얼굴이
세상에 드물며, 온갖 맵시를 고루 갖추었으니 이는 하늘이 내신 절색
이라. 이를테면 홍련화(紅蓮花)가 아침 이슬에 반개한 듯, 해당화가
봄바람에 날리는 듯하여 진실로 천하의 가인(佳人)이요 숙녀더라.

그러므로 그 부모들은 딸을 매우 사랑하여 되도록 딸과 같은 군자
를 짝으로 삼아서 봉황(鳳凰)의 노님을 보고자 하더라.

하루는 '고원 땅에 사는 이춘발의 아들이 풍채와 학식에 뛰어나 이
세상에 겨눌 사람이 없다' 함을 듣고, 매파를 고원으로 보내어 신랑을
보게 하였더니, 매파가 돌아와 아뢰되,

"소인은 비록 여자이오나 젊어서부터 남자를 보아온 것이 천만 인
을 내리지 아니하온지라, 준수한 호남아를 구경하옴이 적지 않사온
데, 이번에 보고 온 신랑감은 사람됨이 비범하와 마치 천상의 선관
(仙官)이 왕림하온 듯하더이다. 그 선풍도골(仙風道骨)이 비록 옛날
의 반악(潘岳)과 두목지(杜牧之)라도 미치지 못할 듯하오니, 만일
털끝만치라도 거짓이 있사오면 중벌을 당하겠나이다. 엎드려 바라
오니 좌수님은 다시 사람을 보내어 알아보소서."

하므로, 김좌수가 그 말을 듣고 기뻐하여 가로되,

"그대가 무슨 연고로 거짓말을 하리요? 실로 신랑이 훌륭한 듯하
니 다시 사람을 보낼 것이 아니라, 마땅히 내 친히 보고 결정하리
라."

하며, 매파에게 후히 상주고, 그 수고함을 답례하더라.

다음날 김좌수가 길을 떠나 고원에 이르러 이춘발의 집을 찾아 들
어가니, 이 무렵 춘발이 또한 규수를 널리 구하다가 '영흥 땅 김좌수
의 딸 옥랑이 진실로 천상선녀 같다'는 말을 듣고, 장차 중매를 보내
어 가려본 후에 그 말에 틀림이 없다면서 즉시 아들의 혼사를 정하여
재미를 보려 하던 차에, 김좌수가 몸소 찾아왔다 함을 듣고 기꺼움을
이기지 못하여, 즉시 의관을 정제하고 사랑채로 나아가 김좌수를 맞

이하니라.

두 사람이 좌정하고, 초면 인사를 마친 다음에, 춘발이 먼저 말하기를,

"궁벽한 산촌에서 생장하여 타관(他關) 출입이 없는 고로 고성대명(高姓大名)을 듣자온 지 이미 오래되나 한 번도 존안(尊顔)을 대하지 못하와 유감으로 생각하옵던 차에, 존공(尊公)께서 이러한 시골의 한낱 필부를 꺼리지 아니하시고 멀리 왕림하시거늘, 이 사람이 미리 알지 못하와 멀리 영접치 못하였으니 더욱 송구하나이다."

하니, 좌수는 가벼이 허리를 굽혀 사례하고서 대답하기를,

"소생의 천한 나이 육십이라, 기력이 날로 쇠약하여 문전출입도 자주 하지 못하옵는지라, 존공의 *성화(聲華)를 매양 왕래하는 사람들께 익히 듣삽고 한번 뵈어 태산 같은 경의(敬意)를 풀고자 하였으되, 덧없는 생활이 다사하고, 겸하여 기력이 부족하온 소치로 시일을 천연하옵다가, 금일에야 비로소 평생 소회(所懷)를 풀까 하오니 허물치 마소서."

하니, 춘발이 과분한 말씀이라고 못내 칭찬하더라.

이어서 닭을 잡고 백반을 지으며 술을 내어 성의껏 관대하니, 그 친밀한 정의가 죽마고우(竹馬故友)에 못지 않더라. 어느 덧 해는 서산에 저물고, 촌가에는 저녁 연기가 비끼니 석반을 끝내고, 다시 주효를 내어 서로 권하며 밤이 이슥토록 수작하더니, 때가 이미 삼경에 이르매 김좌수가 술을 마시다 잔을 멈추며 하는 말이,

"이 사람이 고향에서 듣사온즉 존공이 말년에 한 아들을 얻으시매 그 선풍도골이 당세의 반악(潘岳)이요, 두목지(杜牧之)라 하오니, 한 번 보기를 원하나이다."

하니, 춘발이 겸사하여 대답하되,

"촌야(村野)의 용렬하고 속된 우리 아이를 어찌 그토록 과도히 칭찬하시오니까? 도리어 부끄러움을 이기지 못하겠나이다. 그러하오나 자식놈이 마침 출타하여 집에 있지 아니하옵기로 존전에 뵙지

─────────

*성화(聲華)─── 세상에 드러난 명성.

못하오니 황공하옵거니와, 명일에는 일찍 돌아올 듯하오니 만나 보실 적에 미거하옴을 용서하시고 가르치심을 바라나이다.”

하니, 김좌수는 과분한 말씀이라고 자주 일컫더라.

뒤이어 주안상을 물리고 두 사람이 자리에 들었더니, 얼마 아니 되어 계명성이 사면에서 일어나며 동녘이 희미하게 밝아오니, 원래 노인들은 소년보다 잠이 없는 고로, 일어나 금침을 밀치고 다시 이야기를 주고받으니 미미한 정화(情話)가 그칠 바 없더라.

활짝 날이 밝아지매 시비가 조반을 아뢰기로, 두 노인이 세수를 마치고 조반상을 내어 먹으려 할 즈음, 갑자기 한 옥인(玉人)이 밖에서 들어오더니 춘발에게 절하고 옆으로 가 공손히 앉기에, 김좌수가 눈을 들어 살펴본즉 과시 천하에 드문 호남이라, 좌수가 젊은 시절부터 경향 각지를 왕래하여 안목이 넓으나 이는 보던 바 처음이라, 한번 보매 정신이 황홀하기로, 뉘 집 자녀인가를 물으려 하는데, 춘발이 그 동자더러 김좌수께 ‘인사 드리라’하면서,

“이 애는 이 사람이 늘그막에 얻은 시업이올시다.”

좌수는 그 말을 듣고 내심에 헤아리되,

‘매파의 말이 과연 헛되지 아니하도다. 천하에 어찌 이러한 호남이 있을 줄을 짐작하였으리요? 이는 진실로 우리 옥랑의 천정배필(天定配匹)이로다’

하고, 황망히 답례하며 묻기를,

“금년에 몇 살이 되느뇨?”

동자 공손히 대답하되,

“십육 세올시다.”

하니, 김좌수가 다시 묻되,

“그간 무슨 공부를 하였느뇨?”

동자는 앉음새를 바로하며 대답하기를,

“천질(天質)이 비록 둔하오나, 밝으신 선생의 열성으로 가르치심을 입사와 *십삼경(十三經)을 대강 배웠나이다.”

---

*십삼경(十三經)——주역, 상서를 비롯하여 논어, 맹자 등 13종의 경서.

하니, 좌수가 그 동자의 거동과 언사가 매우 온공유도(溫恭有道)함을
보고, 춘발을 향하여 크게 치하하여 이르기를,
  "존공은 진실로 다복한 사람이외다. 영윤(令胤)을 저렇듯 준초영오
  (俊超英悟)하게 두시니, 타인의 십자(十子)를 가히 부러워하지 아니
  하시리로다. 이 사람은 전생에 지은 죄 많사와 늦도록 자녀를 두지
  못하고, 내자와 더불어 슬하가 외로움을 항상 슬퍼하였더니, 천지
  신명이 정경을 가긍히 여기사 늦게야 딸 하나를 낳았나이다. 별로
  출중한 용모나 재질이 못되오나, 다만 남한테 빠지지 아니하여 군
  자의 시중을 받듦직하옵기로, 존공이 이 사람을 한미(寒微)하다 여
  기지 않으시거든, 진진하게 좋은 인연을 맺어 양가의 돈목을 길이
  두텁게 하심이 어떠하시뇨? 옛말에도 이르기를 '백발이 되도록 사
  귀어도, 속마음을 주지 아니하면 새로 사귐과 다름이 없고, 설혹
  노상에서 처음 만나더라도, 친숙한 사이가 될 수 있다〔白頭如新傾蓋
  如故〕'하오니, 진실로 지기(志氣)만 상합할진대 교분의 오래고 새로
  움이 없음을 이름이오라, 존공과는 떨어져 사옵기로 죽마의 구교
  (舊交)는 없을지라도, 일야에 간담을 드러내고 깊은 회포를 풀었으
  니, 하룻밤 사이에 사귄 정이 백년지기나 다름없사온즉, 깊이 간청
  하건대 존공은 이 사람의 당돌함을 꾸짖지 마소서."
춘발은 그 말을 듣고 마음 속에 헤아리기를
  '내 일찍이 김규수의 아름다움을 들었는지라, 매자(媒子)를 보내어
  통혼코자 하였거늘, 이제 김좌수가 먼저 발설하니, 이 어찌 하늘이
  정하시는 연분이 아니리요?'
하고는, 물러나 앉으며 대답하되,
  "우리 아이는 별로 쳐들어 말할 것이 없삽거늘, 존공이 과도히 찬양
  하시니 도리어 부끄럽소이다. 더욱이 한문미족(寒門微族)을 더럽다
  아니하시고, 친사돈의 후의를 맺고자 하시니, 감사하기 이를 데 없
  사오나, 스스로 헤아리건대 '오작(烏鵲)이 난봉(鸞鳳)의 짝이 됨이
  아닐까?'하와 매우 부끄럽소이다."
김좌수는 기꺼움을 이기지 못하여 송구히 말하기를,

"이 무슨 말씀이시오? 영윤 같은 서랑(婿郎)을 얻으면 진실로 우리
딸아이가 과복할 터인즉 어찌 황감치 아니하리요?"
하니, 춘발이 과분한 말씀이라 하면서 조반을 끝내더라.

이어서 춘발이 내실로 들어가 부인에게 시업의 혼사를 김좌수(金座
首)의 여식과 더불어 완정함을 말하니, 부인이 이르기를,
"첩 또한 그 여자의 현숙하고 미려하다 함을 들은 지 오래오니, 다
시 무슨 염려를 하오리까?"
하며 매우 기뻐하더라.

김좌수는 수일을 머무르다 회정하기에 이르매, 춘발을 향하여 신랑
의 사주를 청하기에, 춘발이 또한 흔연히 기록하여 주니 좌수가 이를
받으면서,
"피차에 나이 육순(六旬)을 지내었은즉 남은 세월이 멀지 아니하온
지라, 일찍이 원앙같이 노님을 보고자 하오니, 존공은 길일을 속히
가리어 양가의 경사를 마치게 하소서."
하니, 춘발이 쾌히 응낙하기로, 김좌수는 매우 기뻐하며 집으로 돌아
와 택일(擇日)의 기별을 고대하더라.

하루는 고원 이씨댁으로부터 하인이 와, 급히 봉서를 떼어 보니 춘
삼월 십오일로 길일을 정하였으매, 김좌수는 크게 기뻐하며 하인을
대접하여 보내더라.

광음은 유수 같아서 어느덧 혼례일이 멀지 아니하니 혼수(婚需) 범
절은 미리 준비한 바라 다시 장만할 것이 없으나, 원래 김좌수가 궁벽
한 향곡에 살지라도 명성이 원근에 자자한 고로 일가친척과 오래 된
친구들이 모두 모이면 천여 명이 넘는지라, 그럼으로써 음식을 장만
함에 온 식솔이 분주하더라.

한편 이춘발은 혼례일이 며칠 남지 않은지라, *빙폐(聘幣)를 갖추어
영흥 땅을 바라보고 치행하여 가는데 한 곳에 다다르니, 때마침 영흥
의 토호(土豪)가 하인배를 많이 거느리며 근방에 갔다 돌아오는 길이
거늘, 신랑 이시업이 말을 달려 그 앞을 지나치게 되니, 그 토호가 버

---

*빙폐(聘幣)——공경하는 뜻으로 보내는 예물.

력 화를 내며 종인(從人)을 꾸짖어 신랑을 잡아오라 하더라. 이에 신랑의 부친 이춘발이 그 연고를 물은즉 토호의 종인은 불문곡직(不問曲直)하고 달려들어, 무수히 난타하며 질책하는 말이,

　"양반 앞을 무엄하게 말을 달려 업신여기니, 그 죄는 죽여도 아직 남을 터이라, 너희를 잡아다가 법을 알게 하리라!"

하니, 신랑이 그 말을 듣고 분함을 이기지 못하여, 치행을 따르던 이씨댁 종자를 호령하되,

　"저 토호의 하인배들을 모조리 결박하렷다."

　무릇 세력이 맞서는 경우에 대적(對敵)하기가 용이치 못함은 고금이 일반이라. 이러하므로 양편이 서로 구타하더니, 슬프다, 일을 그르치니라. 자고로 일렀으되 '호사다마(好事多魔)'라 하고, 또 일렀으되 '큰 일이 매양 적은 일로부터 일어나니라'하더니, 그 말이 옳았다. 여러 사람이 어지러이 싸우다가 불행하여, 토호의 종자 한 명이 이씨댁 하인에게 맞아 죽은 바 된지라, 토호가 그 광경을 보고 즉시 영흥군에 급보하니, 영흥부사(永興府使)는 장차(將差)를 여러 명 놓아 빨리 범인을 잡아들이게 분부하니라. 그러하나, 죽은 자는 여러 사람들에게 맞아 죽은 것이거늘 어찌 한 사람으로 인하여 그 모든 사람을 죽일 수 있으리요?

　부사의 명으로 여러 명의 장차(將差)들이 나옴을 알린 이가 있는지라, 이때는 이미 많은 사람들이 흩어지고, 다만 이씨 부자와 그들을 염려하는 종인(從人) 수십 명이 남아 있을 따름이더라. 장차들이 몰려와 문초하매, 신랑 이시업은 조금도 두려워하는 빛이 없이 아뢰되,

　"소생은 고원 땅 이춘발의 아들 시업이오며, 영흥 땅 김좌수의 딸과 더불어 이미 정혼한 바 있는 고로 성취(成娶)하기 위하여 길을 차려 오는데, 이 고을 토호가 마침 어디를 갔다 오는 길이었나이다. 그리하여 소생이 말을 재촉하여 지나감을 보고, 그가 나를 당돌하다 하여 종자를 놓아 무죄한 사람들을 욕보이며, 무수히 구타하기로, 소생이 처음에는 그렇지 아니함을 타일렀거늘, 완미한 무리들이 말을 듣지 아니하고 심지어는 소생까지 구타하려 하였나이다. 그러하

옵기로 소생이 연소한 마음에 분함을 참지 못하와 하인들로 하여금 저항케 하였더니, 토호측의 하인 한 명이 변변치 못한 용력을 믿고 여러 사람을 대항타가 불행하여 죽음에 이르렀사오니, 바라옵건대 상공은 자초지종을 밝히 살피소서."

이시업의 공사(供辭)에 귀를 기울이던 부사는 이윽고 하는 말이,

"사정은 비록 그러하나 네가 몸소 하인을 지휘한 바이니, 책임은 우두머리에게 있는 법이라, 네 어찌 죄를 면하리요!"

하고, 옥리(獄吏)에게 분부하되,

"죄인은 살인을 범하였기로 큰 칼을 씌워 하옥케 할지며, 다른 사람들은 모두 놓아 보내도록 하라."

춘발이 이 광경을 목도하매 눈앞이 캄캄한지라. 우러러 하늘을 부르고 아래로 땅을 치며 대성통곡하여 여러 차례 기절하니, 보는 사람이 측은한 정을 금할 수 없더라.

한편 김좌수는 혼인날이 하루가 남았으매, 일가친척과 동리 사람들을 많이 모아 놓고 신랑측의 치행하여 오기를 기다리는데, 갑자기 이 춘발의 집사람이 황망히 당도하여 전후 수말(首末)을 아뢰니, 김좌수는 이 말을 듣고 매우 놀라며 급히 하인을 영흥 읍내로 보내어 사건 전말을 탐지케 하니라. 얼마 후에 되돌아온 하인이 황망히 아뢰기를,

"방금 신랑을 옥중에 가두고 *장계(狀啓)를 올려 치죄(治罪)하려 하옵는다 하오며, 그 근방 사람들의 말을 듣자온즉, 필연 신랑이 대살(代殺)을 면치 못하리라 하더이다."

하니, 좌수를 비롯하여 모인 사람들이 그 말을 듣자, 모두 낯빛을 잃으며, 어찌할 바를 몰라 하더라.

김좌수는 혼인날에 쓰려고 장만하였던 음식을 내어 친척과 친구와 동리 사람들을 먹이고 스스로 슬픔을 이기지 못하더니, 이윽고 방성대곡하며 말하기를,

"우리 두 내외가 늦게야 딸자식 하나를 두게 되었기로, 애지중지 키워내어 이제 저와 같은 배필을 구하여 늘그막의 외로운 회포를 붙

---

*장계(狀啓)——국왕에게 바치는 진정서(陳情書)

일까 하였거늘, 조물(造物)이 시기하고 하늘이 미워하사 이렇듯 참
혹한 화를 당하였구나! 예로부터 이르기를 '살인자는 사(死)라'하
였으니, 신랑이 비록 몸소 죽인 바는 아니로되 책임은 우두머리에
게 있는 법이니, 그 죄를 어찌 모면할 수 있으리요? 장차 꽃 같은
딸아이의 백년청상(百年靑孀)을 차마 어찌 눈뜨고 보리요!"
　이렇듯이 치를 떨며 애통하니, 곁에서 보는 사람이 모두 눈물지며
비감을 이기지 못하더라.
　이때 신부 옥랑은 이 소식을 듣고 취한 듯, 어린 듯 생각에 잠기며
"박명(薄命)하다 이내 팔자여! 낭군의 모습도 보기 전에 천지가
무너지는 듯한 변괴를 당하니, 이런 기박한 신세가 고금에 또 있을
까보냐? 내 비록 잔졸한 여자이나, 이런 변을 당하고도 모르는 체
하고만 있다면 무슨 면목으로 이제 다시 천지를 대하리요? 차라리
내 몸을 빼어서 낭군을 위하여 대신 죽어 가, 황천의 외로운 혼백이
됨을 면하면 이 역시 여자의 떳떳한 길이리라!"
하고는, 즉시 부모 앞에 나아가 여쭈되,
"소녀의 팔자가 기구하여 낭군의 모습도 보기 전에 전생(前生) 차생
(此生)에 생이별을 당하오니 원통하나이다. 소녀의 박명으로 말미
암아 부모님께 잊히지 못할 원액(冤厄)을 끼치오니, 소녀의 불효막
심하옴은 거론할 거리도 못되나이다. 그러하오나 오륜(五倫)의 가
르침에 부부지의(夫婦之義) 또한 중하온지라, 비록 성례(成禮)는 거
행치 못하였으되 부친이 이미 허혼하시고 남의 신물을 받았사오니,
소녀는 이씨 문중의 사람이옵나이다. '고기 그물에 기러기 걸린다
〔漁網鴻離〕'하듯이 난데없는 횡액으로 중죄를 얻어 생사를 판단키
어렵게 되었나이다. 만일에 신명(神明)이 돕지 아니하시고 국법이
지엄하와 황천의 외로운 넋이 되오면, 어찌 원통치 아니하오리까?
그러하오매 소녀의 의향으로는, 낭군의 면목이나 한번 보아 두어,
타일 저승에서 만나더라도 박정하다는 책망을 면하고 싶사오니, 바
라옵건대 부모님은 정상을 불쌍히 여기사 소녀의 소청하는 바를 들
어주소서."

하며, 고운 얼굴에 진주 같은 눈물이 비오듯 하니, 좌수 부처는 그 측은한 전경을 보고 더욱 가슴이 터지는 듯하여 이르기를,

"네 말이 당연하나, 연약한 여자의 몸으로 어찌 무사히 돌아올 수 있겠느뇨? 그러하나 이미 네 마음이 그러할진대 비록 부모라 할지라도 윤리(倫理)를 막기는 불가한즉 네가 마음 먹은 대로 하라."

옥랑은 이같이 부모로부터 허락을 받자 곧 시비로 하여금 주효를 갖추어 말에 싣도록 하고, 신랑에게 입히려고 장만하였던 의복을 내어 자기가 갈아 입고서, 나귀를 타고 태연히 나서니 짐짓 절묘한 소년 남아이더라. 낭자가 영홍 관가를 향하여 길을 재촉하니, 여자가 남복으로 변장함을 누가 알아보리요.

옥랑은 옥문 밖에 당도하자 옥졸을 보고 이르기를,

"일전에 살인을 범하고 갇힌 이시업으로 말하면, 일찍이 나와는 동문수학(同門修學)하였을 뿐더러 죽마고우(竹馬故友)라. 그가 참혹한 일을 저질렀으니 마땅히 중벌을 면치 못할지라, 친구의 정의를 잊기 어렵기로 생전에 한번 만나보고 영이별을 하고자 하거니와, 그대의 소견은 어떠하뇨? 모름지기 사양치 말고 말하여 주기를 바라노라."

옥졸들이 그 소년을 훑어보매, 선풍도골(仙風道骨)이 남아 중의 일색이요, 또한 언사가 온공하며 친구를 염려하는 의리 또한 그러한지라. 소청을 감히 거역지 못하고 허락하니 옥랑은 매우 기뻐하며, 가지고 온 주효를 내어 옥졸들을 먹이니, 뜻하지 않은 음식에 옥졸들이 치사하며 이윽고 옥문을 열어 주니라.

이에 옥랑은 남은 음식을 이끌고 옥중으로 들어갈 적에, 뒤따르는 옥졸에게 일러 두기를,

"나는 명일 돌아갈 것이니 너희는 먼저 나가도록 하라."

하고, 그들을 보낸 연후에 옥중으로 들어가니, 이시업은 낯모르는 소년이 들어오니 무슨 연고인지 모르겠기에 머리를 수그린 채 아무 말이 없더라.

낭자가 이시업의 앞으로 나아가 눈물을 흘리며 말하기를,

"하늘에 측량치 못할 풍운(風雲)이 있고, 사람에게 바라지 않는 재앙이 있는지라, 이렇듯이 흉변을 당하옵시니 무어라 사뢸 말씀이 없나이다. 소제는 형과 더불어 평일의 정의가 타인과는 다르옵는데, 형이 불의에 불측한 화환(禍患)을 당하셨다 하옵기로, 동문수학턴 정의를 생각하여 한잔 술로 형을 위로코자, 위험함을 무릅쓰고 이에 이르렀사오니, 바라옵건대 안심하시고 소제의 정성을 받으소서."

하고는, 문 밖으로 물러나오니라. 시업이 마음 속으로 생각하기를,

"저 소년이 전혀 초면이거늘, 어찌하여 나와 더불어 동문수학의 정의가 있다 하는고? 이는 반드시 무슨 연고가 있음이라. 그러하나 그 사람의 면모를 잠시 보아도 준초한 기상과 절묘한 용모가 나보다 월등하니 세상에 어찌 저렇듯 아름다운 남아가 있을까 보냐? 내가 일찍이 듣기로는 김좌수 딸의 인물이 금세에 절색이라 하더니, 혹시 그 낭자가 나의 대환 당함을 듣고 면모나 한번 보고자 하여 옴이 아닌가도 싶으나, 그 언동이 너무도 씩씩하여 열장부(烈丈夫)의 태도인즉, 연소한 아녀자로서는 어찌 그러할 수가 있으랴?"

곡절을 모르겠기에 여러모로 의심쩍게 여기는데, 이윽고 다시 그 소년이 들어와 이생(李生)을 대하여 마주 앉더니, 느껴 울며 하는 말이,

"첩은 영흥 김좌수의 딸 옥랑이옵나이다. 신수가 기박하여 군자께서 바라지도 않은 화를 당하시니 천지가 아득하오나, 이제 새삼 누구를 원망하오리까? 첩이 비록 배운 바는 없사오되 옛날의 절부정녀(節婦貞女)의 행실을 듣자온즉, 군자를 대신하여 의리를 온전히 하온 자 많사온지라, 첩도 또한 그들을 따르고자 하나이다. 첩이 비록 용렬하오나 일찍이 사모함을 마지아니하였사오니 군자께서 가신즉 첩은 이제 무용의 여자이오라, 첩의 생사가 세상에 관계될 바 없나이다. 그러하오나 군자께는 이씨 문호의 영체(零替)가 달려 있사온즉 그 소중함이 첩에게 견줄 바 아니옵기로, 바라옵건대 군자께서는 첩의 옷을 바꿔 입으시고 나가시오면 첩은 군자를 대신하

여 죽사와도 여한이 없사올 터인즉, 지체치 마시고 곧 나가도록 하소서. 또한 첩이 비밀히 하온 계교가 탄로될까 염려하여, 옥졸들에게는 이미 독한 술과 좋은 고기를 주어 많이 취하게 하였사오니 근심치 말으소서. 만나자 생이별이오라 첩이 군자께 한 말씀을 부탁코자 하옵는데, 군자께서 첩의 말씀대로 하여 주시오면, 첩이 비록 구천(九泉)으로 돌아갈지라도 여한이 없을까 하나이다. 첩의 부모가 노년에 이르도록 자녀를 보지 못하여 주야로 서러워하옵다가 늦게서야 첩을 낳으시매, 비록 용렬한 여자이나 타인의 십자를 부럽다 아니하시고 애지중지하사, 풍한서습(風寒暑濕)에 병이 날까 염려하시며, 일시를 떠나지 아니하시고 십육 세에 이르도록 양육하셨나이다. 고금 천하에 부모 은덕을 모르는 자 어디 있사오리까마는, 첩 같은 사람은 그 은혜 더욱 망극하옵기로 '전생에 무슨 죄악이 심중하였기로 이승에 남자의 몸이 되지 못하고 여자의 몸으로 태어나, 천장지구(天長地久)토록 부모를 봉양치 못하고, 타문에 출가하여 춘풍추월(春風秋月)에 애를 끊으리요'하였삽더니, 이제 와서는 출가하여 정회를 그리는 것보다는 오히려 천백층 더하오니, 이는 조물이 시기하고 하늘이 미워하심이오라, 긴 한숨과 섦은 탄식을 하온들 무슨 얻음이 있사오리까? 엎드려 바라오니, 군자께서는 첩의 죽음을 꺼리지 마시옵고 시시로 왕래하사 첩의 늙은 부모를 위로하여 주소서. 다른 말씀은 더 드릴 것이 없사오니, 잠시도 머뭇거리지 마시고 속히 나가소서."

시엽은 그제야 비로소 김좌수의 딸이 분명함을 알고, 칼머리를 들고 앞으로 다가앉으면서, 낭자의 손을 잡고 길이 탄식하여 이르는 말이,

"규중의 연약하신 낭자가 소생의 죄로 말미암아 천신만고(千辛萬苦)를 겪으시고, 험난한 곳에 들어와 외로운 심회를 위로하시니, 진실로 생사간에 잊기 어렵겠나이다. 낭자가 대신 오나 사람의 목숨이 중하기로 남녀의 구별이 없삽거늘, 어찌 소생의 죄에 낭자가 대신 죽으려 하시뇨? 이는 천만 불가하오니, 그러한 말씀은 다시 이르

지 마시고 빨리 돌아가소서. 만일 타인이 이 기미를 아오면 재앙이
적지 아니할 것이외다. 소생은 이미 스스로 지은 허물이오라, 죽어
도 한할 바 없거니와, 낭자는 무슨 연고로 따라서 대환(大患)을 당
하시리요!"
하니, 옥랑이 이 말을 듣고 정색하며 하는 말이,
"군자의 말씀은 가장 의리에 적당치 못하나이다. 옛글에 일렀으되
'여필종부(女必從夫)'라 하였으니, 첩이 군자를 따라 죽는다 할지라
도 또한 불가함이 없겠거늘, 하물며 군자를 위하여 목숨을 바꿈에
서리요? 이는 만고에 떳떳한 의리오며 당연히 군자께서 용납하실
바이거늘, 들어주시지 아니하시니, 이는 필시 군자께서 천첩을 불
초(不肖)한 사람으로 보시와 능히 의를 이행치 못하리라 여기심이
외다. 첩의 일편단심이 허사로 돌아감이 어찌 가석치 아니하오리
까? 일이 이미 이 지경에 다다랐으니 장차 무슨 면목으로 세상 사
람을 대하리요? 차라리 이곳에서 자결하여 그로써 첩의 진정을 표
하겠나이다."
하고, 말을 마치더니, 품속에 간직하던 칼을 꺼내어 의연히 스스로 목
숨을 끊으려하더라.
　깜짝 놀란 시업이 급히 칼을 빼앗으며 위로하여 타이르되,
"낭자의 말씀이 당연하오나, 내 어찌 내 죄로 낭자더러 차마 대신
죽으라 할 수 있으리요? 소생의 심회가 매우 어지러워 한 마디로
결단키 어려우매 낭자는 잠시 진정하소서."
하나, 옥랑은 다시 재촉하기를,
"일이 급하온지라 어찌 허술히 처하겠나이까? 옥졸들이 만일 술이
깨오면 두 사람이 한가지로 목숨을 보존치 못하올진대, 차라리 한
사람이라도 보전하옴이 낫지 않겠나이까?"
하며 재삼 재촉하는지라, 시업이 내심 생각하기를 '낭자의 언사와 기
상을 보매 비록 몸은 여자일망정 열렬한 남자의 언동이라, 만일 그 말
을 따르지 않을진대 필연 자결할 터이니, 기왕 그러할 바에는 그 말을
시행하였다가 내 다시 좋은 계획을 도모하여 보리라'하고, 낭자의 손

올 잡으며 슬피 탄식하여 이르기를,

"슬프다, 무단히 이 사람의 불민함으로 사지에 빠지게 하니, 신명(神明)이 만일 알음이 있을진대 어찌 이몸을 용서하리요? 그러하나 이제 낭자의 굳은 뜻을 변키 어려운지라 당장은 말씀대로 순종하려니와 이 사람의 마음이 어찌 편안하리요?"

하면서, 통분함을 마지아니하니라.

이에 이르러 옥랑이 낯빛을 고치며 다시 바삐 나가기를 재촉하는지라, 이생은 하는 수 없이 옥랑이 입고 들어온 옷을 바꿔 입고, 자기 목에 씌었던 칼을 벗어 옥랑에게 씌우니, 옥랑의 언사는 비록 남자에 못지 아니하나, 종시 여자의 몸이라, 기질이 약하여 칼의 무게를 이기지 못하더라. 이생이 그 거동을 보매 눈물이 앞을 가리는지라 차마 발길을 돌이키지 못하여 서성거리고, 낭자 또한 비참함을 겨우 억제하나 목이 메어 능히 말을 내지 못하니 이 어찌 슬프다 하지 아니하리요? 그러나 옥졸들이 깨달으면 화를 벗어나지 못하겠기로, 옥랑은 이를 악물며 시업을 밀쳐 나아가게 하니, 그 형상은 초목 금수(禽獸)일지라도 감동하겠더라.

시업이 할 수 없이 돌아서 나오니 여느 때나 다름없이 옥졸이 지켰으나, 처음에 낭자가 들어올 때 있던 옥졸이 아닌고로, 아무리 이생의 얼굴이 낭자와는 다르고 눈물 흔적이 있었으되, 동문수학하던 사이에 생이사별(生離死別)을 당하니, 피차에 슬퍼함이 있음 직한 일이므로 의심치 아니하고 내어보내니, 이생이 낭자의 목소리로 옥졸을 향하여 무수히 치사하고 나가더라. 이생이 한 걸음에 두 번씩 엎드러질 지경이나, 타인이 알까 염려하여 슬픔을 참고 호젓한 산길을 더듬어 돌아올새, 인적이 없는 곳에 이르러 땅에 주저앉더니, 목이 메도록 슬피 통곡하여 멈출 바를 모르더라.

이때 낭자의 종인이 집에 돌아가 좌수께 보이니, 좌수가 묻기를,

"아가씨는 어디 가고 네 홀로 돌아오느냐?"

종인이 대답하기를,

"아가씨는 이러저러 하여, 옥졸을 달래어 옥중으로 들어가시며 말

씀하시기를 내일에나 돌아오신다 하시더이다.”
하기에, 좌수가 심중에 의아하게 여기면서 딸아이가 돌아오기를 고대하더라.

지루한 하룻밤이 지나가고, 밝은 날이 다시 저물도록 옥랑의 자취가 없는지라, 모두들 마음에 놀래어 의혹을 품으며 온 집안이 뒤숭숭한 중에, 부인이 마침내 옥랑의 침방에 들어가 서안(書案)을 살펴 보니, 편지 한 통이 놓여 있기에 괴이쩍게 여겨 들어보니, 겉봉에 썼으되 불효녀 옥랑이라 하였더라.

부인이 매우 놀라며 급히 떼어보니, 그 글에 하였으되,
‘불효녀 옥랑은 백번 절하옵고 부모님 두 분 앞에 아뢰나이다. 사람이 천지간에 살매 오륜(五倫)이 지중하옵고 오륜 가운데 부자유친(父子有親)이 더욱 소중하나, 여자는 남자와 달라서 *삼종지의(三從之義)가 있사오며, 그 중에 부부의 도리를 지킴이 중하나이다. 그러므로 예로부터 열부정녀가 지아비를 위하여 대신 죽은 자 역사에 소연하오니, 소녀 비록 불민하오나 인간의리를 매양 흠모하였거니와, 마음으로만 흠모하옵고 실사가 없사오면 어찌 사람이라 하오리까? 소녀의 팔자 기구하와 군자가 소녀로 인하여 바라지 아니한 재앙을 당하오니, 소녀가 만일 안연히 앉아서 그 죽음을 보오면 부부의 도리는 고사하옵고, 범상한 친구라 할지라도 의리에 있어 어떻다 하오리까? 그러하오매 부자의 천륜(天倫)을 돌아보지 못하옵고 가군(家君)을 위하여 목숨을 대신하려 하오니, 실로 천지가 아득하옵고 일월이 한가지로 어둡는 듯하나이다.

엎드려 바라옵건대 두 분께서는 불효 여식(女息)을 생각지 마시고 천만보중하사 만수무강하소서. 죽사와도 불효한 죄는 천지에 가득하온지라, 이승에서 막대한 불효를, 내생(來生)에서 다시 두 분의 자녀로 태어나서 십육 년이나 키워 주신 은덕의 만분의 일이라도 갚으려 하나이다.’
다시 작은 종이쪽지에 두어줄 글을 써서 부탁하였으되,

---

*삼종지의(三從之義)——여자가 따라야 할 세 가지 도리.

'바라옵나니 소녀가 죽은 뒤에라도 이생(李生)을 후대하여 소녀의 구천혼백(九泉魂魄)을 위로하소서.'

하였기에, 부인이 이 글을 보고 기가 막혀 엎어지며 자빠지며 허둥지둥 좌수를 불러 그 글을 보이고, 땅을 두드리며 통곡하기를,

"이내 몸이 무슨 신수로 늦도록 자녀가 하나도 없어서 서러워하다가, 늘그막에 겨우 한낱 여아를 얻고 남의 십자보다 더 중하게 여겨 손 안의 구슬같이 애중하여 한 때를 떠나지 아니하고 십육 년을 길러내어, 아름다운 배필을 정하여 원앙의 노닐음을 보며 늘그막의 심회를 붙일까 하였더니, 조물이 시기하고 우리 팔자 기구하여 천금 같은 귀한 딸이 비명횡사(非命橫死)를 당하니, 늙은 이내 몸이 다시 누구를 바라고 이 세상에 살아남으리요?"

하며 애통하다가 마침내 기절하고야 말더라.

좌수 또한 가슴이 메어지는 듯하여 부인을 붙들고 한가지로 통곡하다가, 부인이 기절함을 보고 슬픈 중에도 더욱 황망하여, 더운 물을 떠 오게 하여 구완하고 눈물을 닦으며 위로하여 하는 말이,

"옛말에 일렀으되 '적선하는 집에 반드시 경사가 있느니라[積善之家 必有餘慶]'하니, 우리 부처가 평생에 악한 일을 행한 바 없고, 흉년과 추운 겨울에 옷과 밥을 주어 거의 죽게 된 인생을 건져냄이 적지 아니하였기로, 천지신명이 계실진대 어찌 우리로 하여금 무남독녀의 참사를 당하게 하리요? 필연 도우심이 있을지니 부인은 마음을 돌이켜 널리 위로하소서."

부인은 혼미중이라도 좌수의 이 말을 듣고 생각하되,

'내가 만일 너무 애절하다가 자진하면 가군의 마음이 더욱 어떠하리요.'

하고, 슬픈 마음을 억제하며 눈물을 거두고 서로 위로하여 마지아니하더라.

한편 옥랑은 이생을 내어 보내고서, 연약한 여자의 몸으로 홀로 어두운 옥중에 갇혀 있으니 어찌 비창함을 견뎌내리요? 눈물로 날을 보내니, 그 괴로운 정경과 불쌍한 모습은 차마 눈으로 보지 못하겠더

라. 그러하나 가군을 무사히 내보냄을 도리어 막중한 경사로 여기면서, 조금도 괴로움을 개의치 아니하고 태연히 견디니, 그 절행(節行)은 진실로 만고에 빛나겠더라.

또 이시업은 몸을 빼어 집으로 돌아오니, 춘발의 부부가 버선발로 내달으며 붙잡고 묻기를,

"예로부터 '살인자는 사(死)라' 하였거늘, 네 어찌 살아왔느냐? 네 벌써 죽어서 혼백이 왔느냐? 우리 늙은 두 몸이 너 죽은 후에는 다시 바랄 것이 없는지라, 너의 시체를 감장하고 우리 두 늙은 몸이 한곳에 죽으려 하였거늘, 네 어찌 살아왔느뇨? 아무리 생각하여도 참은 아니요, 몽중임이 분명토다!"

하기에, 시업이 여쭈기를,

"소자도 역시 죽기로 자처하고 있삽더니, 의외로 김낭자가 여차여차하여 대신 갇히고 소자를 내어 보내기로 살아왔나이다."

하여, 낭자의 열렬한 언사를 낱낱이 아뢰니, 춘발이 그 말을 듣고 눈물을 흘리며 하늘을 우러러 길게 탄식하여 이르기를,

"아내가 낭군을 위하여 대신 죽은 이 있다 함을 옛글에서만 보았을 따름이요, 이 세상에서는 듣지 못하였거늘, 어찌 우리 가문에 일이 있을 줄을 뜻하였으리요? 우리가 명도(命途)가 기박하여 어진 자부를 거느려 가문을 융숭케 하지 못하고, 죄없이 비명횡사(非命橫死)케 하니, 타일 구천(九泉)에 가 무슨 면목으로 신부를 대하리요? 오호라! 창창하신 하늘은 굽어 살피소서."

하며, 슬퍼함을 마지아니하는지라, 부인도 또한 슬퍼하며 옥랑의 열행(烈行)을 감탄할 따름이더라.

옥랑이 옥에 갇힌 지 수삼일이 지나니, 영흥부사가 좌기(坐起)를 엄숙히 하고 살옥죄인(殺獄罪人)을 잡아 들여 문초할새, 옥랑이 큰 무거움을 이기지 못하여 옥졸에게 부축되어 겨우 들어가니, 보는 사람마다 불쌍하게 여기더라.

부사가 죄인을 살펴보니 전일에 가둔 죄인이 아닌지라, 놀라며 이상히 생각한 부사는 일변 옥졸을 잡아 들여 꿇어앉히고 꾸짖어 이르

기를,

　"살인자는 국법이 지엄하거늘, 네 감히 죄인을 임의로 바꾸었으니
　그 죄는 죽고도 오히려 남음이 있으렷다！"

하며, 사령을 호령하여 형틀에 매어 놓고 벌하며, 간계(奸計)를 자세
히 아뢰라 하니라.

　그러하나 본디 처음에 이시업을 가둘 때 압송하던 옥졸은 갑자기
병이 나서 들어오지 못하고 다른 옥졸이 거행하게 되었으니, 그 진가
(眞假)를 알지 못하였더라. 옥졸들이 천만 뜻밖에 이러한 곤경을 당하
니 어찌할 바를 모르다가 즉시 원통함을 일컬으며 아뢰기를,

　"소인들이 어찌 감히 막중하온 관령(官令)을 받잡고 간사한 죄를 지
　을 수 있겠나이까? 소인들은 저 죄인을 처음 압송하옵던 무리가
　아니온 고로 죄인의 진가를 알지 못하오니 당초에 분부를 받자온
　무리를 잡아들여 문초하옵시면 자초지종이 스스로 밝혀지겠나이
　다.

　　소인들은 실로 억울하오니 명정지하(銘旌之下)에 목숨은 바칠지
　라도 간계를 꾸민 일은 없사온즉 밝히 통촉하소서."

하니, 부사가 그 말을 옳게 여겨 죄인을 처음 압송한 옥리를 잡아들이
라 하니라.

　이때 그 옥리는 신병이 중하여 목숨이 경각에 달렸다 하는지라, 부
사가 매우 노하여 하는 말이,

　"병세가 중함이 아니라, 더할 나위 없는 죄를 지었으매 거짓으로 칭
　병하여 죄를 모면하려 함이니 빨리 잡아들이렷다."

하며, 호령이 추상 같으니, 나졸이 성화같이 재촉하더라.

　기실 그 옥리는 병세가 침중하여 기동을 못할 지경에 이르렀으니
어찌 능히 들어올 수 있으리요마는, 관령이 지엄하니 부득이 들것에
의지하여 들어가게 되니라. 부사가 살펴보매 옥리는 과연 병세가 침
중하여 정신이 혼미하고 숨이 곧 끊어 질 것 같기에 즉시 도로 내어보
내라 하니, 미처 관문을 나가지 못하고 죽는지라, 부사는 후회함을 마
지아니하더라.

이러하여 죄인의 진가를 알지 못하겠기로, 즉시 옥랑을 형틀에 올려매고 노한 음성으로 물어보되,

"너는 어떠한 사람이기로 감히 죄인을 대신하여 갇히었으며, 처음 갇힌 죄인은 어디로 보내었느냐? 사실대로 바로 아뢰되 추호도 은휘치 말렷다!"

하나, 옥랑은 조금도 두려워하는 빛이 없이 태연히 공초(供招)하여 말하되,

"죄인은 본래 본군 김좌수의 딸 옥랑이온데, 고원 땅 이춘발의 아들 시업과 혼인을 맺었삽기로 금월 십오일이 혼례일이오라 친사(親査)를 맺고자 길을 차려 오옵더니 중로에서 불행히도 어망홍리(漁網鴻離)로 뜻밖의 변을 당하와 죽게 되었나이다. 죄첩(罪妾)이 듣자오니 '남자는 여자의 소천이라'하옵기로, 여자의 도리는 타인에게 한번 허락하면 목숨이 다하도록 고치지 아니하는 법이오니, 가군이 실지로 죄를 지어 죽음을 당할지라도 그 의리는 또 따라 죽사옴이 마땅하거늘, 하물며 성문실화(城門失火)로 재앙이 지아비에 미침이오리까? 그러하옵기로 감히 남복으로 갈아 입고 옥리를 속여 대신 갇히고, 가군을 내어보냈사오니, 국법에는 죽을 죄를 지었사오나 죄첩의 의리에는 마땅하온지라 당장 죽사와도 여한이 없사오니, 바라옵건데 속히 형벌을 밝히소서."

이렇듯 낭자의 언사가 매우 씩씩한지라, 부사는 이 말을 듣고 마음 속으로 헤아리되 '이 지방에 왕화(王化)가 멀므로 풍속이 보잘것이 없어 삼강오륜(三綱五倫)을 제대로 아는 자 드물거늘, 어찌 저러한 여자가 있을 줄을 뜻하였으리요? 이는 비록 옛날의 열녀(烈女)라 할지라도 이에서 더할 수는 없을지니, 진실로 아름답고 희한한 일이로다.'

부사는 즉시 사연을 갖추 기록하여 감영(監營)에 장계를 올려 아뢰니, 함경감사가 이 보장(報狀)을 읽어보고 크게 칭찬하기를,

"하방(遐方) 여자로서 어찌 이런 식견이 있을까보냐? 이는 진실로 범상한 여자가 아니리라."

하며, 내당으로 들어가, 부인에게 그 말을 전하면서 무수히 찬양하니,

부인이 또한 칭찬하여 하는 말이,

"여염집 여자로서 어찌 이렇듯 장하리요? 마땅히 일국의 모범이
될 만하오니 어찌 포장(褒獎)치 아니할 수 있겠나이까?"

하니, 감사도 기꺼워하며 이르기를,

"나의 뜻도 또한 그러하오!"

이리하여 감사는 즉시 영흥 고을에 훈령을 내리고, 한편 그 전후사
연을 갖추어 조정에 주달하니라.

이때 임금께서는 문신(文臣)을 입시케 하여 역대의 사기(史記)를 논
의하시고 계시었는데, 승지가 아뢰기를,

"함경감사가 장계를 올리나이다."

하기에, 상이 승지로 하여금 읽게 하시니라.

승지가 소리를 내어 읽으니, 상이 그 사연을 들으시고, 만고에 드문
일이라 칭찬하시며 이르시되,

"근자에 세강속말(世降俗末)되어 비록 사대부의 집이라도 오륜과 삼
강을 능히 알아서 밝히는 바 없더니, 이시업의 지어미 김옥랑이 한
낱 하방(遐方) 여자로서, 더구나 나이 어림에도 불구하고 이렇듯이
절행(節行)이 갸륵하니, 이는 일국은 고사하고 설혹 천하에 공포할
지라도 오히려 마땅하며, 이로 미루어 우리 나라에 예의가 민멸(泯
滅)치 아니함을 천하 사람이 알지니 어찌 아름답지 아니하리요?
시업이 비록 국법을 범하였으되 그 지어미의 아름다운 절행으로써
그 죄를 사하고, 벼슬을 주어 널리 포양(褒揚)하겠노라!"

하시고는, 이시업에게 서반당상(西班堂上)을 주시고, 김옥랑을 정렬
부인(貞烈夫人)으로 봉하시어 즉시 함경감사에게 조서를 내리시니라.

감사는 조서를 받들고 즉시 영흥부로 내려가 김씨를 석방케 하는
한편 위의를 갖추어 조칙(詔勅)을 받게 하고, 김좌수를 불러 그 딸의
교육이 빼어남을 못내 치사하니 좌수는 융숭한 천은에 감격하여 눈물
을 흘리더라. 이윽고 김좌수가 머리를 조아려 사은(謝恩)하고 물러나
오니, 원근에서 이 소식을 듣고 구경코자 연일 무수한 사람들이 줄을
지어 몰려드니, 그 수효는 만인을 내리지 아니하며, 보는 이마다 영화

로 여겨 극구 찬양함을 마지아니하더라.

김좌수가 딸 옥랑을 데리고 집에 돌아가니, 부인이 내달아 손을 잡고는 일희일비(一喜一悲)하여 말머리를 이루지 못하다가, 이윽고 정신을 가라앉히고 이르되,

"다시 너를 보지 못할 줄로 알았더니, 천은이 하해(河海) 같으사 죄를 사하시고 도리어 직첩(職牒)을 봉하시고, 이로 인하여 문호를 빛내게 되었은즉 어찌 기쁘지 아니하리요! 기왕 겪은 일은 지금 생각하면 일장춘몽이로다."

옥랑도 또한 눈물을 거두며 하는 말이,

"이는 하늘이 감동하시고 신명이 도우사, 상께서 넓으신 은덕을 내리심으로 다시 부모를 슬하에서 모시게 되오니, 어찌 천은이 망극지 아니하오리까?"

하며, 옥중에서 지내던 고초를 눈물 어린 목소리로 이야기하더라.

이리하여 어제까지도 가중이 적막하여 가을바람이 소슬히 불어치는 것 같더니, 이제는 울음이 변하여 웃음이 되매, 갑자기 화기(和氣)가 만당한지라, 이웃과 친척과 친지들이 치하함을 마지아니하더라.

한편 이시업은 옥랑의 권함을 못 이기어 대신 갇히게 하고 나오기는 하였으되, 심신이 매우 산란하여 침식이 여일치 못한지라, 하루는 후원에서 배회하며 울적한 회포를 진정코자 하니라. 때는 바로 춘삼월이라 온갖 꽃이 만발하여 향내가 사람에게 덮치고, 아름다운 풀은 땅에 비단자리를 깐 듯하므로 벌과 나비가 쌍쌍이 오가고, 꾀꼬리는 벗을 불러 버들 사이로 날아드니 그 양양자득(揚揚自得)하여 때를 즐김이 무한한 행복을 누리는 것 같더라. 시업은 이윽히 바라보다가 슬픈 감회를 참을 길이 없어, 한숨 쉬며 탄식하되,

"저것들은 한낱 날짐승에 불과하나 때를 따라 쌍거쌍래(雙去雙來)하며, 조금도 거리낌이 없이 즐거이 지내거늘, 나는 무슨 죄로 이러한고? 내 죄에 다른 사람을 죽게 하니 어찌 천지신명이 무심하리요? 반드시 무궁한 죄벌을 당하게 되리라. '천지 만물 가운데 오직 사람이 가장 귀하니라〔天地萬物之中唯人最貴〕'라 하거니와, 나로

말할진대 저 미물만도 못하거늘, 무엇이 귀하다 하리요?"

이생의 생각이 이러하매 자연 심신이 황홀하여 식음(食飮)이 날로 줄어드니, 장차 병이 될 듯한지라, 그는 마음 속으로 헤아리되,

'내가 만일 이러하다가 병을 얻게 되면 부모에게 근심을 끼치게 될지니, 불효의 허물을 어찌 면하리요?'

하고, 억지로 태연스럽게 하고자 하나, 역시 기색이 날로 변하니 춘발의 내외는 근심을 마지아니하여, 천지신명께 조석으로 축수하며 김소저가 살아서 풀려 나오기를 바라더라.

하루는 고원 군수가 이시업을 청하기에 무슨 일인지 알지 못하여 두려움을 품고서, 하리(下吏)를 따라가 관문에 다다르매, 아전이 사또께 아뢴즉 곧 들라 하여 뜰에 내려 정중히 영접하더라. 시업이 황감하여 절하고 고쳐 앉으며 말하기를,

"소생은 치하(治下)의 한낱 백성에 지나지 아니하옵거늘, 어찌 과도하온 예로써 대접하시나이까? 실로 황공하나이다."

하니, 사또는 겸손하게 대답하기를,

"이 무슨 말이시뇨? 과히 사양치 말으시오. 그대 부인의 절행이 지극함을 성상께서 감동하사, 죄를 사하시며 벼슬을 주시어 천하에 공포하시고, 그대에게도 또한 서반당상(西班堂上)의 존귀한 벼슬을 내리신지라, 사실로 말할진대 본관이 몸소 귀댁을 찾아 교지(敎旨)를 전할 것이로되, 마침 신병이 다시 도졌기로 부득이 앉아서 청하게 되니 소홀한 죄를 면키 어렵거늘, 바라건대 용서하시라."

시업이 사또의 말을 들으매 꿈에서 새로 깨어남과도 같은지라, 황공하여 자리를 고쳐 앉으며 대답하기를,

"성은이 하늘 같으사 죽을 죄를 사하시고 다시 벼슬을 내리시오니 어찌 황감치 아니하오리까?"

사또는 아전을 불러 향탁(香卓)을 배설하고, 관복을 내어 시업에게 입히고서 교지를 받게 하니, 시업은 북향하여 사배(四拜)하며 천은을 축사하고 교지를 받들어 받으니라.

이윽고 시업이 집에 돌아가니, 춘발의 내외는 기쁨을 이기지 못하

여 하는 말이,

"이는 상천(上天)이 감동하사 성은을 내리시도다."

하며, 매우 기뻐하더라.

이 무렵 김좌수는 사람을 보내어 기쁜 소식을 전하고, 혼일을 다시 가려 잡아 알리라 하기에, 춘발이 크게 기뻐하여 일관(日官)을 데려다가 다시 택일하니 추팔월 보름날로 나오니라. 그대로 김좌수에게 통지하니, 좌수가 마음은 비록 다급하나 가장 길한 날이 그러하다 하니, 할 수 없이 그 날이 오기를 고대할 따름이더라.

어느덧 찌는 듯한 더위가 물러가고 추풍이 일어 *금정(禁庭) 오동잎이 떨어지고, 옥로(玉露)가 단단하매 하늘이 맑고, 노란 구름이 사교(四郊)에 가득하니 가을철임을 알겠으며, 혼례일이 점점 다가오니 양가에서는 혼수(婚需)를 갖추기에 분주하더라.

이러구러 혼일이 지격(至隔)하매 이생이 다시 길을 차려 영흥으로 올라가니, 이때 영흥부사는 옥랑의 혼인 기별을 듣고 풍악을 앞세우고 나오다가, 신랑을 중로에서 만난지라 한가지로 김좌수의 집으로 들어가니, 그 행차가 매우 찬란하여 인근 사람들이 다투어 구경코자 모여드니 삽시에 인산 인해를 이루었더라.

신랑이 전안지례(奠雁之禮)를 마친 다음 교배석(交拜席)에 들어가니, 신부는 다홍 치마, 초록 적삼에 화관을 쓰고 여러 시녀들의 옹위를 받아 자리에 드니, 그 아리따운 자태는 마치 *서왕모(西王母)가 요지연(瑤池宴)에 내린 것이 아니면, 월궁항아(月宮姮娥)가 *낙포(洛浦)에 내린 것 같더라. 교배례를 파하고 잔치를 베풀어 부사를 비롯하여 여러 빈객을 후히 대접하니, 모두들 입을 모아 좌우의 무궁한 복록을 치하하여 마지아니하더라.

날이 저물어 빈객들이 흩어지매 동방에 화촉을 밝히고 신랑과 신부가 마주 앉으니, 마치 신랑은 공중의 악작(鸑鷟)이요, 신부는 낙포의

---

*금정(禁庭)——관(官) 내의 정원.

*서왕모(西王母)——중국 고대의 선녀.

*낙포(洛浦)——황하의 지류인 낙수의 물.

복비(宓妃)라, 준수한 용모와 화려한 태도가 서로 비치니, 이는 날개를 의지하여 원앙이 금강에서 물결을 희롱함이 아니면, 꼭지가 녹아오른 부용(芙蓉)이 연못에서 이슬을 머금은 듯하더라.

지난 일을 돌이켜 생각하매 슬픈 감회가 엇갈리어 덤덤히 앉아 있더니, 신랑이 먼저 허리를 굽혀보고 하는 말이,

"*만생(晩生)이 우매하여 군자의 행실을 본받지 못하고, 한때의 분함을 못 참아 불측한 대환(大患)을 당하였는데, 그대가 의리를 중히 여겨 규중의 연약한 몸으로 죽음을 대신하여 돌아보지 아니하고, 사지(死地)로 뛰어들어 죽을 목숨을 갇히니, 그 동안의 고생은 차마 상상할 수 없기로 새삼 말할 거리가 없거니와, 만생의 심정이야 어찌 토로하지 않을 수 있으오리까? 그 동안 마음이 불안하고 지나쳐서, 바야흐로 병이 골수에 들어 자칫하면 불효의 허물을 벗어나지 못하게 되었거늘, 천지가 그대의 정성에 감동하시고 신명이 그대의 정절을 굽어 살피시와, 천만 뜻밖에 죽을 죄를 풀려날 뿐더러 무상의 은명(恩命)을 내리사 가문을 빛내고 끊어진 인연을 다시 맺으니, 그대의 은혜는 오히려 태산(泰山)이 가볍고 황하(黃河)가 옅으니 백골난망이라, 장차 무엇으로 그 만분의 일인들 갚으오리까? 만생은 다만 부끄럽고 무안하여 실로 몸둘 곳을 알지 못하나니, 바라건대 이 우매한 사람을 용서하소서."

하니, 옥랑은 낯빛을 바로 하며 대답하되,

"'천지 만물 가운데 오직 사람이 귀하다'하옴은 윤상(倫常)이 있음을 이르옴이라, 만일 그것을 알지 못하오면 나는 새나 기는 짐승과 무엇이 다르오리까? 첩이 불민하오나, 어렸을 때부터 옛날의 절부, 열녀의 아름다운 행실을 본받고자 하였사오니 무엇이 기특한 일이라 할 것이오며, 또 뜻밖의 은명이 내리심은, 성상(聖上)께서 호생지덕(好生之德)이 하늘과 같으사 죽을 목숨을 불쌍히 여겨 특별 용서하심이요, 벼슬을 봉하심은 군자의 넓으신 복록(福祿)의 소치오니 어찌 첩으로 인연함이오리까? 뜻밖에도 군자께서 과도히 칭

---

*만생(晩生)——선배에게 자기를 낮추어 일컫는 말.

찬하시오니 부끄러울 따름이옵니다.”

이생은 옥랑의 언사가 매우 공손하고 경건함을 보고 더욱 더 아내를 경중(敬重)하게 여기며, 밤이 깊으매 원앙의 금침을 헤치고 자리에 드니 그 흡족한 새 정을 능히 어디에 비하리요?

이럭저럭 삼일을 지내니 좌수 부처의 사랑함이야 어찌 다 말할 수 있으리요마는, 딸아이를 떠나보낼 일을 생각하매 슬픔이 새로이 일어나는지라, 김좌수는 한숨 쉬며 탄식하기를,

“우리 연광(年光)이 육십이 넘었으니, 장차 누구를 의지하여 여생을 보내느뇨?”

하며, 슬픔을 이기지 못하니, 그 정상이 실로 가긍하더라.

그러하나 여필종부(女必從夫)라, 이미 혼인을 마쳤거늘 어찌 시가로 보내지 않을 수 있으리요? 삼일을 치르매 신랑 신부는 위의를 갖추고 고원 땅으로 떠나니라.

이춘발의 내외가 폐백(幣帛)을 받고 신부를 자세히 살펴보니 아리땁고도 그윽한 태도가 월등한지라, 진실로 아들과는 천정배필(天定配匹)이요, 아울러 덕행과 의리를 따름이 옛사람을 압도하니 그 기뻐함을 어찌 다 비길 데 있으리요, 큰 잔치를 베풀어 이웃과 친척들을 모으고 크게 즐기니 치하하며 부러워하는 말이 그치지 아니하더라.

춘발이 새로 맞은 자부를 대하여 이르되,

“우매한 자식이 작은 일을 참지 못하고 대환을 당한 고로 할 수 없어 천명만 기다렸더니, 현부(賢婦)의 뛰어난 의리로 인하여 자식이 죽을 죄를 벗어나고 무상한 천은을 입어 문호가 빛나니, 현부의 절행(節行)을 뉘 아니 칭송하겠느뇨? 현부는 비단 나의 며느리가 될 뿐 아니라, 우리 집의 은인(恩人)을 겸하였으니 장차 무엇으로 이 신세를 갚겠느뇨?”

하니, 신부 옥랑은 옷섶을 다시 여미며 물러 앉아 여쭈기를,

“가군이 저간에 재앙을 입었음은 오로지 첩의 죄악이 많았던 탓이옵는데, 시부모님의 넓으신 복으로 위태함을 벗어났삽고, 첩에게도 또한 죽음을 사하셨으니 무엇을 첩의 공이라 하겠나이까? 의외로

칭찬하심을 받자오니 황공할 따름이옵니다."

춘발의 부부 이 말을 들으니 더욱 기특한 생각이 들어, 한결같이 며느리를 아끼며 사랑하여 마지아니하더라.

옥랑은 이로부터 시부모를 지성으로 효양하고 친척들과 화목하며 비복들을 인의(仁義)로써 부리니, 이웃과 친척들의 송성(頌聲)이 자자하고 비복들도 우러러 순종하더라.

그러하나 옥랑이 집을 떠나 부모의 슬하를 멀리한 지 오래매, 항상 부모의 외로움을 염려하기에 이생이 그 정경을 가긍히 여겨서, 이웃에 집 한 채를 새로 이룩하고, 좌수를 청하여 옮겨 살게 하니, 좌수는 애중히 여기던 딸을 멀리 보내고, 마음을 붙일 곳이 없어 슬퍼하다가 마침 서랑의 간청함을 듣고 즉시 고원 땅으로 반이(搬移)하더라. 옥랑은 매우 기뻐하며 두 집 사이에 협문을 만들고 주야로 오가며 시부모와 친부모를 두루 효양하더라.

하루는 이생이 옥랑에게 이르기를,

"장인 장모 생전에는 그대가 효심을 다하여 봉양하나, 백세 후에 세상을 버리시면 김씨의 조상 향화(香火)를 누구한테 맡기겠느뇨? 만생(晚生)의 생각에는 가까운 일가 중에서 어진 사람을 가리어 장차로 장인 장모의 후사를 받들도록 양자로 삼음이 좋을 듯하오."

이 말을 듣자 옥랑은 탄식하며 대답하되,

"그러한 것을 생각지 못함은 아니오나, 집안이 원래 외롭고 단출하여 도움을 받을 만한 친척이 없삽고, 또 부모의 일정하신 의향이 '양자라는 것은 외양뿐이요, 별로이 쓸모가 없는 법이라'하시옵는 고로 지금껏 말씀을 드리지 못하였나이다."

하니, 이생이 다시 이르기를,

"실상은 그러할지라도, 조상의 향화야 어찌 돌아보지 아니하리요? 한번 말씀을 사뢰어 타인의 비평을 면하시게 하오."

옥랑은 낭군의 말을 옳게 여겨, 하루는 조용히 좌수 부처에게 이생의 말씀을 아뢰니, 좌수 다소 슬픈 심정으로 하는 말이,

"우리 두 내외는 팔자가 기구하여 아들 하나 두지를 못하였으니, 이

제 새삼 양자를 들여 본들 무슨 보람이 있겠느뇨? 만약에 사람됨
이 여의치 못할진대 도리어 화근이 되겠기로 지금껏 생심치도 아니
하였노라."

하기에, 옥랑이 다시 여쭈기를,

"그러하오나 인륜(人倫)이야 어찌 폐하오리까? 듣자오니 구촌(九
寸)의 아들 정희가 나이는 비록 어리나, 공부에 열심하고 천질(天
質)이 명민하며 부모께 효행(孝行)이 있다 하옵는데 무릇 '효도는
백행(百行)의 근본이라'하오니 효행이 있사오면 다른 행실은 다시
말씀할 것이 없사온즉, 정희를 양자로 데려다가 후사를 받들게 하
심이 좋을까 하나이다."

딸의 말을 옳게 여긴 김좌수는 고향인 영흥으로 나아가 정희의 아
비를 보고 솔양(率養)할 뜻을 밝히니, 정희 아비는 본디 좌수의 덕행
을 추앙하던 터이라 조금도 의려치 아니하고 한마디로 허락하니라.
좌수가 매우 기꺼워하며 정희를 데리고 고원으로 내려오니, 부인과
옥랑이 한가지로 기뻐하며 친아들과 동기같이 사랑하니, 이때 정희의
나이 십사 세더라. 그의 나이 비록 어리나 일찍부터 학업에 잠심(潛
心)하고 아울러 총명하고 영리하매, 배워서 깨달음이 뛰어나, 좌수 부
처를 친부모같이 효성으로 모시며, 옥랑을 장형(長兄)과 친누이로서
받드니 좌수부처는 더욱 사랑함을 마지아니하더라.

어느덧 세월이 흐르고 해가 바뀌니, 이때에 사해(四海)가 태평하고
조정에 일이 없으며 우순풍조(雨順風調)하고 가급인족(家給人足)하여
곳곳에서 격양가(擊壤歌)를 부르더라. 이럴 즈음 나라에서 태평과(太
平科)를 베풀어 어진 선비를 가려내고자 각도 각읍에 조서(詔書)를 내
리시니, 옥랑은 과거의 기별을 듣고 이르기를,

"첩이 듣자오니 나라에서 태평과를 보이신다 하오니, 군자께서 세
상에 태어나 어려서 *오경(五經)을 다스리시고, 백 가지 서적에 통
효하옴은 그 뜻이 장차 벼슬길에 올라 입신양명(立身揚名)하고 성군
을 도와 만민을 밝게 다스려 은택(恩澤)이 사해에 덮이고, 이름이

---

*오경(五經)——시전(詩傳), 서전(書傳), 주역(周易), 예기(禮記), 춘추(春秋).

240

*죽백(竹帛)에 남아서 부모께 영화로움을 보이시고, 아름다운 이름을 누리게 하려 하심일지니, 이제 군자께서 서울에 올라가 월계의 첫째 가지를 꺾으시어 머리에 어사화(御賜花)를 꽂고, 몸에 청포(靑袍)를 입고, 손에 옥홀(玉笏)을 잡고 돌아오신다면 어찌 사람으로서 상쾌한 일이 아니겠나이까? 바라건대 군자께서는 행리(行李)를 차려 서울로 올라가소서.”

하고 권고하니, 이생은 그 말을 받아들여 즉시 행구를 갖추고 부모와 좌수부처를 하직하고 떠나려 할새, 아내의 손을 잡고 일러 두되,

“부모를 봉양함에 부인이 나보다도 한결 각근(恪勤)함은 일찍이 아는 바라, 다시 부탁할 것이 없겠으나, 천만 번 바라건대 내가 떠난 후에는 부모께서 염려가 자심하실 터이니 때로 위로하여 주오.”

옥랑이 대답하되,

“군자께서 집에 계실 때에도 첩이 감히 태만치 못하였삽거늘, 하물며 계시지 아니함이리요? 정성을 다하여 혼정신성(昏定晨省)과 위로하여 드림을 잊지 아니하여 외로이 가시는 군자의 마음을 안온케 하오리니 염려치 마소서.”

하니, 이생은 무수히 치사하며 길을 떠나니라.

고원을 떠난 지 십여 일 만에 무사히 상경한 이생은 객사를 정하고, 과거일을 당하매 의관을 정제하고 과장(科場)으로 들어가니 사방 선비들이 구름같이 모여들었다.

이윽고 글제를 내어 거는데, 살펴보니 ‘강구에 문동아요[康衢聞童兒謠]’라 하였으니 이는 평생에 익히 짓던 바이라 시지(試紙)를 펼쳐놓고, 별로 생각할 것이 없이 일필휘지(一筆揮之)하니, 글은 사마천·동중서(司馬遷·董仲舒)요, 필법은 왕희지·구양순(王羲之·歐陽詢)이라. 이생이 서슴지 아니하고 *일천(一天)에 올렸더니, 상이 그 글을 보시고, 용안에 기쁨을 띠시며 크게 칭찬하여 이르시되,

“이 글을 보매 충군애국(忠君愛國)하는 마음이 글장에 나타나 있으

---

*죽백(竹帛)——서적 역사.
*일천(一天)——맨 먼저 바치는 글장.

니, 그 사람을 가히 알리로다. ”

하시며, 글자마다 비점(批點)을 찍고 구절마다 관주(貫珠)를 치시어 장원급제를 주시고, 비봉(秘封)을 떼어 보시니 함경도 고원군 이춘발의 아들 이시업이요, 금년 십칠 세라 하였더라.

상이 차례로 여러 글을 끊으시고 호명하기를 명하시니, 시업이 호명 소리를 듣고 만인 총중을 헤치고 탑전(榻前)에 엎드리니, 상이 시업의 사람됨이 준수하며 특출함을 보시고 더욱 칭찬을 마지아니하시며 어사화를 주시니, 시업은 사은숙배(謝恩肅拜)하고 물러나니라.

시업이 삼일유가(三日遊街)를 마치니, 상이 다시 인견하시고 한림대제교(翰林大提校)에 겸 영흥부사를 제수하시니, 이장원은 계주사은(啓奏謝恩)하고 물러나와 객사로 돌아가 고향에 기별하고, 이튿날에는 삼공육경(三公六卿)을 하직하고 고향으로 내려가니라.

이미 기별을 듣고 기뻐하는 고향의 두 집에서는 잔치를 준비하고 기다리는데, 이장원이 여러 날 만에 돌아와 부모와 좌수 내외를 뵈니 그 즐거워함은 어찌 다 기록하리요. 삼일 소연(小宴)을 마치고 영흥부 신연(新延)이 위의를 갖추고 대령하니, 이부사(李府使)는 신연을 거느리고 도임할새, 거리에는 구경꾼이 물 끓듯하며, 칭송하는 소리에 귀가 막힐 것 같더라.

이부사는 도임한 지 삼일에 큰 잔치를 베풀어 원근 사람들을 청하여 종일토록 즐기고, 지난날을 돌이켜 영흥옥에 갇혔을 적에 간호하던 옥졸들을 후히 상주며, 또한 병들어 죽은 옥리(獄吏)의 아들에게도 후한 상급을 내려 전일의 은혜를 갚으니라.

그로부터 선정(善政)도 어느덧 끊어지고야 말더라.

이리하여 관하에 일이 없고 태평하매, 도둑이 떨어진 물건을 집지 아니하고 밤에도 백성들이 문을 닫지 아니하게 되더라.

세월이 여류하여 이부사가 *과만(爪滿)이 되매, 함흥감사가 부사의 선정을 조정에 주달하니, 상이 이를 아름답게 여기시어 다른 고을로 옮기려 하시거늘, 이부사는 부모의 나이 늙음으로 벼슬에 뜻이 없음

---

*과만(瓜滿)——임기완료.

을 나라에 아뢰니, 상이 그 효심을 기특히 여겨 부모의 백세를 마친 연후에 나라를 도우라 하시며, 금은 채단(綵緞)을 많이 하사하여 부모를 봉양케 하시더라.

부사는 천은을 못내 기리며, 고향으로 돌아와 조석으로 부모를 섬기며 농업에 힘쓰니 가산이 더욱 불어나고, 슬하에 자녀를 두매 부모를 닮아 모두가 옥인숙녀(玉人淑女)라. 자라서 명문거족에 남혼여가(男婚女嫁)하니, 부귀(富貴)는 일세에 극진하더라.

춘발의 부처 나이 팔십여 세를 누리고 구몰하니, 부사 내외 극히 애통하여 선산에 안장하고 삼년상을 마치니, 나라에서 다시 불러 수령방백(守令方伯)을 차례로 제수하시고, 다시 내직(內職)으로 들어가 여러 벼슬을 거쳐 호조판서(戶曹判書)에 이르니, 그 무궁한 복록을 부러워 아니할 이 없더라.

작 품 해 설

■ **춘향전**(春香傳)

《춘향전》은 여러가지 이본(異本)이 있으나, 특히 완판본(完板本), 일명 《열녀 춘향 수절가(烈女 春香 守節歌)》가 고전소설적인 가치를 지니고 있다.

그러나 이는 일정한 작자(作者)가 없이 수많은 근원(根源) 설화를 지니고 있다. 남주인공 이몽룡(李夢龍)은 서울 양반 가정의 출신이요, 여주인공 춘향은 성참판(成參判)이 남원(南原) 월매(月梅)를 데리고 놀다가 낳은 딸이다.

지난날의 학자들은 흔히 이를 염정소설(艶情小說)로 간주하였다. 그러나 그 내용에 들어가 사상적인 면을 고찰하여 보면 특히 계층적 의식이 짙은 동시에, 당시 양반관료의 가렴주구(苛斂誅求)에 의한 금준(金樽)·미주(美酒), 즉 백성의 고혈(膏血)을 빨아 마지않는 실태를 풍자한 작품이다. 그리고 이는 소설인 한편, 판소리로서 널리 불려졌기에 더욱 높은 가치를 지니고 있다. 이는 실로 중국의 《서상기(西廂記)》에서 받은 영향이 지대한데, 다만 《춘향전》의 남녀 주인공은 신분의 차이가 현격함에 비하여 《서상기》의 남주인공 장생(張生)과 여주인공 앵앵(鶯鶯)의 신분은 동급(同級)이라는 점이 다를 뿐이다.

그러나 현실적인 면으로 볼 때 그 가운데는 여러가지 모순이 없지 않다. 하나의 예로서 이 한편 중에서 행운에서 불운으로, 또 불행에서 행복으로 발전시킴은 유교적 권선징악적(勸善懲惡的)인 색채가 짙다. 수많은 근원 설화 중에서 성도령 이춘향설(成道令 李春香說)과 춘향 옥사설(獄死說)에 가장 실제성(實際性)이 포함되어 있다.

어쨌든 이 《춘향전》은 17세기 말 봉건시대의 인정과 세태를 적나라하게 묘사하는 데 성공한 작품인 동시에, 양반 관료의 대표적 작품인 《구운몽》과 맞서는 명작이 아닐 수 없다.

〈연세대교수 이가원〉

■ 심청전(沈淸傳)

《심청전》은 '효(孝)'를 주제로 한 소설인데, 작자(作者)는 미상이다. 여기에도 여러 가지 설화적 요소가 혼합되었으니, 가령 심청이 인당수에 제물로 바쳐지는 것은 인신공희(人身供犧) 설화인 동시에 악마 퇴치(惡魔退治) 설화의 편영(片影)이기도 하다.

그리고 이 작품의 주제인 '효(孝)'를 장식하기 위한 효행 설화가 그 중요한 줄거리를 이루고 있는데, 거의 비슷한 이야기가 《삼국사기(三國史記)》 48권 〈효녀 지은(孝女知恩)〉과 《삼국유사(三國遺事)》 5권 〈빈녀양모(貧女養母)〉에도 전하고 있다. 이들 설화에서는 효녀가 팔려 가기는 하나, 심청처럼 생명까지 바치는 소위 인신(人身)의 공희(供犧)는 나타나 있지를 않다.

그러나 삼국유사 2권 거타지(居陀知)의 설화는 거의 심청전의 설화와 유사한 데가 있지만, 여기서는 효행이 결여되어 있다. 요컨대 위의 두 설화가 혼합되어 작품화된 것이 심청전이라고 볼 수 있는데, 그렇다고 심청전의 작가가 두 설화를 소재로 하였다고 단언할 수는 없다.

《심청전》은 2부작으로 되어 있다. 심청이 인당수에 투신하는 데까지가 1부이고, 인당수에서 살아나 왕후가 되어 아버지를 만나고, 또 아버지가 눈을 떠서 행복하게 살았다는 결말까지가 2부이다.

작품의 효과적인 구성(構成)으로 볼 때 이는 1부에서 끝났어야 비극적 작품으로 성공했을 것이다. 그러나 권선징악(勸善懲惡)을 주제로 하는 당시의 작가적 생리로서는 이 출천대효(出天大孝)를 그렇게 비참하게 죽일 수가 없었을 것이다. 이 작품에는 성격을 달리하는 많은 인물이 등장하는데, 그 특색은 악인형(惡人型)의 인물이 거의 없다는 것이다. 그리고 심봉사의 철저한 무능력과 견주어 그의 제 2, 제 3부인의 유능(有能)함이 매우 흥미롭다. 이 심봉사의 무능과 무능력이 결국 심청의 희생과 그 지효(至孝)를 뚜렷이 떠오르게 하는 결과가 된다.

〈서울대교수 장덕순〉

■장화홍련전(薔花紅蓮傳)

《장화홍련전(薔花紅蓮傳)》은 계모와 전처 소생과의 갈등을 그린 가정소설(家庭小說)인데, 작자는 미상이다.

《장화홍련전》의 무대는 평안도(平安道) 철산군(鐵山郡)이다. 그러나 이것은 그리 기이(奇異)한 것은 아니다. 그것은 철산군에 이런 설화가 유포되었을 뿐만 아니라, 실제로 거기에서 이런 사건이 생겼기 때문이다.

《조선명신록(朝鮮名臣錄)》에 김동흘(金東屹)이라는 철산부사(鐵山府使)의 활약이 기록되어 있는데, 마침 그 이야기가 《장화홍련전》과 비슷하다. 이것으로 비추어 볼 때 이 작품은 철산지방의 설화를 소재로 한 설화소설이다.

이 작품은 그 작중인물(作中人物)들이 가정 중심이라 해서 통칭 가정소설이라고도 하지만, 그 불가해(不可解)한 사건이 동헌(東軒)에까지 가서 사또의 재판에 의하여 판결되기 때문에 이것을 재판소설(裁判小說), 공안류소설(公案類小說), 탐정소설(探偵小說)이라고도 한다.

부임하는 수령(守令)마다 첫날 저녁에 죽어 가는 이 해괴한 사건을, 담력(膽力)과 지략(智略)이 있는 사또가 자진(自進) 부임하여 해결을 짓는 것이다. 죽은 자의 원혼(寃魂)이 등장하는 소설은 우리의 고대소설(古代小說)에 흔히 나오지만, 전작품(全作品)의 가장 중요한 계기를 만들어서 독자의 흥미를 끄는 것은 이 소설이 대표적이다.

등장인물들의 성격들도 제법 개성화되어 있다. 장화·홍련의 아버지인 무능한 배좌수(裵座首), 흉악하면서도 지능적(知能的)인 계모, 우둔하면서 미욱한 계모의 아들, 그리고 쾌도난마(快刀亂麻)격의 사또 등등 제법 흥미있는 인물 설정이다.

여기에 억울하게 희생의 제물이 되는 예쁘고도 착해빠진 장화와 홍련이 가련한 모습으로 나타나서 작품을 장식한다. 작품의 구성으로 볼 때에는 계모가 시종 주인공격인 위치에서 사건을 이끌어 나간다. 이것이 여타(餘他)의 소설과는 다르다. 인물 묘사, 특히 흉녀(凶女)의 인물 같은 것은 과장도 많으나, 그 독특한 표현법이 오히려 흥미롭기도 하다.

〈서울대교수 장덕순〉

■옥랑자전(玉娘子傳)

《옥랑자전(玉娘子傳)》은 약혼자의 억울한 살인죄(殺人罪) 처형을 대신 받는 여인의 절행(節行)을 표현하고 있다.

남주인공 이시업(李時業)은 결혼식을 거행하러 가던 도중, 토호(土

豪)의 일행을 만나 그들의 행패로 이시업의 하인(下人)이 대항하다가 상대편 하인 하나를 죽음에 이르게 한다.

그리하여 이시업은 살인죄로 몰려 투옥된다. 이 사실을 안 이시업의 약혼녀인 옥랑(玉娘)은 부모에게 자기의 결심을 아뢰고, 남복(男服)으로 변장하고 옥에 가서 옥졸을 매수하여 이시업을 출옥케 한 다음, 자기가 대신 이시업의 복장을 입고 처형의 날을 기다린다.

그러나 원님이 문초를 하려고 죄인을 보니 전일(前日)의 죄인이 아니므로 옥랑에게 진상을 아뢰라 한다. 원님은 옥랑의 갸륵한 절행(節行)에 감복하여 감사(監司)에게 보고하고, 감사는 국왕께 보고한다. 국왕은 천고(千古)에 드문 절행(節行)이라 칭찬하고, 이시업의 죄를 사하는 동시에 그에게 벼슬을 제수하고, 옥랑을 정렬부인(貞烈夫人)으로 봉한다는 것이다.

이와 같은 이 작품은 조선시대 여성들의 대쪽같이 곧은 정절(貞節)에 대한 의식을 우리에게 보여 주고 있다. 남편도 아니요, 한낱 약혼자에 불과한 사람의 처형을 대신 받으려고 한다는 것은 천고에 드문 일이 아닐 수 없다. 옥랑은 그 이유로서 오륜(五倫) 가운데서도 부부지의(夫婦之義)가 가장 중함을 내세우고 있으며, 부모에 대한 불효(不孝)는 뒤로 미루고 있다. 이것을 보면 부부 사이의 윤리 문제를 특이한 사건을 통하여 표현해 보고자 한 것 같다. 독자들은 이 작품을 읽고 현대의 부부 사이의 윤리에서 찾아볼 수 없는 이색적(異色的)인 교훈을 발견할 수 있으리라.

〈동국대교수 김기동〉

한국고전문학 2 **춘향전 外**

初版 發行 ● 1994年	5月	25日	
再版 發行 ● 1995年	7月	10日	
3 版 發行 ● 1999年	8月	10日	

監　修 ● 張 德 順
發行者 ● 金 東 求

發行處 ● 明 文 堂
　　　　서울특별시 종로구 안국동 17~8
　　　　대체　010041-31-0516013
　　　　전화　（영）733-3039, 734-4798
　　　　　　　（편）733-4748
　　　　FAX 734-9209
　　　　등록　1977. 11. 19. 제1~148호

● 낙장 및 파본은 교환해 드립니다.
● 불허복제 · 판권 본사 소유.

값 4,500원
ISBN 89-7270-175-0 04810
ISBN 89-7270-007-X (전12권)